LIMA BARRETO

Triste fim de Policarpo Quaresma

Orientação pedagógica e notas de leitura:
Douglas Tufano

MODERNA

COORDENAÇÃO EDITORIAL	Maristela Petrili de Almeida Leite
EDIÇÃO DE TEXTO	Janette Tavano
COORDENAÇÃO DE EDIÇÃO DE ARTE	Camila Fiorenza
DIAGRAMAÇÃO	Isabela Jordani, Cristina Uetake
ILUSTRAÇÃO DE CAPA	Bruna Assis Brasil
FOTOS DE CAPA	© Frederick Moore/National Geographic Creative/Corbis/Latinstock
COORDENAÇÃO DE REVISÃO	Elaine Cristina del Nero
REVISÃO	Andrea Ortiz
COORDENAÇÃO DE PESQUISA ICONOGRÁFICA	Luciano Baneza Gabarron
PESQUISA ICONOGRÁFICA	Rosa André
COORDENAÇÃO DE *BUREAU*	Américo Jesus
TRATAMENTO DE IMAGENS	Arleth Rodrigues, Resolução Arte e Imagem
PRÉ-IMPRESSÃO	Fabio N. Precendo
COORDENAÇÃO DE PRODUÇÃO INDUSTRIAL	Wilson Aparecido Troque
IMPRESSÃO E ACABAMENTO	A. S. Pereira Gráfica e Editora EIRELI LOTE: 808303 - Código: 12099763

Dados Internacionais de Catalogação na Publicação (CIP)
(Câmara Brasileira do Livro, SP, Brasil)

Barreto, Lima, 1881-1922.
Triste fim de Policarpo Quaresma / Lima Barreto ; orientação pedagógica e notas de leitura Douglas Tufano. -- 5. ed. -- São Paulo : Moderna, 2015. -- (Coleção travessias)

ISBN 978-85-16-09976-3

1. Romance brasileiro I. Tufano, Douglas, 1948-. II. Título. III. Série.

15-02132 CDD-869.93

Índice para catálogo sistemático:

1. Romances : Literatura brasileira 869.93

EDITORA MODERNA LTDA.
Rua Padre Adelino, 758 – Belenzinho
São Paulo – SP – Brasil – CEP 03303-904
Vendas e Atendimento: Tel. (11) 2790-1300
Fax (11) 2790-1501
www.modernaliteratura.com.br
2026

SUMÁRIO

LIVROS ANTIGOS PARA UM PÚBLICO JOVEM

Para o público de hoje, a leitura de um romance do século XIX pode parecer uma tarefa pouco prazerosa. Além da dificuldade para compreender o sentido de muitas palavras e expressões de épocas passadas, da estranheza de certas construções sintáticas pouco usuais atualmente, há nessas obras uma sensibilidade artística bem diferente da nossa, valores morais que privilegiam outros comportamentos. Mas não será possível ao leitor contemporâneo entender essas obras e até mesmo extrair delas o prazer da leitura?

A Editora Moderna apostou no "sim" e investiu numa edição diferenciada dos clássicos. A exemplo do que já é feito em outros países, em que uma mesma obra é editada com diferentes níveis de informação, os clássicos da coleção Travessias apresentam um minucioso trabalho de comentários à margem do texto integral.

O leitor iniciante tem muito a ganhar com essa leitura sinalizada, em que informações históricas, notas explicativas de vocabulário e características literárias da obra em questão são apresentadas de forma concisa e acessível pelo professor Douglas Tufano, reconhecido autor de livros didáticos na área de língua portuguesa e literatura.

A nossa intenção principal é aproximar passado e presente, levando o leitor a descobrir nos enredos dos livros antigos as mesmas emoções humanas que nos empolgam hoje.

LIMA BARRETO: VIDA E OBRA

"Nasci sem dinheiro, mulato e livre"

Afonso Henriques de Lima Barreto nasceu no dia 13 de maio de 1881, sete anos antes da assinatura da Lei Áurea pela Princesa Isabel, que marcaria a abolição da escravidão no Brasil.

Como ele mesmo escreveu, era mulato, livre e de família muito pobre. Aliás, a pobreza e mesmo a miséria estariam sempre presentes em sua curta vida, pois ele morreu em 1922, com apenas 41 anos.

Enquanto ainda era criança, perdeu a mãe, Amália Augusta Barreto, que morreu em dezembro de 1887. O pai, o tipógrafo João Henriques de Lima Barreto, ficou então, aos 35 anos, sozinho com quatro filhos pequenos. Afonso Henriques, o mais velho, ainda não havia completado sete anos, e o menor, Eliezer, tinha menos de dois.

Com muito sacrifício e graças à ajuda do padrinho, o Visconde de Ouro Preto, o jovem Lima Barreto conseguiu estudar e, em 1897, foi aprovado nos exames da Escola Politécnica, iniciando o curso de Engenharia.

Mas em 1902 seu pai foi acometido de seguidas crises de loucura e tornou-se incapaz de continuar trabalhando. Lima Barreto assumiu então o papel de chefe da família. Abandonou o curso de engenharia e ingressou, por concurso, na Secretaria da Guerra, onde passou a trabalhar como escrevente.

A partir de 1905, começou a colaborar com artigos na imprensa carioca. Em outubro de 1906, entrou em licença para tratamento da saúde. Em 1909, publicou seu primeiro romance: *Recordações do escrivão Isaías Caminha*.

Iniciava-se, assim, a carreira literária daquele que viria a ser um dos principais escritores brasileiros.

O PRIMEIRO ROMANCE.

LIMA BARRETO.

A literatura descobre um outro Brasil

No início do século XX, a literatura brasileira, de modo geral, não apresentava sinais de renovação. O mundo se transformava, as cidades cresciam, a sociedade mudava, mas a nossa literatura praticamente ainda vivia presa aos velhos temas parnasianos e românticos, e o Realismo parecia ter esgotado sua veia crítica. Os movimentos artísticos que agitavam a Europa não repercutiam no ambiente cultural do Brasil, bastante provinciano e acanhado.

No entanto, os primeiros trinta anos do governo republicano revelavam um Brasil com muitos problemas sociais e políticos. A República, proclamada em 1889, não trouxera as reformas de que o país necessitava. As desigualdades econômicas entre as diversas regiões e entre as áreas rural e urbana provocavam conflitos e tensões sociais.

Entre 1900 e 1922, poucos escritores produziram obras que mostravam uma visão crítica da nossa realidade. Euclides da Cunha, Monteiro Lobato e Lima Barreto foram alguns dos que transformaram a literatura, em maior ou menor grau, numa forma de análise bastante crítica da vida brasileira em suas diferentes dimensões. São considerados, assim, uma espécie de precursores de importantes autores que surgiram depois de 1922, no período do Modernismo. Por esse motivo, são chamados pré-modernistas.

Quem lia no Brasil?

O Brasil, no fim do século XIX, ainda era uma nação de maioria analfabeta. Em 1890, em uma população de aproximadamente 14 milhões de pessoas, cerca de 12 milhões não sabiam ler nem escrever. A literatura, portanto, era uma arte de poucos para poucos. A atividade literária não era considerada uma ocupação de homens sérios. Era muito desprestigiada. Assim dizia o escritor e filósofo Farias Brito, por exemplo: "Aqui o homem de espírito, o pensador, o artista é objeto quase de escárnio, por parte dos senhores da situação e dos homens de Estado. Um pensador, um artista vale para eles menos que uma forte e valente cavalgadura".

Essa situação explica a baixíssima tiragem das editoras: mil exemplares para poesia, mil e cem para prosa. Por isso, é compreensível que os escritores não podiam viver das letras, tendo de exercer outras profissões para sobreviver.

Fotos: © Acervo Iconographia

Um escritor combativo

Desde seus primeiros escritos, Lima Barreto destacou-se por seu espírito crítico, combativo, não evitando polêmicas e debates sobre as mazelas da sociedade brasileira. Interessado nos mais diversos assuntos, falava de política, do preconceito racial (de que ele mesmo era vítima), de sistemas políticos. Criticava a corrupção das elites, a antiquada educação das mulheres, o autoritarismo dos governantes, a burocracia que paralisava o país. Na sua literatura, voltou-se para os marginalizados, para os que não tinham voz na vida real. Interessou-se pelos dramas dos que viviam nos subúrbios, sem horizontes nem perspectivas. Essas características estão presentes na sua obra mais importante, o romance *Triste fim de Policarpo Quaresma*.

Escritor que viveu à margem da elite intelectual da época, muitas vezes desprezado por sua condição social e afastado dos grupos de escritores que dominavam o ambiente literário carioca, Lima Barreto expressou em sua própria linguagem essa marginalidade: em vez do rebuscamento vocabular e do purismo gramatical que caracterizavam a literatura da época, apresenta um estilo simples e comunicativo, tendo sido considerado, na época, um escritor desleixado. No entanto, foi valorizado pelos modernistas e hoje é visto como um dos nomes mais importantes da nossa literatura.

O escritor e jornalista João Antônio assim escreveu sobre Lima Barreto: "Resolveu não seguir a moda, colocou em ridículo o diletantismo literário, revoltou-se contra os formalismos, mandou ao diabo todo tipo de retórica balofa e, enquanto os seus contemporâneos, senhores literatos, falavam do Olimpo e de plagas gregas que nem conheciam, ele inaugurou no papel o subúrbio carioca".

A luta contra o alcoolismo

Lima Barreto sofreu muito com o vício que o levou a ser internado várias vezes. Tinha delírios alucinatórios provocados pelo álcool, e sua saúde deteriorou-se rapidamente. A bebida era uma forma de evasão dos problemas que enfrentava na vida e cerceavam a realização de seus planos. Ele mesmo fez um depoimento pungente sobre sua condição no livro *Cemitério dos vivos*, romance de fundo autobiográfico: "(...) sem dinheiro, malvestido, sentindo a catástrofe da minha vida, fui levado às bebidas fortes e, aparentemente baratas, as que embriagam mais depressa. (...) Resvalava para a embriaguez inveterada, faltava à repartição semanas e meses. Se não ia ao centro da cidade, bebia pelos arredores da minha casa, desbragadamente. Embriagava-me antes do almoço, depois do almoço, até o jantar, e deste até a hora de dormir".

© Acervo Iconographia

EM 1909: "O BRASIL NÃO TEM POVO, TEM PÚBLICO".

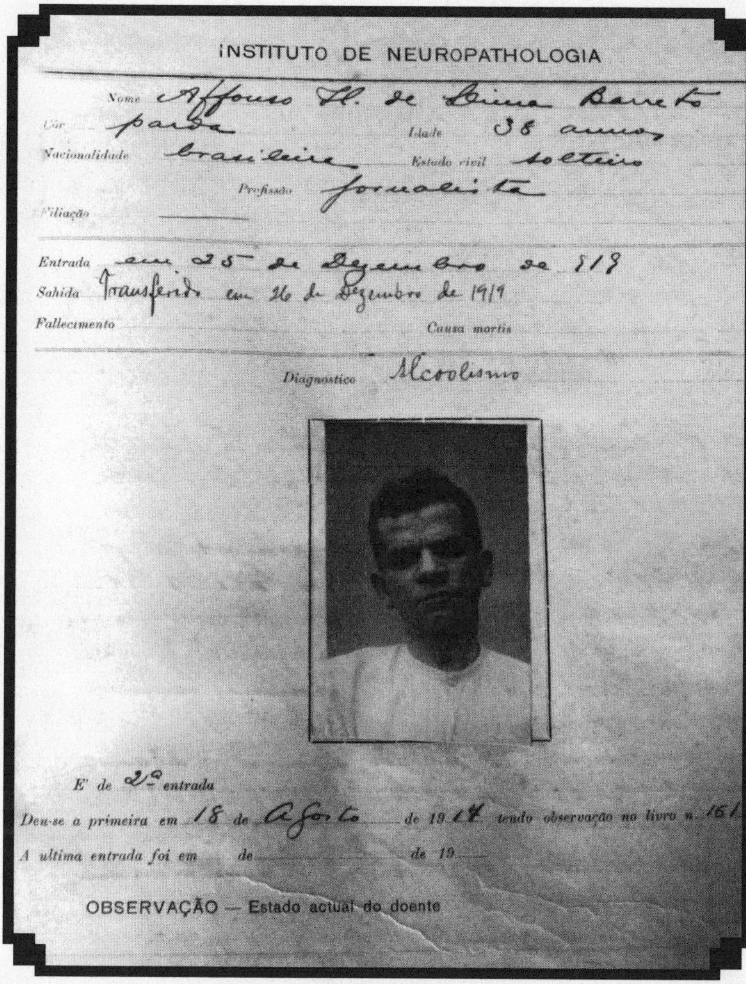
INSTITUTO DE NEUROPATHOLOGIA

Nome Affonso H. de Lima Barreto

Côr parda Idade 38 annos

Nacionalidade brasileira Estado civil solteiro

Profissão jornalista

Filiação

Entrada em 25 de Dezembro de 919

Sahida Transferido em 26 de Dezembro de 1919

Fallecimento Causa mortis

Diagnostico Alcoolismo

E' de 2ª entrada

Deu-se a primeira em 18 de Agosto de 1914 tendo observação no livro n. 161

A ultima entrada foi em de de 19

OBSERVAÇÃO — Estado actual do doente

FICHA DA SEGUNDA INTERNAÇÃO DE LIMA BARRETO.

HOSPITAL NACIONAL DE ALIENADOS, EM 1905.

Nesse mesmo livro, fala de seus sentimentos durante o período que passou no Hospício Nacional de Alienados, no Rio de Janeiro: "Veio-me, repentinamente, um horror à sociedade e à vida, uma vontade absoluta de aniquilamento, mais do que aquele que a morte traz, um desejo de perecimento total da minha memória na terra; um desespero por ter sonhado e terem me acenado com tanta grandeza, e ver agora, de uma hora para outra, sem ter perdido de fato a minha situação, cair tão, tão baixo, que quase me pus a chorar que nem uma criança".

O triste fim

Em dezembro de 1919, numa crise de delírio alcoólico, o escritor foi internado no hospício, de onde saiu em fevereiro seguinte. Aposentado desde o ano anterior por invalidez, seu estado de saúde era cada vez pior. Envelhecido precocemente, viveu em casa com o pai louco, que estava completamente alienado. Lima Barreto praticamente não saía mais de casa. Vivia calado, lendo, escrevendo. Sua irmã Evangelina cuidava do pai e do irmão com carinho. Mas o fim estava próximo.

Baseado no depoimento de Evangelina, o biógrafo Francisco de Assis Barbosa, em seu livro *A vida de Lima Barreto*, narra assim os últimos momentos do escritor:

"Estava enfermo, é verdade. Mas a doença não parecia grave assim, para que se pudesse supor tão próximo o desenlace. Pela manhã, Evangelina viera sentar-se à beira da cama do irmão. Tomara-lhe o pulso e a temperatura. O doente não tinha febre, havia passado bem a noite. Mais uns dias de cama — matutou com certeza — e estaria em condições de levantar-se.

A moça estava triste, não pelo irmão, mas pelo pai. João Henriques, sim, tinha as suas horas contadas. Qualquer coisa lhe prevenia que o velho almoxarife estava no fim. E Evangelina desabafou toda a sua angústia chorando no ombro do irmão. Assim ficaram durante alguns minutos. Depois, voltando à calma, Evangelina fez menção de retirar-se, mas o irmão a deteve um instante mais:

— Quero que me perdoe tudo o que fiz. A minha vida...

Não terminou a frase, com receio talvez de evitar maiores cuidados, para ordenar num tom imperativo:

— Vai ver o nosso pai. Ele não pode ficar sozinho...

À tardinha, Evangelina voltou ao quarto do irmão, que repousava tranquilamente, em meio a uma porção de livros, revistas e jornais, espalhados pela cama. Trazia-lhe uma xícara de chá com torradas. Trocaram poucas palavras os dois irmãos:

— Está melhor? — perguntou Lima Barreto, pensando sempre no pai.

— Piora a cada momento — foi a resposta. — Não posso deixá-lo. Tenho que voltar à sua cabeceira.

Lima Barreto sentara-se na cama, enquanto Evangelina dispunha a bandeja no travesseiro, que havia colocado sobre as pernas do doente. Uma hora depois, retornando ao quarto, encontraria o irmão morto".

Lima Barreto morreu de colapso cardíaco no dia 1º de novembro de 1922. Era dia de Todos os Santos e chovia muito. No velório, feito na própria sala da casa, não havia ninguém importante. Só a gente humilde do subúrbio onde ele morava. No enterro, no cemitério João Batista, poucos amigos escritores.

No seu leito de moribundo, João Henriques percebera que algo diferente estava acontecendo pela casa. No dia seguinte, perguntou pelo filho e ficou sabendo que ele falecera. Ficou agitado. Evangelina tentou acalmá-lo, mas em vão. Dois dias depois, ele morria. Pai e filho acabaram enterrados no mesmo túmulo humilde.

Intensa produção literária

Apesar de tantas dificuldades na vida, Lima Barreto produziu muito. Além de artigos e crônicas publicados em jornais e periódicos, deixou vários romances e contos, a maioria deles lançados após sua morte.

Romances: *Recordações do escrivão Isaías Caminha*, 1909; *Triste fim de Policarpo Quaresma*, 1915; *Numa e a ninfa*, 1915; *Vida e morte de M. J. Gonzaga de Sá*, 1919; *Clara dos Anjos*, 1948.

Contos: *Histórias e sonhos*, 1920.

Artigos e crônicas: *Bagatelas*, 1923; *Feiras e mafuás*, 1953; *Marginália*, 1953; *Vida urbana*, 1953.

Sátiras: *Os Bruzundangas*, 1923; *Coisas do reino do Jambon*, 1953.

Memórias: *Diário íntimo*, 1953; *O cemitério dos vivos*, 1953.

BUSTO DE LIMA BARRETO.

A
João Luís Ferreira
(engenheiro civil)

*Le grand inconvénient de la vie réelle et ce qui la rend insupportable à l'homme supérieur, c'est que, si l'on y transporte les principes de l'idéal, les qualités deviennent des défauts, si bien que fort souvent l'homme accompli y réussit moins bien que celui qui a pour mobiles l'égoïsme ou la routine vulgaire.***

Renan, *Marc-Aurèle*

*** O grande inconveniente da vida real e o que a torna insuportável ao homem superior é que, se transportamos para ela os princípios do ideal, as qualidades passam a ser defeitos, de tal modo que, na maioria das vezes, o homem íntegro não consegue se sair tão bem quanto aquele que tem por estímulo o egoísmo ou a rotina vulgar.**

Renan, *Marc-Aurèle*: **Ernest Renan foi um filósofo e historiador francês (1823-1892). Sua obra *Marco Aurélio* trata da vida desse imperador romano, que viveu de 121 a 180 d.C.**

PRIMEIRA PARTE

1. A LIÇÃO DE VIOLÃO

Como de hábito, Policarpo Quaresma, mais conhecido por major Quaresma, bateu em casa às quatro e quinze da tarde. Havia mais de vinte anos que isso acontecia. Saindo do Arsenal de Guerra, onde era subsecretário, **bongava** pelas confeitarias algumas frutas, comprava um queijo, às vezes, e sempre o pão da padaria francesa.

Não gastava nesses passos nem mesmo uma hora, de forma que, às três e quarenta, por aí assim, tomava o bonde, sem erro de um minuto, ia pisar a soleira da porta de sua casa, numa rua afastada de São Januário, bem exatamente às quatro e quinze, como se fosse a aparição de um astro, um eclipse, enfim um fenômeno matematicamente determinado, previsto e predito.*

A vizinhança já lhe conhecia os hábitos e tanto que, na casa do capitão Cláudio, onde era costume jantar-se aí pelas quatro e meia**, logo que o viam passar, a dona gritava à criada: "Alice, olha que são horas; o major Quaresma já passou".

E era assim todos os dias, há quase trinta anos. Vivendo em casa própria e tendo outros rendimentos além do seu ordenado, o major Quaresma podia levar um **trem de vida** superior aos seus recursos burocráticos, gozando, por parte da vizinhança, da consideração e respeito de homem abastado.

Não recebia ninguém, vivia num isolamento **monacal**, embora fosse cortês com os vizinhos, que o julgavam esquisito e **misantropo**. Se não tinha amigos na redondeza, não tinha inimigos, e a única desafeição que merecera fora a do doutor Segadas, um clínico afamado

Bongava: procurava.

* Atente para essas primeiras referências ao major Quaresma, apresentado como um homem extremamente metódico. Esse traço da personagem será acentuado ao longo do texto.

** Naquela época, geralmente jantava-se à tarde, por volta das quatro ou cinco horas. A primeira refeição do dia, comumente feita entre nove e dez, era chamada de almoço. Entre meio-dia e uma hora, costumava-se tomar um lanche.

Trem de vida: padrão de vida.

Monacal: de monge; isto é, ele vivia isolado como um monge.

Misantropo: que não gosta da companhia de outras pessoas.

no lugar, que não podia admitir que Quaresma tivesse livros: "Se não era formado, para quê? Pedantismo!"

O subsecretário não mostrava os livros a ninguém, mas acontecia que, quando se abriam as janelas da sala de sua **livraria**, da rua poder-se-iam ver as estantes **pejadas** de cima a baixo.

Eram esses os seus hábitos; ultimamente, porém, mudara um pouco; e isso provocava comentários no bairro. Além do compadre e da filha, as únicas pessoas que o visitavam até então, nos últimos dias, era visto entrar em sua casa, três vezes por semana e em dias certos, um senhor baixo, magro, pálido, com um violão agasalhado numa bolsa de camurça. Logo pela primeira vez o caso intrigou a vizinhança. Um violão em casa tão respeitável!* Que seria?

E, na mesma tarde, uma das mais lindas vizinhas do major convidou uma amiga, e ambas **levaram um tempo perdido**, de cá para lá, a **palmilhar o passeio**, esticando a cabeça, quando passavam diante da janela aberta do esquisito subsecretário.

Não foi inútil a espionagem. Sentado no sofá, tendo ao lado o tal sujeito, empunhando o ***pinho*** na posição de tocar, o major, atentamente, ouvia: "Olhe, major, assim". E as cordas vibravam vagarosamente a nota ferida; em seguida, o mestre **aduzia**: "É *ré*, aprendeu?"

Mas não foi preciso pôr na carta; a vizinhança concluiu logo que o major aprendia a tocar violão. Mas que coisa? Um homem tão sério metido nessas malandragens!

Uma tarde de sol — sol de março, forte e implacável —, aí pelas cercanias das quatro horas, as janelas de uma erma rua de **São Januário** povoaram-se rápida e repentinamente, de um e de outro lado. Até da casa do general vieram moças à janela! Que era? Um batalhão? Um incêndio? Nada disso: o major Quaresma, de cabeça baixa, com pequenos passos de boi de carro, subia a rua, tendo debaixo do braço um violão **impudico**.

É verdade que a guitarra vinha decentemente embrulhada em papel, mas o vestuário não lhe escondia

Livraria: biblioteca.

Pejadas: cheias.

*** A frase permite supor a imagem que se fazia, na época, de quem tocava violão. Que imagem seria essa?**

Levaram um tempo perdido: gastaram um tempão.

Palmilhar o passeio: caminhar pela calçada.

Pinho: violão.

Aduzia: acrescentava.

São Januário: bairro do subúrbio carioca.

Impudico: imoral.

inteiramente as formas. À vista de tão escandaloso fato, a consideração e o respeito que o major Policarpo Quaresma merecia nos arredores de sua casa, diminuíram um pouco. Estava perdido, maluco, diziam. Ele, porém, continuou serenamente nos seus estudos, mesmo porque não percebeu essa diminuição.

Quaresma era um homem pequeno, magro, que usava ***pince-nez***, olhava sempre baixo, mas, quando fixava alguém ou alguma coisa, os seus olhos tomavam, por detrás das lentes, um forte brilho de penetração, e era como se ele quisesse ir à alma da pessoa ou da coisa que fixava.

Contudo, sempre os trazia baixos, como se se guiasse pela ponta do cavanhaque que lhe enfeitava o queixo. Vestia-se sempre de fraque, preto, azul, ou de cinza, de pano listrado, mas sempre de fraque, e era raro que não se cobrisse com uma cartola de abas curtas e muito alta, feita segundo um figurino antigo de que ele sabia com precisão a época.

Quando entrou em casa, naquele dia, foi a irmã quem lhe abriu a porta, perguntando:

— Janta já?

— Ainda não. Espere um pouco o Ricardo que vem jantar hoje conosco.

— Policarpo, você precisa tomar juízo. Um homem de idade, com posição, respeitável, como você é, andar metido com esse seresteiro, um quase **capadócio**, não é bonito!

O major descansou o chapéu de sol — um antigo chapéu de sol, com a haste inteiramente de madeira, e um cabo de volta, incrustado de pequenos losangos de madrepérola —, e respondeu:

— Mas você está muito enganada, mana. É preconceito supor-se que todo homem que toca violão é um desclassificado. A modinha é a mais genuína expressão da poesia nacional e o violão é o instrumento que ela pede. Nós é que temos abandonado o gênero, mas ele já esteve em honra, em Lisboa, no século passado,

Pince-nez **(em francês): um tipo de óculos leves, sem haste, que se mantém no nariz pela pressão de uma mola.**

Capadócio: sujeito dado a serestas e noitadas, geralmente considerado malandro ou vagabundo.

com o **padre Caldas**, que teve um auditório de fidalgas. **Beckford**, um inglês notável, muito o elogia.

— Mas isso foi em outro tempo; agora...

— Que tem isso, Adelaide? Convém que nós não deixemos morrer as nossas tradições, os usos genuinamente nacionais...

— Bem, Policarpo, eu não quero contrariar você; continue lá com as suas manias.

O major entrou para um aposento próximo, enquanto sua irmã seguia em direitura ao interior da casa. Quaresma despiu-se, lavou-se, enfiou a roupa de casa, veio para a biblioteca, sentou-se a uma cadeira de balanço, descansando.

Estava num aposento vasto, com janelas para uma rua lateral, e todo ele era forrado de estantes de ferro.

Havia perto de dez, com quatro prateleiras, fora as pequenas com os livros de maior **tomo**. Quem examinasse vagarosamente aquela grande coleção de livros havia de espantar-se ao perceber o espírito que presidia a sua reunião.

Na ficção, havia unicamente autores nacionais ou tidos como tais: o Bento Teixeira, da *Prosopopeia*; o Gregório de Matos, o Basílio da Gama, o Santa Rita Durão, o José de Alencar (todo), o Macedo, o Gonçalves Dias (todo), além de muitos outros. Podia-se afiançar que nem um dos autores nacionais ou nacionalizados de oitenta pra lá faltava nas estantes do major*****.

De História do Brasil, era farta a **messe**: os cronistas, Gabriel Soares, Gândavo; e Rocha Pita, Frei Vicente do Salvador, Armitage, Aires de Casal, Pereira da Silva, Handelmann (*Geschichte von Brasilien*), Melo Morais, Capistrano de Abreu, Southey, Varnhagen, além de outros mais raros ou menos famosos. Então no tocante a viagens e explorações, que riqueza! Lá estavam Hans Staden, o Jean de Léry, o Saint-Hilaire, o Martius, o Príncipe de Neuwied, o John Mawe, o Von Eschwege, o Agassiz, Couto de Magalhães e se se encontravam também Darwin, Freycinet, Cook, Bougainville e até o famoso

Domingos Caldas Barbosa (1738-1800): poeta e compositor popular brasileiro, autor de modinhas que ele mesmo cantava, acompanhando-se à viola.

William Beckford (1759-1844): excêntrico nobre inglês, escritor. Conheceu o padre Caldas em Portugal, tornando-se admirador da arte do compositor.

Tomo: importância.

*** Quaresma tem as obras completas de José de Alencar e Gonçalves Dias. Entre os escritores românticos, esses dois foram os mais entusiasmados no elogio da pátria. E foram também alvo da crítica de Lima Barreto, que fazia sérias restrições ao romantismo.**

Messe: nesta passagem tem o sentido de coleção, conjunto.

Pigafetta, cronista da viagem de Magalhães, é porque todos esses últimos viajantes tocavam no Brasil, resumida ou amplamente*.

Além desses, havia livros subsidiários: dicionários, manuais, enciclopédias, compêndios, em vários idiomas.

Vê-se assim que a sua predileção pela poética de Porto Alegre e Magalhães não lhe vinha de uma irremediável ignorância das línguas literárias da Europa; ao contrário, o major conhecia bem sofrivelmente francês, inglês e alemão; e se não falava tais idiomas, lia-os e traduzia-os corretamente. A razão tinha que ser encontrada numa disposição particular de seu espírito, no forte sentimento que guiava sua vida. Policarpo era patriota. Desde moço, aí pelos vinte anos, o amor da Pátria tomou-o todo inteiro. Não fora o amor comum, **palrador** e vazio; fora um sentimento sério, grave e absorvente. Nada de ambições políticas ou administrativas; o que Quaresma pensou, ou melhor: o que o patriotismo o fez pensar, foi num conhecimento inteiro do Brasil, levando-o a meditações sobre os seus recursos, para depois então apontar os remédios, as medidas progressivas, com pleno conhecimento de causa.**

Não se sabia bem onde nascera, mas não fora decerto em São Paulo, nem no Rio Grande do Sul, nem no Pará. Errava quem quisesse encontrar nele qualquer regionalismo; Quaresma era antes de tudo brasileiro. Não tinha predileção por esta ou aquela parte de seu país, tanto assim que aquilo que o fazia vibrar de paixão não eram só os pampas do Sul com o seu gado, não era o café de São Paulo, não eram o ouro e os diamantes de Minas, não era a beleza da Guanabara, não era a altura da Paulo Afonso, não era o **estro** de Gonçalves Dias ou o ímpeto de Andrade Neves. Era tudo isso junto, fundido, reunido, sob a bandeira estrelada do Cruzeiro.

Logo aos dezoito anos quis fazer-se militar; mas a junta de saúde julgou-o incapaz. Desgostou-se, sofreu, mas não maldisse a Pátria. O ministério era liberal, ele se fez conservador e continuou mais do que nunca a

*** A maioria dos livros da biblioteca de Quaresma tem como autores homens que viajaram pelo Brasil e relataram maravilhados o que viram por aqui. Essas leituras confirmam, ao lado de muitos outros índices, seu patriotismo radical.**

Palrador: nessa passagem, tem o sentido de "da boca pra fora", isto é, Quaresma não foi tomado por um patriotismo apenas de palavras vazias.

**** Já se percebe a intenção de Quaresma em elaborar um projeto para fazer o Brasil progredir.**

Estro: inspiração, gênio.

amar a *terra que o viu nascer*. Impossibilitado de evoluir-se sob os **dourados** do Exército, procurou a administração e dos seus ramos escolheu o militar.

Era onde estava bem. No meio de soldados, de canhões, de veteranos, de papelada **inçada** de quilos de pólvora, de nomes de fuzis e termos técnicos de artilharia, aspirava diariamente aquele hálito de guerra, de bravura, de vitória, de triunfo, que é bem o hálito da Pátria.*

Durante os lazeres burocráticos, estudou, mas estudou a Pátria, nas suas riquezas naturais, na sua história, na sua geografia, na sua literatura e na sua política. Quaresma sabia as espécies de minerais, vegetais e animais que o Brasil continha; sabia o valor do ouro, dos diamantes exportados por Minas, as guerras holandesas, as batalhas do Paraguai, as nascentes e o curso de todos os rios. Defendia com **azedume** e paixão a proeminência do Amazonas sobre todos os demais rios do mundo. Para isso ia até o crime de amputar alguns quilômetros ao Nilo e era com este rival do "seu" rio que ele mais implicava. Ai de quem o citasse na sua frente! Em geral, calmo e delicado, o major ficava agitado e malcriado, quando se discutia a extensão do Amazonas em face da do Nilo.

Havia um ano a esta parte que se dedicava ao tupi-guarani. Todas as manhãs, antes que a "Aurora, com seus dedos rosados, abrisse caminho ao louro Febo"**, ele se atracava até o almoço com o Montoya, *Arte y diccionario de la lengua guaraní ó más bien tupí*, e estudava o **jargão caboclo** com afinco e paixão. Na repartição, os pequenos empregados, **amanuenses** e escreventes, tendo notícia desse seu estudo do idioma tupiniquim, deram não se sabe por que em chamá-lo — Ubirajara. Certa vez, o escrevente Azevedo, ao assinar o ponto, distraído, sem reparar quem lhe estava às costas, disse em **tom chocarreiro**: "Você já viu que hoje o Ubirajara está tardando?".

Quaresma era considerado no arsenal: a sua idade, a sua ilustração, a modéstia e honestidade de seu viver

Dourados: alusão aos dourados das fardas dos militares.

Inçada: cheia.

*** Repare como Quaresma associa "hálito de guerra, de bravura, de vitória..." à própria pátria. A grandeza, portanto, estaria ligada também ao heroísmo militar.**

Azedume: mau humor, irritação.

**** Citação irônica de um verso do poeta grego Homero. Febo é um dos nomes de Apolo, deus grego da luz.**

Jargão: dialeto.

Caboclo: a língua nativa.

Amanuenses: funcionários públicos que copiavam ou registravam documentos.

Tom chocarreiro: tom de brincadeira.

impunham-no ao respeito de todos. Sentindo que a alcunha lhe era dirigida, não perdeu a dignidade, não **prorrompeu** em **doestos** e insultos. Endireitou-se, concertou o *pince-nez*, levantou o dedo indicador no ar e respondeu:

— Senhor Azevedo, não seja leviano. Não queira levar ao ridículo aqueles que trabalham em silêncio, para a grandeza e a emancipação da Pátria.

Nesse dia, o major pouco conversou. Era costume seu, assim pela hora do café, quando os empregados deixavam as bancas, transmitir aos companheiros o fruto de seus estudos, as descobertas que fazia, no seu gabinete de trabalho, de riquezas nacionais. Um dia era o petróleo, que lera em qualquer parte, como sendo encontrado na Bahia; outra vez, era um novo exemplar de árvore de borracha que crescia no rio Pardo, em Mato Grosso; outra, era um sábio, uma notabilidade, cuja bisavó era brasileira; e quando não tinha descoberta a trazer, entrava pela **corografia**, contava o curso dos rios, a sua extensão navegável, os melhoramentos insignificantes de que careciam para se prestarem a um franco percurso da foz às nascentes. Ele amava sobremodo os rios; as montanhas lhe eram indiferentes. Pequenas talvez...*

Os colegas ouviam-no respeitosos e ninguém, a não ser esse tal Azevedo, se animava na sua frente a lhe fazer a menor objeção, a avançar uma pilhéria, um dito. Ao voltar as costas, porém, vingavam-se da cacetada, cobrindo-o de troças: "Este Quaresma! Que cacete! Pensa que somos **meninos de tico-tico**... Arre! Não tem outra conversa".

E desse modo ele ia levando a vida, metade na repartição, sem ser compreendido, e a outra metade em casa, também sem ser compreendido. No dia em que o chamaram de Ubirajara, Quaresma ficou reservado, taciturno, mudo, e só veio a falar porque, quando lavavam as mãos num aposento próximo à secretaria e se preparavam para sair, alguém, suspirando, disse: "Ah!

Prorrompeu: explodiu.

Doestos: ofensas, insultos.

Corografia: estudo geográfico de um país ou de uma de suas regiões.

*** Observe a ironia nas reticências. Quaresma preferia os rios às montanhas, pois elas não têm altura comparável à grandeza da pátria.**

Meninos de tico-tico: provável alusão a crianças que liam a revista infantil *O Tico-Tico*, publicada semanalmente de 1905 a 1957. Foi a primeira revista infantil brasileira e a primeira a publicar histórias em quadrinhos.

Meu Deus! Quando poderei ir à Europa!" O major não se conteve: levantou o olhar, concertou o *pince-nez* e falou fraternal e persuasivo: "Ingrato! Tens uma terra tão bela, tão rica, e queres visitar a dos outros! Eu, se algum dia puder, hei de percorrer a minha de princípio ao fim!"*

O outro objetou-lhe que por aqui só havia febres e mosquitos; o major contestou-lhe com estatísticas e até provou exuberantemente que o Amazonas tinha um dos melhores climas da terra. Era um clima caluniado pelos viciosos que de lá vinham doentes...

Era assim o major Policarpo Quaresma, que acabava de chegar à sua residência, às quatro e quinze da tarde, sem erro de um minuto, como todas as tardes, exceto aos domingos, exatamente ao jeito da aparição de um astro ou de um eclipse.

No mais, era um homem como todos os outros, a não ser aqueles que têm ambições políticas ou de fortuna, porque Quaresma não as tinha no mínimo grau.

Sentado na cadeira de balanço, bem ao centro de sua biblioteca, o major abriu um livro e pôs-se a lê-lo à espera do **conviva**. Era o velho Rocha Pita, o entusiástico e **gongórico Rocha Pita**, da *História da América Portuguesa*. Quaresma estava lendo aquele famoso período: "Em nenhuma outra região se mostra o céu mais sereno, nem madruga mais bela a aurora; o sol em nenhum outro hemisfério tem os raios mais dourados..." mas não pôde ir ao fim. Batiam à porta. Foi abri-la em pessoa.

— Tardei, major? — perguntou o visitante.

— Não. Chegaste à hora.

Acabava de entrar em casa do Major Quaresma o senhor Ricardo Coração dos Outros, homem célebre pela sua habilidade em cantar modinhas e tocar violão. Em começo, a sua fama estivera limitada a um pequeno subúrbio da cidade, em cujos *saraus* ele e seu violão figuravam como **Paganini** e a sua rabeca em festas de duques; mas, aos poucos, com o tempo, foi tomando toda a extensão dos subúrbios, crescendo, solidificando-se, até ser considerada como coisa própria a eles.

*** Através das falas de Quaresma o narrador vai construindo a imagem ufanista e caricatural da personagem.**

Conviva: convidado.

Gongórico: pomposo, que escreve de forma rebuscada.

Rocha Pita (1660-1738): historiador. O trecho que Quaresma lê reproduz, na linguagem — repare na seleção de palavras —, o ufanismo com que ele próprio representa a pátria.

Niccolò Paganini (1782-1840): famoso compositor e violinista italiano.

Não se julgue, entretanto, que Ricardo fosse um cantor de modinhas aí qualquer, um capadócio. Não; Ricardo Coração dos Outros era um artista a frequentar e a honrar as melhores famílias do Méier, Piedade e Riachuelo*. Rara era a noite em que não recebesse um convite. Fosse na casa do tenente Marques, do doutor Bulhões ou do *Seu* Castro, a sua presença era sempre requerida, instada e apreciada. O doutor Bulhões, até, tinha pelo Ricardo uma admiração especial, um delírio, um frenesi e, quando o trovador cantava, ficava em êxtase. "Gosto muito de canto", dizia o doutor no trem certa vez, "mas só duas pessoas me enchem as medidas: o **Tamagno** e o Ricardo". Esse doutor tinha uma grande reputação nos subúrbios, não como médico, pois que nem óleo de rícino receitava, mas como entendido em legislação telegráfica, por ser chefe de seção da Secretaria dos Telégrafos.**

Dessa maneira, Ricardo Coração dos Outros gozava da estima geral da alta sociedade suburbana. É uma alta sociedade muito especial e que só é alta nos subúrbios. Compõe-se em geral de funcionários públicos, de pequenos negociantes, de médicos com alguma clínica, de tenentes de diferentes milícias, **nata** essa que **impa** pelas ruas esburacadas daquelas distantes regiões, assim como nas festas e nos bailes, com mais força que a burguesia de Petrópolis e Botafogo. Isso é só lá, nos bailes, nas festas e nas ruas, onde se algum dos seus representantes vê um tipo mais ou menos, olha-o da cabeça aos pés, demoradamente, assim como quem diz: aparece lá em casa que te dou um prato de comida. Porque o orgulho da aristocracia suburbana está em ter todo dia jantar e almoço, muito feijão, muita carne-seca, muito ensopado — aí, julga ela, é que está a **pedra de toque** da nobreza, da alta linha, da distinção.

Fora dos subúrbios, na **Rua do Ouvidor**, nos teatros, nas grandes festas centrais, essa gente míngua, apaga-se, desaparece, chegando até as suas mulheres e filhas a perder a beleza com que deslumbram, quase diaria-

*** Nomes de bairros do subúrbio carioca.**

Francesco Tamagno (1850-1905): foi um famoso cantor italiano de ópera, que fez apresentações em vários países, inclusive no Brasil.

**** Lima Barreto, também morador de subúrbio, conhecia e amava sua gente. Mesmo assim não deixa de, através do narrador, lançar um olhar crítico para o comportamento das pessoas que lá habitavam.**

Nata: elite.

Impa: exibe-se orgulhosamente.

Pedra de toque: essência.

Rua do Ouvidor: ponto central e chique do Rio de Janeiro, que concentrava o comércio internacional e sofisticado no final do século XIX.

mente, os lindos cavalheiros dos intermináveis bailes diários daquelas redondezas.

Ricardo, depois de ser poeta e o cantor dessa curiosa aristocracia*, extravasou e passou à cidade, propriamente. A sua fama já chegava a **São Cristóvão** e em breve (ele o esperava) **Botafogo** convidá-lo-ia, pois os jornais já falavam no seu nome e discutiam o alcance de sua obra e da sua poética...

Mas que vinha ele fazer ali, na casa de pessoa de propósitos tão altos e tão severos hábitos? Não é difícil atinar. Decerto não vinha auxiliar o major nos seus estudos de geologia, de poética, de mineralogia e história brasileiras.

Como bem supôs a vizinhança, o Coração dos Outros vinha ali tão somente ensinar o major a cantar modinhas e a tocar violão. Nada mais, e é simples.

De acordo com a sua paixão dominante, Quaresma estivera muito tempo a meditar qual seria a expressão poético-musical característica da alma nacional. Consultou historiadores, cronistas e filósofos e adquiriu certeza que era a modinha acompanhada pelo violão. Seguro dessa verdade, não teve dúvidas: tratou de aprender o instrumento genuinamente brasileiro e entrar nos segredos da modinha. Estava nisso tudo ***a quo***, mas procurou saber quem era o primeiro executor e cantor da cidade e tomou lições com ele. O seu fim era disciplinar a modinha e tirar dela um forte motivo original de arte.

Ricardo vinha justamente dar-lhe lição, mas, antes disso, por convite especial do discípulo, ia compartilhar o seu jantar; e fora por isso que o famoso trovador chegou mais cedo à casa do subsecretário.

— Já sabe dar o *ré* sustenido, major? — perguntou Ricardo logo ao sentar-se.

— Já.

— Vamos ver.

Dizendo isto, foi desencapotar o seu sagrado violão; mas não houve tempo. Dona Adelaide, a irmã de

*** Novamente a ironia do narrador ao se referir a uma classe média que se imaginava aristocrata. Ricardo quer atingir Botafogo, reduto da verdadeira aristocracia.**

São Cristóvão e Botafogo: bairros do Rio de Janeiro.

Estava *a quo*: estava na ignorância, por fora.

Quaresma, entrou e convidou-os a irem jantar. A sopa já esfriava na mesa, que fossem!

— O senhor Ricardo há de nos desculpar — disse a velha senhora — a pobreza do nosso jantar. Eu lhe quis fazer um frango com ***petit-pois***, mas Policarpo não deixou. Disse-me que esse tal *petit-pois* é estrangeiro e que eu o substituísse por **guando**. Onde é que se viu frango com guando?

Coração dos Outros **aventou** que talvez fosse bom, seria uma novidade e não fazia mal experimentar.

— É uma mania de seu amigo, senhor Ricardo, esta de só querer coisas nacionais, e a gente tem que ingerir cada droga, xi!

— Qual, Adelaide, você tem certas ojerizas! A nossa terra, que tem todos os climas do mundo, é capaz de produzir tudo que é necessário para o estômago mais exigente. Você é que deu para implicar.

— Exemplo: a manteiga que fica logo rançosa.

— É porque é de leite, se fosse como essas estrangeiras aí, fabricadas com gorduras de esgotos, talvez não se estragasse... É isto, Ricardo! Não querem nada da nossa terra...

— Em geral é assim — disse Ricardo.

— Mas é um erro... Não protegem as indústrias nacionais... Comigo não há disso; de tudo que há nacional, eu não uso estrangeiro. Visto-me com pano nacional, calço botas nacionais e assim por diante.*

Sentaram-se à mesa. Quaresma agarrou uma pequena garrafa de cristal e serviu dois cálices de **parati**.

— É do programa nacional — fez a irmã, sorrindo.

— Decerto, e é um magnífico aperitivo. Esses vermutes por aí, drogas; isto é álcool puro, bom, de cana, não é de batatas ou milho...

Ricardo agarrou o cálice com delicadeza e respeito, levou-o aos lábios e foi como se todo ele bebesse o licor nacional.

— Está bom, hein? — indagou o major.

— Magnífico — fez Ricardo, estalando os lábios**.

***Petit-pois* (em francês): ervilha.**

Guando: semente pequena, semelhante à ervilha, altamente nutritiva. É muito cultivada especialmente nos trópicos.

Aventou: sugeriu.

*** Veja que o Brasil no fim do século XIX começa a se industrializar. Já se discute também a proteção à indústria nacional.**

Parati: pinga fabricada em Parati, cidade do Rio de Janeiro. Ficou tão famosa que a marca "parati" passou a ser usada como substantivo comum para designar qualquer pinga.

**** As reações de Ricardo parecem confirmar-lhe o nome: era bom, cordato, "coração dos outros".**

— É de Angra. Agora tu vais ver que magnífico vinho do Rio Grande temos... Qual **Borgonha**! Qual **Bordeaux**! Temos no Sul muito melhores...

E o jantar correu assim, nesse tom. Quaresma exaltando os produtos nacionais: a banha, o toucinho e o arroz; a irmã fazia pequenas objeções e Ricardo dizia: "É, é, não há dúvida", rolando nas órbitas os olhos pequenos, franzindo a testa diminuta que se sumia no cabelo áspero, forçando muito a sua fisionomia miúda e dura a adquirir uma expressão sincera de delicadeza e satisfação.

Acabado o jantar foram ver o jardim. Era uma maravilha; não tinha nem uma flor...* Certamente não se podia tomar por tal míseros beijos-de-frade, palmas-de-santa-rita, quaresmas **lutulentas**, manacás melancólicos e outros belos exemplares dos nossos campos e prados. Como em tudo o mais, o major era em jardinagem essencialmente nacional. Nada de rosas, de crisântemos, de magnólias — flores exóticas; as nossas terras tinham outras mais belas, mais expressivas, mais **olentes**, como aquelas que ele tinha ali.

Ricardo ainda uma vez concordou e os dois entraram na sala, quando o crepúsculo vinha devagar, muito vagaroso e lento, como se fosse um longo adeus saudoso do sol ao deixar a terra, pondo nas coisas a sua poesia **dolente** e a sua **deliquescência**.

Mal foi aceso o gás**, o mestre de violão empunhou o instrumento, apertou as cravelhas, correu a escala, abaixando-se sobre ele como se o quisesse beijar. Tirou alguns acordes, para experimentar; e dirigiu-se ao discípulo, que já tinha o seu em posição:

— Vamos ver. Tire a escala, major.

Quaresma preparou os dedos, afinou a viola, mas não havia na sua execução nem a firmeza, nem o **dengue** com que o mestre fazia a mesma operação.

— Olhe, major, é assim.

E mostrava a posição do instrumento, indo do colo ao braço esquerdo estendido, seguro levemente pelo direito; e em seguida acrescentou:

Borgonha, Bordeaux: regiões da França famosas pela produção de excelentes vinhos.

*** Novamente aqui o narrador se revela irônico: a maravilha do jardim é negada pela ausência de flores — que é o que se espera que um jardim maravilhoso tenha — e pelas reticências.**

Lutulentas: lodosas, lamacentas.

Olentes: perfumadas, aromáticas.

Dolente: tristonha.

Deliquescência: dissolução, desaparecimento.

**** Repare que não havia ainda luz elétrica.**

Dengue: dengo.

— Major, o violão é o instrumento da paixão. Precisa de peito para falar... É preciso encostá-lo, mas encostá-lo com maciez e amor, como se fosse a amada, a noiva, para que diga o que sentimos...

Diante do violão, Ricardo ficava **loquaz**, cheio de sentenças, todo ele **fremindo** de paixão pelo instrumento desprezado.

A lição durou uns cinquenta minutos. O major sentiu-se cansado e pediu que o mestre cantasse. Era a primeira vez que Quaresma lhe fazia esse pedido; embora lisonjeado, quis a vaidade profissional que ele, a princípio, se negasse.

— Oh! Não tenho nada novo, uma composição minha.

Dona Adelaide **obtemperou** então:

— Cante uma de outro.

— Oh! Por Deus, minha senhora! Eu só canto as minhas. O **Bilac**, conhecem?, quis fazer-me uma modinha, eu não aceitei; você não entende de violão, *seu* Bilac. A questão não está em escrever uns versos certos que digam coisas bonitas; o essencial é achar-se as palavras que o violão pede e deseja. Por exemplo: se eu dissesse, como em começo quis, n' *O pé*, uma modinha minha, *o teu pé é uma folha de trevo*, não ia com o violão. Querem ver?

E ensaiou em voz baixa, acompanhado pelo instrumento: *o - teu - pé - é - uma - fo - lha - de - tre - vo*.

— Vejam — continuou ele — como não dá. Agora reparem: *o - teu - pé - é - uma - ro - sa - de - mir - ra*. É outra coisa, não acham?

— Não há dúvida — disse a irmã de Quaresma.

— Cante essa — convidou o major.

— Não — objetou Ricardo. — Está velha; vou cantar a *Promessa*, conhecem?

— Não — disseram os dois irmãos.

— Oh! Anda por aí como ***As pombas*** do Raimundo.

— Cante lá, senhor Ricardo — pediu dona Adelaide.

Ricardo Coração dos Outros por fim afinou ainda uma vez o violão e começou em voz fraca:

Loquaz: **falador.**

Fremindo: **vibrando.**

Obtemperou: **respondeu gentilmente, ponderou.**

Olavo Bilac (1865-1918): **famoso poeta parnasiano.**

As pombas: **é um conhecido poema de Raimundo Correia (1860-1911).**

Prometo pelo Santíssimo Sacramento
Que serei tua paixão...

— Vão vendo — disse ele num intervalo — quanta imagem, quanta imagem!

E continuou. As janelas estavam abertas. Moças e rapazes começaram a se amontoar na calçada para ouvir o **menestrel**. Sentindo que a rua se interessava, Coração dos Outros foi apurando a dicção, tomando um ar feroz que ele supunha ser de ternura e entusiasmo; e, quando acabou, as palmas soaram do lado de fora e uma moça entrou procurando dona Adelaide.

— Senta-te, Ismênia — disse ela.

— A demora é pouca.

Ricardo aprumou-se na cadeira, olhou um pouco a moça e continuou a dissertar sobre a modinha. Aproveitando uma pausa, a irmã de Quaresma perguntou à moça:

— Então, quando te casas?

Era a pergunta que se lhe fazia sempre. Ela então curvava do lado direito a sua triste cabecinha, coroada de magníficos cabelos castanhos, com tons de ouro, e respondia:

— Não sei... Cavalcânti forma-se no fim do ano e então marcaremos.

Isto era dito arrastado, com uma preguiça de impressionar.

Não era feia a menina, a filha do general, vizinho de Quaresma. Era até bem simpática, com a sua fisionomia de pequenos traços mal desenhados e cobertos de umas tintas de bondade.

Aquele seu noivado durava há anos; o noivo, o tal Cavalcânti, estudava para dentista, um curso de dois anos, mas que ele arrastava há quatro, e Ismênia tinha sempre que responder à famosa pergunta: "Então, quando se casa?" "Não sei... Cavalcânti forma-se para o ano e..."

Intimamente ela não se incomodava. Na vida, para ela, só havia uma coisa importante: casar-se; mas pressa não tinha, nada nela a pedia. Já agarrara um noivo, o resto era questão de tempo...*

Menestrel: cantor e músico ambulante.

* A pressão social que empurrava as moças para o casamento, já sinalizada nesse parágrafo, será bastante criticada ao longo da história. Acompanhe com atenção a trajetória de Ismênia.

Após responder a dona Adelaide, explicou o motivo da visita. Viera, em nome do pai, convidar Ricardo Coração dos Outros a cantar em casa dela.

— Papai — disse dona Ismênia — gosta muito de modinhas... É do Norte; a senhora sabe, dona Adelaide, que gente do Norte aprecia muito. Venham.

E para lá foram.

2. REFORMAS RADICAIS

Havia bem dez dias que o major Quaresma não saía de casa. Na sua meiga e sossegada casa de São Cristóvão, enchia os dias da forma mais útil e agradável às necessidades do seu espírito e do seu temperamento. De manhã, depois da ***toilette*** e do café, sentava-se no divã da sala principal e lia os jornais. Lia diversos*, porque sempre esperava encontrar num ou noutro uma notícia curiosa, a sugestão de uma ideia útil à sua cara Pátria. Os seus hábitos burocráticos faziam-no almoçar cedo, e, embora estivesse de férias, para os não perder, continuava a tomar a primeira refeição de garfo às nove e meia da manhã.

Acabado o almoço, dava umas voltas pela chácara, chácara em que predominavam as fruteiras nacionais, recebendo a pitanga e o **cambuim** os mais cuidadosos tratamentos aconselhados pela **pomologia**, como se fossem bem cerejas ou figos.

O passeio era demorado e filosófico. Conversando com o preto Anastácio, que lhe servia há trinta anos, sobre coisas antigas — o casamento das princesas, a quebra do Souto** e outras —, o major continuava com o pensamento preso aos problemas que o preocupavam ultimamente. Após uma hora ou menos, voltava à biblioteca e mergulhava nas revistas do Instituto Histórico, no **Fernão Cardim**, nas cartas de **Nóbrega**, nos anais

Toilette **(em francês): toalete.**

*** A imprensa prosperou muito no final do século XIX. Além de grandes jornais, periódicos menores tinham público certo.**

Cambuim: cambuí; pequena árvore frutífera da família das Mirtáceas.

Pomologia: estudo da cultura de pomos ou árvores frutíferas.

**** Alusão à falência da firma A. J. Souto & Cia., em 1860, que fez muita gente perder dinheiro.**

Fernão Cardim (1540--1625): jesuíta português que escreveu estudos sobre o Brasil.

Padre Manuel da Nóbrega (1517-1570): jesuíta português que foi um dos principais missionários do período da colonização do Brasil, além de ter sido responsável, junto com o padre Anchieta, pela fundação do núcleo original da cidade de São Paulo. Deixou muitos escritos sobre a terra e os nativos.

da Biblioteca, no **Von den Steinen** e tomava notas sobre notas, guardando-as numa pequena pasta ao lado. Estudava os índios. Não fica bem dizer estudava, porque já o fizera há tempos, não só no tocante à língua, que já quase falava, como também nos simples aspectos etnográficos e antropológicos. Recordava (é melhor dizer assim), afirmava certas noções dos seus estudos anteriores, visto estar organizando um sistema de cerimônias e festas que se baseasse nos costumes dos nossos silvícolas e abrangesse todas as relações sociais.

Para bem se compreender o motivo disso, é preciso não esquecer que o major, depois de trinta anos de meditação patriótica, de estudos e reflexões, chegava agora ao período da frutificação. A convicção que sempre tivera de ser o Brasil o primeiro país do mundo e o seu grande amor à Pátria eram agora ativos e impeliram-no a grandes **cometimentos**. Ele sentia dentro de si impulsos imperiosos de agir, de obrar e de concretizar suas ideias. Eram pequenos melhoramentos, simples toques, porque em si mesma (era a sua opinião), a grande **Pátria do Cruzeiro** só precisava de tempo para ser superior à Inglaterra.

Tinha todos os climas, todos os frutos, todos os minerais e animais úteis, as melhores terras de cultura, a gente mais valente, mais hospitaleira, mais inteligente e mais doce do mundo***** — o que precisava mais? Tempo e um pouco de originalidade. Portanto, dúvidas não flutuavam mais no seu espírito, mas no que se referia à originalidade de costumes e usanças, não se tinham elas dissipado, antes se transformaram em certeza após tomar parte na folia do ***Tangolomango***, numa festa que o general dera em casa.

Caso foi que a visita do Ricardo e do seu violão ao bravo militar veio despertar no general e na família um gosto pelas festanças, cantigas e hábitos genuinamente nacionais, como se diz por aí. Houve em todos um desejo de sentir, de sonhar, de poetar à maneira popular dos velhos tempos******. Albernaz, o general, lembrava-se

Karl von den Steinen: naturalista e explorador alemão (1855-1929), escreveu várias obras sobre os nativos brasileiros.

Cometimentos: ações arrojadas.

Pátria do Cruzeiro: o Brasil.

*** Essa imagem do povo brasileiro foi bastante cultivada e difundida. A ideia de que o brasileiro é doce e caloroso parece convencer os visitantes estrangeiros até hoje. Você concorda com isso?**

Tangolomango (ou tanglomanglo): cantiga folclórica de roda em que no final de cada verso um participante deixa a brincadeira.

**** As personagens, caracterizadas ironicamente como "curiosa aristocracia", ainda se identificam com os "velhos tempos", embora tentem cultivar hábitos "modernos" imitando a alta sociedade carioca, como foi retratado na página 28.**

de ter visto tais cerimônias na sua infância; dona Maricota, sua mulher, até ainda se lembrava de uns versos de Reis; e os seus filhos, cinco moças e um rapaz, viram na coisa um pretexto de festas e, portanto, aplaudiram o entusiasmo dos progenitores. A modinha era pouco; os seus espíritos pediam coisa mais plebeia, mais característica e extravagante.

Quaresma ficou encantado, quando Albernaz falou em organizar uma **chegança**, à moda do Norte, por ocasião do aniversário de sua praça. Em casa do general era assim: qualquer aniversário tinha a sua festa, de forma que havia bem umas trinta por ano, não contando domingos, dias feriados e santificados em que se dançava também.

O major pensara até ali pouco nessas coisas de festas e danças tradicionais, entretanto viu logo a significação altamente patriótica do intento. Aprovou e animou o vizinho. Mas quem havia de ensaiar, de dar os versos e a música? Alguém lembrou a tia Maria Rita, uma preta velha, que morava em Benfica, antiga lavadeira da família Albernaz. Lá foram os dois, o general Albernaz e o major Quaresma, alegres, apressados, por uma linda e cristalina tarde de abril.

O general nada tinha de **marcial**, nem mesmo o uniforme que talvez não possuísse. Durante toda a sua carreira militar, não viu uma única batalha, não tivera um comando, nada fizera que tivesse relação com a sua profissão e o seu curso de artilheiro. Fora sempre ajudante de ordens, assistente, encarregado disso ou daquilo, escriturário, almoxarife, e era secretário do Conselho Supremo Militar, quando se reformou em general. Os seus hábitos eram de um bom chefe de seção e a sua inteligência não era muito diferente dos seus hábitos. Nada entendia de guerras, de estratégia, de tática ou de história militar; a sua sabedoria a tal respeito estava reduzida às batalhas do Paraguai, para ele a maior e a mais extraordinária guerra de todos os tempos*.

Chegança: festa popular relacionada ao Natal e ao Dia de Reis.

Marcial: guerreiro.

*** Mais uma ironia do narrador com relação à inexperiência e despreparo dos militares brasileiros, no caso, um general.**

O **altissonante** título de general, que lembrava coisas sobre-humanas dos **Césares,** dos **Turennes** e dos **Gustavos Adolfos**, ficava mal naquele homem plácido, medíocre, bonachão, cuja única preocupação era casar as cinco filhas e arranjar ***pistolões*** para fazer passar o filho nos exames do Colégio Militar. Contudo, não era conveniente que se duvidasse das suas aptidões guerreiras. Ele mesmo, percebendo o seu ar muito civil, de onde em onde, contava um episódio de guerra, uma anedota militar. "Foi em **Lomas Valentinas**", dizia ele... Se alguém perguntava: "O general assistiu a batalha?" Ele respondia logo: "Não pude. Adoeci e vim para o Brasil, nas vésperas. Mas soube pelo **Camisão**, pelo Venâncio, que a coisa esteve preta".*

O bonde que os levava até a velha Maria Rita percorria um dos trechos mais interessantes da cidade. Ia pelo Pedregulho, uma velha porta da cidade, antigo término de um picadão que ia ter a Minas, se esgalhava para São Paulo e abria comunicações com o **Curato** de Santa Cruz.

Por aí em costas de bestas vieram ter ao Rio o ouro e o diamante de Minas e ainda ultimamente os chamados gêneros do país. Não havia ainda cem anos que as carruagens d'el-rei Dom João VI, pesadas como naus, a balouçarem-se sobre as quatro rodas muito separadas, passavam por ali para irem ter ao longínquo Santa Cruz. Não se pode crer que a coisa fosse lá muito imponente; a Corte andava em apuros de dinheiro e o rei era relaxado. Não obstante os soldados remendados, tristemente montados em *pangarés* desanimados, o **préstito** devia ter a sua grandeza, não por ele mesmo, mas pelas humilhantes marcas de respeito que todos tinham que dar à sua lamentável majestade.**

Entre nós tudo é inconsistente, provisório, não dura. Não havia ali nada que lembrasse esse passado. As casas velhas, com grandes janelas, quase quadradas, e vidraças de pequenos vidros eram de há bem poucos anos, menos de cinquenta.

Altissonante: pomposo, que lembra grandes feitos militares.

Césares, Turennes e Gustavos Adolfos: citação de comandantes famosos da história.

Pistolões: recomendações de pessoas influentes.

Lomas Valentinas: uma das batalhas da Guerra do Brasil contra o Paraguai.

Carlos de Morais Camisão (1821-1867): foi um coronel do exército brasileiro que participou ativamente da Guerra do Paraguai.

* Veja como o narrador satiriza os militares de gabinete, representados pela mediocridade de Albernaz.

Curato: povoação pastoreada por um cura ou pároco, isto é, sacerdote que cuida de uma paróquia.

Préstito: cortejo.

** Rei relaxado, corte sem dinheiro, soldados em pangarés: a veia crítica do narrador desmitifica a nobreza, opondo-a à imaginação popular.

Quaresma e Albernaz atravessaram tudo aquilo sem reminiscências e foram até ao ponto. Antes **perlustraram** a zona do turfe, uma pequena porção da cidade onde se amontoam cocheiras e **coudelarias** de animais de corridas, tendo grandes ferraduras, cabeças de cavalos, **panóplias** de chicotes e outros emblemas hípicos, nos pilares dos portões, nas almofadas das portas, por toda parte onde tais distintivos fiquem bem e deem na vista.

A casa da velha preta ficava além do ponto, para as bandas da estação da estrada de ferro Leopoldina. Lá foram ter. Passaram pela estação. Sobre um largo terreiro, negro de **moinha** de carvão de pedra, **medas** de lenha e imensas **tulhas** de sacos de carvão vegetal se acumulavam; mais adiante um depósito de locomotivas e sobre os trilhos algumas manobravam e outras arfavam sob pressão.

Apanharam afinal o **carreiro** onde ficava a casa da Maria Rita. O tempo estivera seco e por isso se podia andar por ele. Para além do caminho, estendia-se a vasta região de mangues, uma zona imensa, triste e feia, que vai até ao fundo da baía e, no horizonte, morre ao sopé das montanhas azuis de Petrópolis. Chegaram à casa da velha. Era baixa, caiada e coberta com as pesadas telhas portuguesas. Ficava um pouco afastada da estrada. À direita havia um **monturo**: restos de cozinha, trapos, conchas de mariscos, pedaços de louça caseira — um **sambaqui** a fazer-se para **gáudio** de um arqueólogo de futuro remoto; à esquerda, crescia um mamoeiro e bem junto à cerca, no mesmo lado, havia um pé de arruda*****. Bateram. Uma pretinha moça apareceu na janela aberta.

— Que desejam?

Disseram o que queriam e aproximaram-se. A moça gritou para o interior da casa:

— Vovó estão aí dois *moços* que querem falar com a senhora. Entrem, façam o favor — disse ela depois, dirigindo-se ao general e ao seu companheiro.

Perlustraram: percorreram.

Coudelarias: locais de procriação e aperfeiçoamento de raças de cavalos.

Panóplias: conjuntos.

Moinha: pó a que se reduz algo que foi moído ou triturado.

Medas (ê): feixes.

Tulhas: montes.

Carreiro: caminho.

Monturo: monte de lixo.

Sambaqui: nome dado às camadas geológicas constituídas por depósitos de conchas, cascos de ostras e outros restos de cozinha dos índios pré-históricos brasileiros. Ironicamente, o narrador compara o monte de lixo que havia perto da casa a um sambaqui em formação.

Gáudio: alegria.

* Veja como o narrador acentua a pobreza e a feiura do lugar. Essa imagem contrasta com a que Quaresma fazia da pátria.

A sala era pequena e de **telha-vã**. Pelas paredes, velhos cromos de folhinhas, registros de santos, recortes de ilustrações de jornais baralhavam-se e subiam por elas acima até dois terços de altura. Ao lado de uma Nossa Senhora da Penha, havia um retrato de **Vítor Emanuel**, com enormes bigodes em desordem; um cromo sentimental de folhinha — uma cabeça de mulher em posição de sonho — parecia olhar um São João Batista ao lado. No alto da porta que levava ao interior da casa, uma lamparina, numa cantoneira, enchia de fuligem a Conceição de louça.

Não tardou vir a velha. Entrou em camisa de bicos de rendas, mostrando o peito descarnado, enfeitado com um colar de miçangas de duas voltas. Capengava de um pé e parecia querer ajudar a marcha, com a mão esquerda pousada na perna correspondente.

— Boas tardes, tia Maria Rita — disse o general.

Ela respondeu, mas não deu mostras de ter reconhecido quem lhe falava. O general atalhou:

— Não me conhece mais? Sou o general, o coronel Albernaz.

— Ah! É sô coroné!... Há quanto tempo! Como está nhã Maricota?

— Vai bem. Minha velha, nós queríamos que você nos ensinasse umas cantigas.

— Quem sou eu, ioiô!

— Ora! Vamos, tia Maria Rita... você não perde nada... você não sabe o ***Bumba meu boi***?

— Quá ioiô, já mi esqueceu.

— E o ***Boi-espácio***.

— Coisa veia, do tempo do cativeiro. Pra que sô coroné qué sabê isso?*

Ela falava arrastando as sílabas, com um doce sorriso e um olhar vago.

— É para uma festa... Qual é a que você sabe?

A neta que até ali ouvia calada a conversa animou-se a dizer alguma coisa, deixando perceber rapidamente a fiada reluzente de seus dentes imaculados:

Telha-vã: telhado sem forro.

Vítor Emanuel (1820-1878): referência provável ao rei da Sardenha e da Itália.

Bumba meu boi (ou boi-bumbá): dança do folclore brasileiro, com personagens humanos e animais fantásticos, que gira em torno de uma lenda sobre a morte e ressurreição de um boi.

Boi-espácio: longo poema popular que fala de um boi fantástico que, fugindo pelo sertão nordestino, nunca se deixou domar pelos vaqueiros que o perseguiam.

*** Repare que o narrador procura reproduzir com fidelidade a fala das personagens.**

— Vovó já não se lembra.

O general, que a velha chamava coronel, por tê-lo conhecido nesse posto, não atendeu a observação da moça e insistiu:

— Qual esquecida, o quê! Deve saber ainda alguma coisa, não é, titia?

— Só sei o ***Bicho-tutu*** — disse a velha.

— Cante lá!

— Ioiô sabe! Não sabe? Quá, sabe!

— Não sei, cante. Se eu soubesse não vinha aqui. Pergunte aqui ao meu amigo, o major Policarpo, se sei.

Quaresma fez com a cabeça sinal afirmativo e a preta velha, talvez com grandes saudades do tempo em que era escrava e ama de alguma grande casa, farta e rica, ergueu a cabeça, como para melhor recordar-se, e entoou:

É vem tutu
Por detrás do murundu
Pra cumê sinhozinho
Cum bucado de angu.

— Ora! — fez o general com enfado. — Isso é coisa antiga de embalar crianças. Você não sabe outra?

— Não, sinhô. Já mi esqueceu.

Os dois saíram tristes. Quaresma vinha desanimado. Como é que o povo não guardava as tradições de trinta anos passados? Com que rapidez morriam assim na sua lembrança os seus folgares e as suas canções? Era bem um sinal de fraqueza, uma demonstração de inferioridade diante daqueles povos tenazes que os guardam durante séculos! Tornava-se preciso reagir, desenvolver o culto das tradições, mantê-las sempre vivazes nas memórias e nos costumes...

Albernaz vinha contrariado. Contava arranjar um número bom para a festa que ia dar, e escapava-lhe. Era quase a esperança de casamento de uma das quatro filhas que se ia, das quatro, porque uma delas já estava garantida, graças a Deus!

Bicho-tutu: o mesmo que bicho-papão.

O crepúsculo chegava e eles entraram em casa mergulhados na melancolia da hora.

A decepção, porém, demorou dias. Cavalcânti, o noivo de Ismênia, informou que nas imediações morava um literato, teimoso cultivador dos contos e canções populares do Brasil. Foram a ele. Era um velho poeta que teve sua fama aí pelos setenta e tantos, homem doce e ingênuo que se deixara esquecer em vida, como poeta, e agora se entretinha em publicar coleções que ninguém lia, de contos, canções, adágios e ditados populares.

Foi grande a sua alegria quando soube o objetivo da visita daqueles senhores. Quaresma estava animado e falou com calor; e Albernaz também, porque via na sua festa, com um número de ***folklore***, meio de chamar a atenção sobre sua casa, atrair gente e... casar as filhas.

A sala em que foram recebidos era ampla; mas estava tão cheia de mesas, estantes, pejadas de livros, pastas, latas, que mal se podia mover nela. Numa lata lia-se: Santa Ana dos Tocos; numa pasta: São Bonifácio do Cabresto.

— Os senhores não sabem — disse o velho poeta — que riqueza é a nossa poesia popular! Que surpresas ela reserva!... Ainda há dias recebi uma carta de Urubu-de-Baixo com uma linda canção. Querem ver?

O colecionador revolveu pastas e afinal trouxe de lá um papel onde leu:

Se Deus enxergasse pobre
Não me deixaria assim:
Dava no coração dela
Um lugarzinho pra mim.
O amor que tenho por ela
Já não cabe no meu peito;
Sai-me pelos olhos afora
Voa às nuvens direito.

— Não é bonito?... Muito! Se os senhores conhecessem então o ciclo do macaco, a coleção de histórias que o povo tem sobre o símio?... Oh! Uma verdadeira epopeia cômica!

***Folklore* (em inglês): folclore.**

Quaresma olhava para o velho poeta com o espanto satisfeito de alguém que encontrou um semelhante no deserto; e Albernaz, um momento contagiado pela paixão do folclorista, tinha mais inteligência no olhar com que o encarava.

O velho poeta guardou a canção de Urubu-de-Baixo, numa pasta; e foi logo à outra, donde tirou várias folhas de papel. Veio até junto aos dois visitantes e disse-lhes:

— Vou ler aos senhores uma pequena história do macaco, das muitas que o nosso povo conta... Só eu já tenho perto de quarenta e pretendo publicá-las, sob o título *Histórias do Mestre Simão*.

E, sem perguntar se os incomodava ou se estavam dispostos a ouvir, começou:

O macaco perante o juiz de direito

Andava um bando de macacos em troça, pulando de árvore em árvore, nas bordas de uma grota. Eis senão quando, um deles vê no fundo uma onça que lá caíra. Os macacos se enternecem e resolvem salvá-la. Para isso, arrancaram cipós, emendaram-nos bem, amarraram a corda assim feita à cintura de cada um deles e atiraram uma das pontas à onça. Com o esforço reunido de todos, conseguiram içá-la e logo se desamarraram, fugindo. Um deles, porém, não o pôde fazer a tempo e a onça segurou-o imediatamente.

— Compadre Macaco — disse ela —, tenha paciência. Estou com fome e você vai fazer-me o favor de deixar-se comer.

O macaco rogou, instou, chorou; mas a onça parecia inflexível. Simão então lembrou que a demanda fosse resolvida pelo juiz de direito. Foram a ele; o macaco sempre agarrado pela onça. É juiz de direito entre os animais, o jabuti, cujas audiências são dadas à borda dos rios, colocando-se ele em cima de uma pedra. Os dois chegaram e o macaco expôs as suas razões.

O jabuti ouviu-o e no fim ordenou:

— Bata palmas.

Apesar de seguro pela onça, o macaco pôde assim mesmo bater palmas. Chegou a vez da onça, que também expôs as suas razões e motivos. O juiz, como da primeira vez, determinou ao felino:

— Bata palmas.

A onça não teve remédio senão largar o macaco, que se escapou, e também o juiz, atirando-se n'água.

Acabando a leitura, o velho dirigiu-se aos dois:

— Não acham interessante? Muito! Há no nosso povo muita invenção, muita criação, verdadeiro material para ***fabliaux*** interessantes... No dia em que aparecer um literato de gênio que o fixe numa forma imortal... Ah! Então!

Dizendo isso, brincava nas suas faces um demorado sorriso de satisfação e nos seus olhos **abrolhavam** duas lágrimas furtivas.

— Agora — continuou ele, depois de passada a emoção — vamos ao que serve. O *Boi-espácio* ou o *Bumba meu boi* ainda é muita coisa para vocês... É melhor irmos devagar, começar pelo mais fácil... Está aí o *Tangolomango*, conhecem?

— Não — disseram os dois.

— É divertido. Arranjem dez crianças, uma máscara de velho, uma roupa estrambólica para um dos senhores, que eu ensaio.

O dia chegou. A casa do general estava cheia. Cavalcânti viera; e ele e a noiva, à parte, no vão de uma janela, pareciam ser os únicos que não tinham interesse pela folia. Ele, falando muito, cheio de trejeitos no olhar; ela, meio fria, deitando de quando em quando, para o noivo, um olhar de gratidão.

Quaresma fez o *Tangolomango*, isto é, vestiu uma velha sobrecasaca do general, pôs uma imensa máscara de velho, agarrou-se a um bordão curvo, em forma de **báculo**, e entrou na sala. As dez crianças cantaram em coro:

Uma mãe teve dez filhos
Todos os dez dentro de um pote.
Deu o Tangolomango nele
Não ficaram senão nove.

Por aí o major avançava, batia com o báculo no assoalho, fazia: hu! hu! hu!; as crianças fugiam, afinal ele agarrava uma e levava para dentro. Assim ia executando com grande alegria da sala, quando, pela quinta estrofe, lhe faltou o ar, lhe ficou a vista escura e caiu. Tiraram-lhe a máscara, deram-lhe algumas sacudidelas e Quaresma voltou a si.

Fabliaux **(em francês): narrativas breves, em versos. Embora se dedique à pesquisa do folclore nacional, o colecionador lança mão de nomenclatura francesa.**

Abrolhavam: brotavam.

Báculo: espécie de cajado, com a parte superior curva.

O acidente, entretanto, não lhe deu nenhum desgosto pelo *folklore*. Comprou livros, leu todas as publicações a respeito, mas a decepção lhe veio ao fim de algumas semanas de estudo.

Quase todas as tradições e canções eram estrangeiras; o próprio *Tangolomango* o era também. Tornava-se, portanto, preciso arranjar alguma coisa própria, original, uma criação da nossa terra e dos nossos ares.

Essa ideia levou-o a estudar os costumes tupinambás; e, como uma ideia traz outra, logo ampliou o seu propósito e eis a razão por que estava organizando um código de relações, de cumprimentos, de cerimônias domésticas e festas, calcado nos preceitos tupis.

Desde dez dias que se entregava a essa árdua tarefa, quando (era domingo) lhe bateram à porta, em meio de seu trabalho. Abriu, mas não apertou a mão. Desandou a chorar, a berrar, a arrancar os cabelos, como se tivesse perdido a mulher ou um filho. A irmã correu lá de dentro, o Anastácio também, e o compadre e a filha, pois eram eles, ficaram estupefatos no limiar da porta.

— Mas que é isso, compadre?

— Que é isso, Policarpo?

— Mas, meu padrinho...

Ele ainda chorou um pouco. Enxugou as lágrimas e, depois, explicou com a maior naturalidade:

— Eis aí! Vocês não têm a mínima noção das coisas da nossa terra. Queriam que eu apertasse a mão... Isto não é nosso! Nosso cumprimento é chorar quando encontramos os amigos, era assim que faziam os tupinambás*****.

O seu compadre Vicente, a filha e dona Adelaide entreolharam-se, sem saber o que dizer. O homem estaria doido? Que extravagância!

— Mas, senhor Policarpo — disse-lhe o compadre —, é possível que isto seja muito brasileiro, mas é bem triste, compadre.

— Decerto, padrinho — acrescentou a moça com vivacidade. — Parece até agouro...

*** A cena da saudação é engraçada e revela a que ponto estava chegando a obsessão de Quaresma pelo estudo das tradições brasileiras e particularmente, nesse caso, dos índios tupinambás.**

Este seu compadre era italiano de nascimento. A história das suas relações vale a pena contar. Quitandeiro ambulante, fora fornecedor da casa de Quaresma há vinte e tantos anos. O major já tinha as suas ideias patrióticas, mas não desdenhava conversar com o quitandeiro e até gostava de vê-lo suado, curvado ao peso dos cestos, com duas rosas vermelhas nas faces muito brancas de europeu recém-chegado. Mas um belo dia, ia Quaresma pelo Largo do Paço, muito distraído, a pensar nas maravilhas arquitetônicas do chafariz do Mestre **Valentim**, quando veio a encontrar-se com o mercador ambulante. Falou-lhe com aquela simplicidade d'alma que era bem sua, e notou que o rapaz tinha alguma preocupação séria. Não só, de onde em onde, soltava exclamações sem ligação alguma com a conversa atual, como também cerrava os lábios, rilhava os dentes e crispava raivosamente os punhos. Interrogou-o e veio a saber que tivera uma questão de dinheiro com um seu colega, estando disposto a matá-lo, pois perdera o crédito e em breve estaria na miséria. Havia na sua afirmação uma tal energia e um grande e estranho acento de ferocidade que fizeram empregar o major toda a sua doçura e persuasão para dissuadi-lo do propósito. E não ficou nisso só: emprestou-lhe também dinheiro. Vicente Coleoni pôs uma quitanda, ganhou uns contos de réis, fez-se logo empreiteiro, enriqueceu, casou, veio a ter aquela filha, que foi levada à pia pelo seu benfeitor. Inútil é dizer que Quaresma não notou a contradição entre as suas ideias patrióticas e o seu ato.

É verdade que ele não as tinha ainda muito firmes, mas já flutuavam na sua cabeça e reagiam sobre a sua consciência como tênues desejos, **veleidades** de rapaz de pouco mais de vinte anos, veleidades que não tardariam tomar consistência e só esperavam os anos para desabrochar em atos.

Fora, pois, ao seu compadre Vicente e à sua afilhada Olga que ele recebera com o mais legítimo cerimonial **goitacás**, e, se não envergara o traje de rigor de tão

Valentim da Fonseca e Silva (1750-1813): famoso escultor e entalhador brasileiro.

Veleidades: caprichos, vontades.

Goitacás: povo indígena que habitava o litoral entre o Rio de Janeiro e o Espírito Santo.

interessante povo, motivo não foi o não tê-lo. Estava até à mão, mas faltava-lhe tempo para despir-se.

— Lê-se muito, padrinho? — perguntou-lhe a afilhada, deitando sobre ele os seus olhos muito luminosos.

Havia entre os dois uma grande afeição. Quaresma era um tanto reservado e o vexame de mostrar os seus sentimentos faziam-no econômico nas demonstrações afetuosas. Adivinhava-se, entretanto, que a moça ocupava-lhe no coração o lugar dos filhos que não tivera nem teria jamais*. A menina vivaz, habituada a falar alto e desembaraçadamente, não escondia a sua afeição tanto mais que sentia confusamente nele alguma coisa de superior, uma ânsia de ideal, uma tenacidade em seguir um sonho, uma ideia, um voo enfim para as altas regiões do espírito que ela não estava habituada a ver em ninguém do mundo que frequentava. Essa admiração não lhe vinha da educação. Recebera a comum às moças de seu nascimento. Vinha de um pendor próprio, talvez das proximidades europeias do seu nascimento, que a fizeram um pouco diferente das nossas moças.

Fora com um olhar luminoso e **perscrutador** que ela perguntara ao padrinho:

— Então, padrinho, lê-se muito?

— Muito, minha filha. Imagina que medito grandes obras, uma reforma, a emancipação de um povo.

Vicente fora com dona Adelaide para o interior da casa e os dois conversavam a sós na sala dos livros. A afilhada notou que Quaresma tinha alguma coisa de mais. Falava agora com tanta segurança, ele que antigamente era tão modesto, hesitante mesmo no falar — que diabo! Não, não era possível... Mas, quem sabe? E que singular alegria havia nos seus olhos — uma alegria de matemático que resolveu um problema, de inventor feliz!

— Não se vá meter em alguma conspiração — disse a moça gracejando.

— Não te assustes por isso. A coisa vai naturalmente, não é preciso violências...

*** O narrador registra aqui o afeto paternal de Quaresma por Olga. Ela tem sangue italiano, não é uma brasileira pura. Esse é um dado contraditório da personalidade de Quaresma, que, mesmo aferrado à ideia de brasilidade, tem na filha de um estrangeiro sua principal aliada.**

Perscrutador: investigativo.

Nisso Ricardo Coração dos Outros entrou com o seu longo e rabudo fraque de sarja e o seu violão encapotado em camurça. O major fez as apresentações.

— Já o conhecia de nome, Senhor Ricardo — disse Olga.

Coração dos Outros encheu-se de um **alvissareiro** contentamento. A sua fisionomia minguada dilatou-se ao brilho do seu olhar satisfeito; e a sua cútis, que era ressecada e de um tom de velho mármore, como que ficou macia e jovem. Aquela moça parecia rica, era fina e bonita, conhecia-o — que satisfação! Ele que era sempre um tanto **parvo** e atrapalhado, quando se encontrava diante das moças, fossem de que condição fossem, animava-se, soltava a língua, amaciava a voz e ficava numeroso e eloquente.

— Leu então os meus versos, não é, minha senhora?

— Não tive esse prazer, mas li, há meses, uma apreciação sobre um trabalho seu.

— No ***Tempo***, não foi?

— Foi.

— Muito injusta! — acrescentou Ricardo. — Todos os críticos se atêm a essa questão de metrificação. Dizem que os meus versos não são versos... São, sim, mas são versos para violão. Vossa Excelência sabe que os versos para música têm alguma coisa de diferente dos comuns, não é? Não há, portanto, nada a admirar que os meus versos, feitos para violão, sigam outra métrica e outro sistema, não acha?

— Decerto — disse a moça. — Mas parece-me que o senhor faz versos para a música, e não música para os versos.

E ela sorriu devagar, enigmaticamente, deixando parado o seu olhar luminoso, enquanto Ricardo, desconfiado, lhe sondava a intenção com os seus olhinhos vivos e miúdos de camundongo.

Quaresma, que até ali se conservava calado, interveio:

— O Ricardo, Olga, é um artista... Tenta e trabalha para levantar o violão*****.

Alvissareiro: que antecipa uma boa situação, que promete satisfação ou alegria.

Parvo: tolo.

***O Tempo*:** jornal carioca.

* Ricardo luta para valorizar e mudar a imagem do violão, pois, na época, o instrumento era associado a gente vagabunda, marginal.

— Eu sei, padrinho. Eu sei...

— Entre nós, minha senhora — falou Coração dos Outros —, não se levam a sério essas tentativas nacionais, mas, na Europa, todos respeitam e auxiliam... Como é que se chama, major, aquele poeta que escreveu em francês popular?

— **Mistral** — acudiu Quaresma —, mas não é francês popular; é o provençal, uma verdadeira língua.

— Sim, é isso — confirmou Ricardo. — Pois o Mistral não é considerado, respeitado? Eu, no tocante ao violão, estou fazendo o mesmo.

Olhou triunfante para um e outro circunstante; e Olga dirigindo-se a ele, disse:

— Continue na tentativa, senhor Ricardo, que é digno de louvor.

— Obrigado. Fique certa, minha senhora, que o violão é um belo instrumento e tem grandes dificuldades. Por exemplo...

— Qual! — interrompeu Quaresma abruptamente. — Há outros mais difíceis.

— O piano? — perguntou Ricardo.

— Que piano! O **maracá**, a **inúbia**.

— Não conheço.

— Não conheces? É boa! Os instrumentos mais nacionais possíveis, os únicos que o são verdadeiramente; instrumentos dos nossos antepassados, daquela gente valente que se bateu e ainda se bate pela posse desta linda terra. Os caboclos!

— Instrumento de caboclo, ora! — disse Ricardo.

— De caboclo! Que é que tem? O **Léry** diz que são muito sonoros e agradáveis de ouvir... Se é por ser de caboclo, o violão também não vale nada. É um instrumento de capadócio.

— De capadócio, major! Não diga isso...

E os dois ainda discutiram acaloradamente diante da moça, surpresa, espantada, sem atinar, sem explicação para aquela **inopinada** transformação de gênio do seu padrinho, até ali tão sossegado e tão calmo.

Frédéric Mistral (1830-1914): **poeta francês.**

Maracá: **chocalho indígena, usado nas cerimônias religiosas e guerreiras. Consiste numa cabaça seca, desprovida de miolo, na qual se colocam pedras ou caroços.**

Inúbia: **buzina ou trombeta de guerra, estridente, usada pelos índios. Note o efeito de humor dessa resposta: o major considera mais difícil aprender a tocar os primitivos instrumentos indígenas do que violão ou piano. O seu nacionalismo obsessivo parece fazê-lo perder completamente o senso de realidade.**

Jean de Léry (1534-1611): **cronista francês que esteve no Rio de Janeiro e escreveu um livro sobre a terra brasileira e seus nativos.**

Inopinada: **inesperada.**

3. A NOTÍCIA DO GENELÍCIO

— Então quando se casa, dona Ismênia?

— Em março. Cavalcânti já está formado e...

Afinal a filha do general pôde responder com segurança à pergunta que se lhe vinha fazendo há quase cinco anos. O noivo finalmente encontrara o fim do curso de dentista e marcara o casamento para daí a três meses. A alegria foi grande na famíia; e, como em tal caso, uma alegria não podia passar sem um baile, uma festa foi anunciada para o sábado que se seguia ao **pedido da pragmática**.

As irmãs da noiva, Quinota, Zizi, Lalá e Vivi, estavam mais contentes que a irmã **nubente**. Parecia que ela lhes ia deixar o caminho desembaraçado, e fora a irmã quem até ali tinha impedido que se casassem.

Noiva havia quase cinco anos, Ismênia já se sentia meio casada. Esse sentimento junto à sua natureza pobre fê-la não sentir um pouco mais de alegria. Ficou no mesmo. Casar para ela, não era negócio de paixão, nem se inseria no sentimento ou nos sentidos: era uma ideia, uma pura ideia. Aquela sua inteligência rudimentar tinha separado da ideia de casar o amor, o prazer dos sentidos, uma tal ou qual liberdade, a maternidade, até o noivo. Desde menina, ouvia a mamãe dizer: "Aprenda a fazer isso, porque, quando você se casar"... ou senão: "Você precisa aprender a pregar botões, porque, quando você se casar..."

A todo instante e a toda hora, lá vinha aquele "porque, quando você se casar...", e a menina foi se convencendo de que toda a existência só tendia para o casamento. A instrução, as satisfações íntimas, a alegria, tudo isso era inútil; a vida se resumia numa coisa: casar.

De resto, não era só dentro de sua família que ela encontrava aquela preocupação. No colégio, na rua, em casa das famílias conhecidas, só se falava em casar.

Pedido da pragmática: isto é, o pedido oficial de casamento, conforme manda a etiqueta social.

Nubente: noiva.

"Sabe, dona Maricota, a Lili casou-se, não fez grande negócio, pois parece que o noivo não é lá grande coisa": ou então: "A Zezé está doida para arranjar casamento, mas é tão feia, meu Deus!..."

A vida, o mundo, a variedade intensa dos sentimentos, das ideias, o nosso próprio direito à felicidade foram parecendo ninharias para aquele cerebrozinho; e, de tal forma casar-se se lhe representou coisa importante, uma espécie de dever, que não se casar, ficar solteira, *tia*, parecia-lhe um crime, uma vergonha*****.

De natureza muito pobre, sem capacidade para sentir qualquer coisa profunda e intensamente, sem quantidade emocional para a paixão ou para um grande afeto, na sua inteligência a ideia de *casar-se* incrustou-se teimosamente como uma obsessão.

Ela não era feia; amorenada, com os seus traços acanhados, o narizinho malfeito, mas galante, não muito baixa nem muito magra e a sua aparência de bondade passiva, de **indolência** de corpo, de ideia e de sentidos — era até um bom tipo das meninas a que os namorados chamam *bonitinhas*. O seu traço de beleza dominante, porém, eram os seus cabelos: uns bastos cabelos castanhos, com tons de ouro, sedosos até ao olhar.

Aos dezenove anos arranjou namoro com o Calvacânti, e à fraqueza de sua vontade e ao temor de não encontrar marido não foi estranha a facilidade com que o futuro dentista a conquistou.

O pai fez má cara. Ele andava sempre a par dos namoros das filhas: "Diga-me sempre, Maricota", dizia ele, "quem são. Olho vivo!... É melhor prevenir que curar... Pode ser um **valdevinos** e...". Sabendo que o pretendente à Ismênia era um dentista, não gostou muito. Que é um dentista? perguntava ele de si para si. Um cidadão semiformado, uma espécie de barbeiro. Preferia um oficial, tinha **montepio** e **meio-soldo**; mas a mulher convenceu-o de que os dentistas ganham muito, e ele acedeu.

*** Nos últimos quatro parágrafos, o narrador novamente critica a pressão social sobre as mulheres para se casarem. Vai, aqui, um pouco além: mostra como essa obsessão impede que a personagem experimente plenamente a vida.**

Indolência: preguiça.

Valdevinos: malandro pobretão.

Montepio: fundo de previdência que, mediante contribuição mensal, por parte de servidores públicos e militares, provê a estes pensão em caso de invalidez ou aposentadoria, ou à sua família, em caso de morte.

Meio-soldo: valor pago pelo Estado aos servidores aposentados das Forças Armadas.

Começou então Cavalcânti a frequentar a casa na qualidade de noivo *paisano*, isto é, que não pediu, não é ainda *oficial*.

No fim do primeiro ano, tendo notícia das dificuldades com que o futuro genro lutava para acabar os estudos, o general foi generosamente em seu socorro. Pagou-lhe taxas de matrículas, livros e outras coisas. Não era raro que após uma longa conversa com a filha, dona Maricota viesse ao marido e dissesse: "Chico, arranja-me vinte mil-réis que o Cavalcânti precisa comprar uma Anatomia".

O general era leal, bom e generoso; a não ser a sua pretensão marcial, não havia no seu caráter a mínima falha. Demais, aquela necessidade de casar as filhas ainda o fazia melhor quando se tratava dos interesses delas.

Ele ouvia a mulher, coçava a cabeça e dava o dinheiro; e até para evitar despesas ao futuro genro, convidou-o a jantar em casa todo dia; e assim o namoro foi correndo até ali.

"Enfim", dizia Albernaz à mulher, na noite do pedido, quando já recolhidos, "a coisa vai acabar". "Felizmente", respondia-lhe dona Maricota, "vamos descontar esta letra"*****.

A satisfação resignada do general era, porém, falsa; ao contrário: ele estava radiante! Na rua, se encontrava um camarada, no primeiro momento **azado**, lá dizia ele:

— É um inferno, esta vida! Imagina tu, Castro, que ainda por cima tenho que casar uma filha!

Ao que Castro interrogava:

— Qual delas?

— A Ismênia, a segunda — respondia Albernaz e logo acrescentava: — Tu é que és feliz; só tiveste filhos.

— Ah! Meu amigo! — falava o outro cheio de malícia. — Aprendi a receita. Por que não fizeste o mesmo?

Despedindo-se, o velho Albernaz corria aos armazéns, às lojas de louça, comprava mais pratos, mais compoteiras, um centro de mesa, porque a festa devia

*** Ainda que em tom de brincadeira, a observação de dona Maricota revela que o casamento também era — ou deveria ser — um bom negócio.**

Azado: oportuno.

ser imponente e ter um ar de abundância e riqueza que traduzisse o seu grande contentamento*.

Na manhã do dia da festa comemorativa do pedido, dona Maricota amanheceu cantando. Era raro que o fizesse; mas nos dias de grande alegria, ela cantarolava uma velha **ária**, uma coisa do seu tempo de moça e as filhas que sentiam nisso sinal certo de alegria corriam a ela, pedindo-lhe isto ou aquilo.

Muito ativa, muito diligente, não havia dona de casa mais econômica, mais poupada e que fizesse render mais o dinheiro do marido e o serviço das criadas. Logo que despertou, pôs tudo em atividade, as criadas e as filhas. Vivi e Quinota foram para os doces; Lalá e Zizi auxiliaram as raparigas na arrumação das salas e dos quartos, enquanto ela e Ismênia iam arrumar a mesa, dispô-la com muito gosto e esplendor. O móvel ficaria assim **galhardo** desde as primeiras horas do dia. A alegria de dona Maricota era grande; ela não compreendia que uma mulher pudesse viver sem estar casada. Não eram só os perigos a que se achava exposta, a falta de **arrimo**; parecia-lhe feio e desonroso para a família. A sua satisfação não vinha do simples fato de ter descontado uma letra, como ela dizia. Vinha mais profundamente dos seus sentimentos maternos e de família**.

Ela arrumava a mesa, nervosa e alegre; e a filha fria e indiferente.

— Mas, minha filha — dizia ela —, até parece que não é você quem se vai casar! Que cara! Você parece aí uma *mosca-morta*.

— Mamãe, que quer que eu faça?

— Não é bonito rir-se muito, andar aí como uma sirigaita, mas também assim como você está! Eu nunca vi noiva assim.

Durante uma hora, a moça esforçou-se por parecer muito alegre, mas logo lhe tornava toda a pobreza de sua natureza, incapaz de vibração sentimental, e o natural do seu temperamento vencia-a e não tardava em cair naquela doentia **lassidão** que lhe era própria.

*** O gosto pelas aparências revela um pouco mais sobre o comportamento da classe média suburbana e o quanto ela valorizava o casamento: a festa era uma ótima oportunidade para ostentar opulência.**

Ária: **breve peça musical. Nessa passagem, tem o sentido geral de uma velha canção de juventude.**

Galhardo: **elegante, bonito.**

Arrimo: **amparo, proteção.**

**** As opiniões sobre o casamento nesse trecho obedecem ao ponto de vista feminino daquela época: a mulher buscava nele proteção afetiva, econômica e o cumprimento do papel social de mãe e esposa.**

Lassidão: **desânimo, abatimento.**

Veio muita gente. Além das moças e as respeitáveis mães, acudiram ao convite do general, o contra-almirante Caldas, o doutor Florêncio, engenheiro das águas, o major honorário Inocêncio Bustamante, o senhor Bastos, guarda-livros, ainda parente de dona Maricota, e outras pessoas importantes. Ricardo não fora convidado porque o general temia a opinião pública sobre a presença dele em festa séria; Quaresma o fora, mas não viera: e Cavalcânti jantara com os futuros sogros.

Às seis horas, a casa já estava cheia. As moças cercavam Ismênia, cumprimentando-a, não sem um pouco de inveja no olhar.

Irene, uma alourada e alta, aconselhava:

— Eu, se fosse você, comprava tudo no Parque.

Tratava-se do enxoval. Todas elas, embora solteiras, davam conselhos, sabiam as casas barateiras, as peças mais importantes e as que podiam ser dispensadas. Estavam a par.

A Armanda indicava com um requebro feiticeiro nos olhos:

— Eu, ontem, vi na Rua da Constituição um dormitório de casal, muito bonito; você por que não vai ver, Ismênia? Parece barato.

A Ismênia era a menos entusiasmada, quase não respondia às perguntas; e, se as respondia, era por monossílabos. Houve um momento em que sorriu quase com alegria e abandono. Estefânia, a doutora, normalista, que tinha nos dedos um anel, com tantas pedras que nem uma joalheria*, num dado momento chegou a boca carnuda aos ouvidos da noiva e fez uma confidência. Quando deixou de segredar-lhe, assim como se quisesse confirmar o dito, dilatou muito os seus olhos maliciosos e quentes, e disse alto:

— Eu quero ver isso... Todas dizem que não... Eu sei...

Ela aludia à resposta que, à sua confidência, Ismênia tinha dado **com parcimônia**: qual o quê!

Todas elas, conversando, tinham os olhos no piano. Os rapazes e uma parte dos velhos rodeavam Cavalcânti, muito solene, dentro de um grande fraque preto.

*** Note a ironia do narrador ao comentar o exibicionismo da "doutora normalista".**

Com parcimônia: com reserva, em poucas palavras.

— Então, doutor, acabou, hein? — dizia este a jeito de um cumprimento.

— É verdade! Trabalhei. Os senhores não imaginam os tropeços, os **embargos** — fui de um heroísmo!...

— Conhece o Chavantes? — perguntava um outro.

— Conheço. Um **crônico**, um **pândego**...

— Foi seu colega?

— Foi, isto é, ele é do curso de Medicina. Matriculamo-nos no mesmo ano.

Cavalcânti ainda não tinha tido tempo de atender a este e já era obrigado a ouvir a observação de outro.

— É muito bonito ser formado. Se eu tivesse ouvido meu pai, não estava agora a quebrar a cabeça no *Deve e Haver*. Hoje, torço a orelha e não sai sangue.

— Atualmente, não vale nada, meu caro senhor — dizia modestamente Cavalcânti. — Com essas academias livres... Imaginem que já se fala numa Academia Livre de Odontologia! É o cúmulo! Um curso difícil e caro, que exige cadáveres, aparelhos, bons professores, como é que particulares poderão mantê-lo? Se o governo mantém mal...*

— Pois doutor — acudia um outro —, dou-lhe meus parabéns. Digo-lhe o que disse ao meu sobrinho, quando se formou: vá furando!

— Ah! Seu sobrinho é formado? — inquiria delicadamente Cavalcânti.

— Em Engenharia. Está no Maranhão, na estrada de Caxias.

— Boa carreira.

Nos intervalos da conversa, todos eles olhavam o **novel** dentista como se fosse um ente sobrenatural.

Para aquela gente toda, Cavalcânti não era mais um simples homem, era homem e mais alguma coisa sagrada e de essência superior: e não juntavam à imagem que tinham dele atualmente, as coisas que porventura ele pudesse saber ou tivesse aprendido. Isto não entrava nela de modo algum; e aquele tipo, para alguns, continuava a ser vulgar, comum, na aparência, mas a sua

Embargos: dificuldades, obstáculos.

Crônico: estudante que repete vários anos, demorando a sair da universidade.

Pândego: sujeito que gosta de farra, de brincadeiras.

* Naquele tempo era impensável que a iniciativa privada pudesse manter faculdades. A educação era dever do Estado. Além disso, as faculdades seriam tão caras que só mesmo o Estado poderia mantê-las.

Novel: novo, recém-formado.

substância tinha mudado, era outra diferente da deles e fora ungido de não sei que coisa vagamente fora da natureza terrestre, quase divina*.

Para o lado de Cavalcânti, que se achava na sala de visitas, vieram os menos importantes. O general ficara na sala de jantar, fumando, cercado dos mais titulados e dos mais velhos. Estavam com ele o contra-almirante Caldas, o major Inocêncio, o doutor Florêncio e o capitão de bombeiros Sigismundo.

Inocêncio aproveitou a ocasião para fazer uma consulta a Caldas sobre assunto de legislação militar. O contra-almirante era interessantíssimo. Na Marinha, por pouco que não fazia ***pendant*** com Albernaz no Exército. Nunca embarcara, a não ser na guerra do Paraguai, mas assim mesmo por muito pouco tempo. A culpa, porém, não era dele. Logo que se viu primeiro-tenente, Caldas foi aos poucos se metendo consigo, abandonando a roda dos camaradas, de forma que, sem empenhos e sem amigos nos altos lugares, se esqueciam dele e não lhe davam comissões de embarque. É curiosa essa coisa das administrações militares: as comissões são merecimento, mas só se as dá aos protegidos**.

Certa vez, quando era já capitão-tenente, deram-lhe um embarque em Mato Grosso. Nomearam-no para comandar o couraçado *Lima Barros*. Ele lá foi, mas, quando se apresentou ao comandante da **flotilha**, teve notícia de que não existia no rio Paraguai semelhante navio. Indagou daqui e dali e houve quem aventurasse que podia ser que o tal *Lima Barros* fizesse parte da esquadrilha do alto Uruguai. Consultou o comandante.

— Eu, no seu caso — disse-lhe o superior —, partia imediatamente para a flotilha do Rio Grande.

Ei-lo a fazer malas para o alto Uruguai, onde chegou enfim, depois de uma penosa e fatigante viagem. Mas aí também não estava o tal *Lima Barros*. Onde estaria então? Quis telegrafar para o Rio de Janeiro, mas teve medo de ser censurado, tanto mais que **não andava em cheiro de santidade**. Esteve assim um mês em Itaqui,

*** Nesse parágrafo critica-se a mitificação do título de doutor. Lima Barreto ocupou-se muito do tema, observando a veneração do brasileiro pelos doutores, título equivalente, entre nós, a pessoa poderosa, influente, tenha ou não diploma acadêmico.**

Pendant **(em francês): tem o sentido de "ser equivalente", isto é, Caldas, na Marinha, era quase o que Albernaz era no Exército.**

**** Crítica às relações nas repartições públicas e aos critérios de premiação, pautados por favorecimentos pessoais e não pela competência.**

Flotilha: pequena frota de navios.

Não andava em cheiro de santidade: não gozava de muito crédito com os superiores.

hesitante, sem receber soldo e sem saber que destino tomar. Um dia lhe veio a ideia de que o navio bem poderia estar no Amazonas. Embarcou na intenção de ir ao extremo norte e quando passou pelo Rio, conforme a praxe, apresentou-se às altas autoridades da Marinha. Foi preso e submetido a conselho.

O *Lima Barros* tinha ido a pique, durante a guerra do Paraguai*.

Embora absolvido, nunca mais entrou em graça dos ministros e dos seus generais. Todos o tinham na conta de parvo, de um comandante de opereta que andava à cata do seu navio pelos quatro pontos cardeais. Deixaram-no *encostado*, como se diz na gíria militar, e ele levou quase quarenta anos para chegar de guarda-marinha a capitão de fragata. Reformado no posto imediato, com graduação do seguinte, todo o seu azedume contra a Marinha se concentrou num longo trabalho de estudar leis, decretos, alvarás, avisos, consultas, que se referissem a promoções de oficiais. Comprava repertórios de legislação, armazenava coleções de leis, relatórios, e encheu a casa de toda essa enfadonha e fatigante literatura administrativa. Os requerimentos, pedindo a modificação da sua reforma, choviam sobre os ministros da Marinha. Corriam meses o infinito rosário de repartições e eram sempre indeferidos, sobre consultas do Conselho Naval ou do Supremo Tribunal Militar. Ultimamente constituíra advogado junto à justiça federal e lá andava ele de cartório em cartório, acotovelando-se com meirinhos, escrivães, juízes e advogados — esse **poviléu rebarbativo** do foro que parece ter contraído todas as misérias que lhe passam pelas mãos e pelos olhos**.

Inocêncio Bustamante também tinha a mesma **mania demandista**. Era **renitente**, teimoso, mas servil e humilde. Antigo voluntário da pátria, possuindo honras de major, não havia dia em que não fosse ao quartel-general ver o andamento do seu requerimento e de outros. Num pedia inclusão no Asilo dos Inválidos,

*** O narrador satiriza a Marinha ao registrar as trapalhadas com relação ao Lima Barros, a desorganização na comunicação entre oficiais e, por fim, a personalidade hesitante e frouxa de Caldas.**

Poviléu: ralé, povinho.

Rebarbativo: desagradável, irritante.

**** Veja como o narrador é crítico ao retratar essa parcela do funcionalismo público, diminuído pela palavra "misérias".**

Mania demandista: mania por demandas ou ações na justiça.

Renitente: insistente.

noutro honras de tenente-coronel, noutro tal ou qual medalha; e, quando não tinha nenhum, ia ver o dos outros.

Não **se pejou** mesmo de tratar do pedido de um maníaco que, por ser tenente honorário e também da Guarda Nacional, requereu lhe fosse passada a patente de major, visto que dois galões mais outros dois fazem quatro, o que quer dizer: major.

Conhecedor dos estudos meticulosos do almirante, Bustamante fez a sua consulta.

— Assim de pronto, não sei. Não é a minha especialidade o Exército, mas vou ver. Isto também anda tão atrapalhado!

Acabando de responder coçava um dos seus favoritos brancos, que lhe davam um ar de ***comodoro*** ou de chacareiro português, pois era forte nele o tipo lusitano*.

— Ah! Meu tempo — observou Albernaz. — Quanta ordem! Quanta disciplina!

— Não há mais gente que preste — disse Bustamante.

Sigismundo por aí aventurou também a sua opinião, dizendo:

— Eu não sou militar mas...

— Como não é militar? — fez Albernaz, com ímpeto. — Os senhores é que são os verdadeiros: estão sempre com o inimigo na frente, não acha, Caldas?

— Decerto, decerto — fez o almirante **cofiando** os favoritos.

— Como ia dizendo — continuou Sigismundo —, apesar de não ser militar, eu me animo a dizer que a nossa força está muito por baixo. Onde está um Porto Alegre**, um Caxias***?

— Não há mais, meu caro — confirmou com voz tênue o doutor Florêncio.

— Não sei por quê, pois tudo hoje não vai pela ciência****?

Fora Caldas quem falara, tentando a ironia. Albernaz indignou-se e retrucou-lhe com certo calor:

Se pejou: se envergonhou.

Comodoro: comandante de esquadra.

*** Observe a ironia da comparação feita pelo narrador: os bigodes (os favoritos) faziam o homem parecer um respeitável comandante ou um rude chacareiro bigodudo, tipicamente lusitano.**

Cofiando: alisando (barba, bigode, cabelo).

**** Referência a Manuel Marques de Sousa (1804--1875), visconde e conde de Porto Alegre. Político e militar brasileiro que, na campanha da Tríplice Aliança, comandou o cerco de Uruguaiana. Lutou em Curuzu e Curupaiti e a ele se deve a vitória na segunda batalha de Tuiuti, em 1867.**

***** Referência a Luís Alves de Lima e Silva (1803-1880), barão, marquês e duque de Caxias. Famoso estadista e militar brasileiro, proclamado patrono do Exército nacional em 1962.**

****** A segunda metade do século XIX viveu forte influência do positivismo, corrente filosófica criada pelo francês Auguste Comte (1798-1857), que afirmava a importância da ciência na sociedade moderna e a ideia de que, através dela, a humanidade alcançaria a felicidade material.**

— Eu queria ver esses meninos bonitos, cheios de *xx* e *yy* em **Curupaiti**, hein Caldas? Hein Inocêncio?

O doutor Florêncio era o único paisano da roda. Engenheiro e empregado público, os anos e o sossego da vida lhe tinham feito perder todo o saber que porventura pudesse ter tido ao sair da escola. Era mais um guarda de encanamentos do que mesmo um engenheiro. Morando perto de Albernaz, era raro que não viesse toda a tarde jogar o **solo** com o general. O doutor Florêncio perguntou:

— O senhor assistiu, não foi, general?

O general não se deteve, não se atrapalhou, não gaguejou e disse com a máxima naturalidade:

— Não assisti. Adoeci e vim para o Brasil nas vésperas. Mas tive muitos amigos lá: o Camisão, o Venâncio...

Todos se calaram e olharam a noite que chegava. Da janela da sala onde estavam, não se via nem um monte. O horizonte estava circunscrito aos fundos dos quintais das casas vizinhas com as suas cordas de roupa a lavar, suas chaminés e o piar de pintos. Um tamarineiro sem folhas lembrava tristemente o ar livre, as grandes vistas sem fim. O sol já tinha desaparecido no horizonte e as tênues luzes dos bicos de gás e dos lampiões familiares começavam a acender-se por detrás das vidraças.

Bustamante quebrou o silêncio:

— Este país não vale mais nada. Imaginem que o meu requerimento, pedindo honras de tenente-coronel, está no ministério há seis meses!

— Uma desordem! — exclamaram todos.

Era noite. Dona Maricota chegou até onde eles estavam, muito ativa, muito diligente e com o rosto aberto de alegria.

— Estão rezando? — E logo ajuntou: — Dão licença que diga uma coisa ao Chico, sim?

Albernaz saiu fora da roda dos amigos e foi até a um canto da sala, onde a mulher lhe disse alguma coisa em voz baixa. Ouviu a mulher, depois voltou aos amigos e, no meio do caminho, falou alto, nestes termos:

Curupaiti: cidade do Paraguai onde houve uma batalha entre as forças aliadas (formadas pelo exército brasileiro e pelo argentino) contra as paraguaias, em setembro de 1866.

Solo: certo tipo de jogo de cartas.

— Se não dançam é porque não querem. Estou pegando alguém?

Dona Maricota aproximou-se dos amigos do marido e explicou:

— Os senhores sabem: se a gente não animar, ninguém tira par, ninguém toca. Estão lá tantas moças, tantos rapazes, é uma pena!

— Bem; eu vou lá — disse Albernaz.

Deixou os amigos e foi à sala de visitas dar começo ao baile.

— Vamos, meninas! Então o que é isso? Zizi, uma valsa!

E ele mesmo em pessoa ia juntando os pares: "Não, general, já tenho par", dizia uma moça. "Não faz mal", retrucava ele, "dance com o Raimundinho; o outro espera".

Depois de ter dado início ao baile, veio para a roda dos amigos, suado, mas contente.

— Isto de família! Qual! A gente até parece bobo — dizia. — Você é que faz bem, Caldas; não se quis casar!

— Mas tenho mais filhos que você. Só sobrinhos, oito; e os primos?

— Vamos jogar o solo — convidou Albernaz.

— Somos cinco, como há de ser? — observou Florêncio.

— Não, eu não jogo — disse Bustamante.

— Então jogamos os quatro de **garrancho**? — lembrou Albernaz.

As cartas vieram e também uma pequena mesa de tripeça. Os parceiros sentaram-se e tiraram a sorte para ver quem dava. Coube a Florêncio dar. Começaram. Albernaz tinha um ar atento quando jogava: a cabeça lhe caía sobre as costas e os seus olhos tomavam uma grande expressão de reflexão. Caldas aprumava o busto na cadeira e jogava com a serenidade de um lorde-almirante numa partida de ***whist***. Sigismundo jogava com todo o cuidado, com o cigarro no canto da boca e a cabeça do lado para fugir à fumaça. Bustamante fora à sala ver as danças.

Garrancho: diz-se jogar de garrancho, no jogo do solo, quando um dos participantes apenas dá as cartas, ficando sem jogar.

***Whist* (em inglês): o uíste é um jogo de cartas considerado o antecessor do *bridge*.**

Tinham começado a partida, quando dona Quinota, uma das filhas do general, atravessou a sala e foi beber água. Caldas, coçando um dos favoritos, perguntou à moça:

— Então, dona Quinota, quedê o Genelício?

A moça virou o rosto com faceirice, deu um pequeno muxoxo e respondeu com falso mau humor:

— Ué! Sei lá! Ando atrás dele?

— Não precisa zangar-se, dona Quinota; é uma simples pergunta — advertiu Caldas.

O general que examinava atentamente as cartas recebidas, interrompeu a conversa com voz grave:

— Eu passo.

Dona Quinota retirou-se. Este Genelício era o seu namorado. Parente ainda de Caldas, tinha-se como certo o seu casamento na família. A sua candidatura era favorecida por todos. Dona Maricota e o marido enchiam-no de festas. Empregado do Tesouro, já no meio da carreira, moço de menos de trinta anos, ameaçava ter um grande futuro. Não havia ninguém mais bajulador e submisso do que ele. Nenhum pudor, nenhuma vergonha! Enchia os chefes e os superiores de todo incenso que podia. Quando saía, **remancheava**, lavava três ou quatro vezes as mãos, até poder apanhar o diretor na porta. Acompanhava-o, conversava com ele sobre o serviço, dava pareceres e opiniões, criticava este ou aquele colega, e deixava-o no bonde, se o homem ia para casa. Quando entrava um ministro, fazia-se escolher como intérprete dos companheiros e deitava um discurso; nos aniversários de nascimento, era um soneto que começava sempre por "Salve" e acabava também por "Salve! Três vezes Salve!"*****.

O modelo era sempre o mesmo; ele só mudava o nome do ministro e punha a data.

No dia seguinte, os jornais falavam do seu nome, e publicavam o soneto.

Em quatro anos, tinha tido duas promoções e agora trabalhava para ser aproveitado no Tribunal de Contas, a se fundar, num posto acima.

Remancheava: demorava-se.

*** O narrador associa o "grande futuro" de Genelício a seu comportamento submisso, bajulador, denunciando assim o favorecimento pessoal nas promoções.**

Na bajulação e nas manobras para subir, tinha verdadeiramente gênio. Não se limitava ao soneto, ao discurso; buscava outros meios, outros processos. Um dos que se servia eram as publicações nas folhas diárias. No intuito de anunciar aos ministros e diretores que tinha uma erudição superior, de quando em quando desovava nos jornais longos artigos sobre contabilidade pública. Eram meras compilações de bolorentos decretos, salpicadas aqui e ali com citações de autores franceses ou portugueses.

Interessante é que os companheiros o respeitavam, tinham em grande conta o seu saber e ele vivia na seção cercado do respeito de um gênio, um gênio do papelório e das informações. Acresce que Genelício juntava à sua segura posição administrativa, um curso de direito a acabar; e tantos títulos juntos não podiam deixar de impressionar favoravelmente às preocupações casamenteiras do casal Albernaz.

Fora da repartição, tinha um empertigamento que o seu pobre físico fazia cômico, mas que a convicção do alto auxílio que prestava ao Estado mantinha e sustentava. Um empregado modelo!...

O jogo continuava silenciosamente e a noite avançava. No fim das ***mãos*** fazia-se um breve comentário ou outro, e no começo ouviam-se unicamente as *falas* sacramentais do jogo: *solo, bolo, melhoro, passo.* Feitas elas, jogava-se em silêncio; da sala, porém, vinha o ruído festivo das danças e das conversas.

— Olhem quem está aí!

— O Genelício — fez Caldas. — Onde estiveste, rapaz?

Deixou o chapéu e a bengala numa cadeira e fez os cumprimentos. Pequeno, já um tanto curvado, chupado de rosto, com um *pince-nez* azulado, todo ele traía a profissão, os seus gostos e hábitos. Era um escriturário.

— Nada, meus amigos! Estou tratando dos meus negócios.

— Vão bem? — perguntou Florêncio.

Mãos: jogadas feitas pelos participantes do jogo.

— Quase garantido. O ministro prometeu... Não há nada, **estou bem *cunhado***!

— Estimo muito — disse o general.

— Obrigado. Sabe de uma coisa, general?

— O que é?

— O Quaresma está doido.

— Mas... o quê? Quem foi que te disse?

— Aquele homem do violão. Já está na casa de saúde...

— Eu logo vi — disse Albernaz. — Aquele requerimento era de doido.

— Mas não é só, general — acrescentou Genelício. — Fez um ofício em tupi e mandou ao ministro.

— É o que eu dizia — fez Albernaz.

— Quem é? — perguntou Florêncio.

— Aquele vizinho, empregado do arsenal; não conhece?

— Um baixo, de *pince-nez*?

— Esse mesmo — confirmou Caldas.

— Nem se podia esperar outra coisa — disse o doutor Florêncio. — Aqueles livros, aquela mania de leitura...

— Pra que ele lia tanto? — indagou Caldas.

— Telha de menos — disse Florêncio.

Genelício atalhou com autoridade:

— Ele não era formado, para que meter-se em livros?

— É verdade — fez Florêncio.

— Isso de livros é bom para os sábios, para os doutores — observou Sigismundo.

— Devia até ser proibido — disse Genelício — a quem não possuísse um título *acadêmico* ter livros. Evitavam-se assim essas desgraças. Não acham?

— Decerto — disse Albernaz.

— Decerto — fez Caldas.

— Decerto — disse também Sigismundo*****.

Calaram-se um instante, e as atenções convergiram para o jogo.

— Já saíram todos os trunfos?

— Contasse, meu amigo.

Estou bem cunhado: estou apoiado por alguém influente.

*** Observe que, nesse diálogo, os personagens consideram a leitura coisa de pessoas privilegiadas (sábios, doutores, acadêmicos). Segundo eles, pessoas comuns não deveriam ler, pois isso poderia prejudicar a "sanidade mental"...**

Albernaz perdeu e lá na sala fez-se silêncio. Cavalcânti ia recitar. Atravessou a sala triunfantemente, com um largo sorriso na face e foi postar-se ao lado do piano. Zizi acompanhava. Tossiu e, com a sua voz metálica, apurando muito os finais em *s*, começou:

A vida é uma comédia sem sentido,
Uma história de sangue e de poeira
Um deserto sem luz...

E o piano gemia.

4. DESASTROSAS CONSEQUÊNCIAS DE UM REQUERIMENTO

Os acontecimentos a que aludiam os graves personagens reunidos em torno da mesa de solo, na tarde memorável da festa comemorativa do pedido de casamento de Ismênia, se tinham desenrolado com rapidez fulminante. A força de ideias e sentimentos contidos em Quaresma se havia revelado em atos imprevistos com uma sequência brusca e uma velocidade de turbilhão. O primeiro fato surpreendeu, mas vieram outros e outros, de forma que o que pareceu no começo uma extravagância, uma pequena mania, se apresentou logo em insânia declarada.

Justamente algumas semanas antes do pedido de casamento, ao abrir-se a sessão da Câmara, o secretário teve que proceder à leitura de um requerimento singular e que veio a ter uma fortuna de publicidade e comentário pouco usual em documentos de tal natureza.

O burburinho e a desordem que caracterizam o recolhimento indispensável ao elevado trabalho de legislar, não permitiram que os deputados o ouvissem*****; os jornalistas, porém, que estavam próximo à mesa, ao

*** O narrador ironiza os deputados que, durante sessão na Câmara, nem chegam a ouvir a leitura dos requerimentos.**

ouvi-lo, prorromperam em gargalhadas, certamente inconvenientes à majestade do lugar. O riso é contagioso. O secretário, no meio da leitura, ria-se, discretamente; pelo fim, já ria-se o presidente, ria-se o oficial da ata, ria-se o contínuo — toda a mesa e aquela população que a cerca, riram-se da petição, largamente, querendo sempre conter o riso, havendo em alguns tão franca alegria que as lágrimas vieram.

Quem soubesse o que uma tal folha de papel representava de esforço, de trabalho, de sonho generoso e desinteressado, havia de sentir uma penosa tristeza, ouvindo aquele rir inofensivo diante dela. Merecia raiva, ódio, um deboche de inimigo talvez, o documento que chegava à mesa da Câmara, mas não aquele recebimento hilárico, de uma hilaridade inocente, sem fundo algum, assim como se estivesse a rir de uma palhaçada, de uma sorte de circo de cavalinhos ou de uma careta de ***clown***.

Os que riam, porém, não lhe sabiam a causa e só viam nele um motivo para riso franco e sem maldade. A sessão daquele dia fora fria; e, por ser assim, as seções dos jornais referentes à Câmara, no dia seguinte, publicaram o seguinte requerimento e glosaram-no em todos os tons*****.

Era assim concebida a petição:

Policarpo Quaresma, cidadão brasileiro, funcionário público, certo de que a língua portuguesa é emprestada ao Brasil; certo também de que, por esse fato, o falar e o escrever em geral, sobretudo no campo das letras, se veem na humilhante contingência de sofrer continuamente censuras ásperas dos proprietários da língua; sabendo, além, que, dentro do nosso país, os autores e os escritores, com especialidade os gramáticos, não se entendem no tocante à correção gramatical, vendo-se, diariamente, surgir azedas polêmicas entre os mais profundos estudiosos do nosso idioma, usando do direito que lhe confere a Constituição, vem pedir que o Congresso Nacional

Clown **(em inglês): significa palhaço, bobo.**

*** Repare na técnica usada na construção do texto: o narrador cria suspense ao registrar a gargalhada geral, mas sem, até aqui, apontar o motivo de tanta risada.**

decrete o tupi-guarani como língua oficial e nacional do povo brasileiro.

O suplicante, deixando de parte os argumentos históricos que militam em favor de sua ideia, pede **vênia** *para lembrar que a língua é a mais alta manifestação da inteligência de um povo, é a sua criação mais viva e original; e, portanto, a emancipação política do país requer como complemento e consequência a sua emancipação idiomática.*

Demais, Senhores Congressistas, o tupi-guarani, língua originalíssima, aglutinante, é verdade, mas a que o polissintetismo dá múltiplas feições de riqueza, é a única capaz de traduzir as nossas belezas, de pôr-nos em relação com a nossa natureza e adaptar-se perfeitamente aos nossos órgãos vocais e cerebrais, por ser criação de povos que aqui viveram e ainda vivem, portanto possuidores da organização fisiológica e psicológica para que tendemos, evitando-se dessa forma as estéreis controvérsias gramaticais, oriundas de uma difícil adaptação de uma língua de outra região à nossa organização cerebral e ao nosso aparelho vocal — controvérsias que tanto **empecem** *o progresso da nossa cultura literária, científica e filosófica.*

Seguro de que a sabedoria dos legisladores saberá encontrar meios para realizar semelhante medida e cônscio de que a Câmara e o Senado pesarão o seu alcance e utilidade

P. e E. deferimento.

Assinado e devidamente estampilhado, este requerimento do major foi durante dias assunto de todas as palestras. Publicado em todos os jornais, com comentários **facetos**, não havia quem não fizesse uma pilhéria sobre ele, quem não ensaiasse um **espírito** à custa da lembrança de Quaresma. Não ficaram nisso; a curiosidade **malsã** quis mais. Indagou-se quem era, de que vivia, se era casado, se era solteiro. Uma ilustração semanal publicou-lhe a caricatura e o major foi apontado na rua.

Vênia: **licença.**

Empecem: **impedem, dificultam.**

Facetos: **brincalhões, cômicos.**

Espírito: **brincadeira. A expressão *ter espírito* significa ter senso de humor.**

Malsã: **mal-intencionada, maliciosa.**

Os pequenos jornais alegres, esses semanários de espírito e troça, então! eram de um **encarniçamento** atroz com o pobre major. Com uma abundância que marcava a felicidade dos redatores em terem encontrado um assunto fácil, o texto vinha cheio dele: o major Quaresma disse isso; o major Quaresma fez aquilo.

Um deles, além de outras referências, ocupou uma página inteira com o assunto da semana. Intitulava-se a ilustração: "O matadouro de Santa Cruz, segundo o Major Quaresma", e o desenho representava uma fila de homens e mulheres a marchar para o **choupo** que se via à esquerda. Um outro referia-se ao caso pintando um açougue, "O açougue Quaresma"; legenda: a cozinheira perguntava ao açougueiro: "O senhor tem língua de vaca?"; o açougueiro respondia: "Não, só temos língua de moça, quer?"

Com mais ou menos espírito, os comentários não cessavam e a ausência de relações de Quaresma no meio de que saíam*****, fazia com que fossem de uma constância pouco habitual. Levaram duas semanas com o nome do subsecretário.

Tudo isso irritava profundamente Quaresma. Vivendo há trinta anos quase só, sem se chocar com o mundo, adquirira uma sensibilidade muito viva e capaz de sofrer profundamente com a menor coisa. Nunca sofrera críticas, nunca se atirou à publicidade, vivia imerso no seu sonho, incubado e mantido vivo pelo calor dos seus livros. Fora deles, ele não conhecia ninguém; e, com as pessoas com quem falava, trocava pequenas banalidades, ditos de todo dia, coisas com que a sua alma e o seu coração nada tinham que ver.

Nem mesmo a afilhada o tirava dessa reserva, embora a estimasse mais que a todos.

Esse encerramento em si mesmo deu-lhe não sei que ar de estranho a tudo, às competições, às ambições, pois nada dessas coisas que fazem os ódios e as lutas tinha entrado no seu temperamento.

Desinteressado de dinheiro, de glória e posição, vivendo numa reserva de sonho, adquirira a candura e a

Encarniçamento: perseguição.

Choupo: instrumento usado em matadouros para se abater o gado.

*** O narrador indica que Quaresma não tinha relações na imprensa. Ao mesmo tempo deixa escapar que, também no universo jornalístico, vigoram práticas de favorecimento pessoal. Esse é o assunto de *Recordações do escrivão Isaías Caminha*, outro romance de Lima Barreto.**

pureza d'alma que vão habitar esses homens de uma ideia fixa, os grandes estudiosos, os sábios, e os inventores, gente que fica mais terna, mais ingênua, mais inocente que as donzelas das poesias de outras épocas.

É raro encontrar homens assim, mas os há e, quando se os encontra, mesmo tocados de um grão de loucura, a gente sente mais simpatia pela nossa espécie, mais orgulho de ser homem e mais esperança na felicidade da raça*.

A continuidade das troças feitas nos jornais, a maneira com que o olhavam na rua, exasperavam-no e mais forte se enraizava nele a sua ideia. À medida que engolia uma troça, uma pilhéria, vinha-lhe meditar sobre a sua lembrança, pesar-lhe todos os aspectos, examiná-la, detidamente, compará-la a coisas semelhantes, recordar os autores e autoridades; e, à proporção que fazia isso, a sua própria convicção mostrava a **inanidade** da crítica, a ligeireza da pilhéria, e a ideia o tomava, o avassalava, o absorvia cada vez mais.

Se os jornais tinham recebido o requerimento com **facécias** de fundo inofensivo e sem ódio, a repartição ficou furiosa. Nos meios burocráticos, uma superioridade que nasce fora deles, que é feita e organizada com outros materiais que não os ofícios, a sabença de textos de regulamentos e a boa caligrafia, é recebida com a hostilidade de uma pequena inveja.

É como se se visse no portador da superioridade um traidor à mediocridade, ao anonimato papeleiro. Não há só uma questão de promoção, de interesse **pecuniário**; há uma questão de amor-próprio, de sentimentos feridos, vendo aquele colega, aquele **galé** como eles, sujeito aos regulamentos, aos caprichos dos chefes, às olhadelas superiores dos ministros, com mais títulos à consideração, com algum direito a infringir as regras e os preceitos.

Olha-se para ele com o ódio dissimulado com que o assassino plebeu olha para o assassino marquês que matou a mulher e o amante. Ambos são assassinos, mas,

*** O narrador revela-se ambíguo com relação a Quaresma: embora o ridicularize, também não deixa de ter simpatia por seu nacionalismo sincero, livre de ambições pessoais.**

Inanidade: fraqueza.

Facécias: brincadeiras.

Pecuniário: financeiro.

Galé: prisioneiro condenado a trabalhos forçados.

mesmo na prisão, ainda o nobre e o burguês trazem o ar do seu mundo, um resto da sua delicadeza e uma inadaptação que ferem o seu humilde colega de desgraça.

Assim, quando surge numa secretaria alguém cujo nome não lembra sempre o título de sua nomeação, aparecem as pequeninas **perfídias**, as maledicências ditas ao ouvido, as indiretas, todo o arsenal do ciúme invejoso de uma mulher que se convenceu de que a vizinha se veste melhor do que ela.

Amam-se ou antes suportam-se melhor aqueles que se fazem célebres nas informações, na redação, na assiduidade ao trabalho, mesmo os doutores, os bacharéis, do que **os que têm nomeada** e fama. Em geral, a incompreensão da obra ou do mérito do colega é total e nenhum deles se pode capacitar que aquele tipo, aquele amanuense, como eles, faça qualquer coisa que interesse os estranhos e dê que falar a uma cidade inteira.

A brusca popularidade de Quaresma, o seu sucesso e nomeada efêmera irritaram os seus colegas e superiores. "Já se viu!", dizia o secretário. "Esse tolo dirigir-se ao Congresso e propor alguma coisa! Pretensioso!" O diretor, ao passar pela secretaria, olhava-o **de soslaio** e sentia que o regulamento não cogitasse do caso para lhe infligir uma censura. O colega arquivista era o menos terrível, mas chamou-o logo de doido*****.

O major sentia bem aquele ambiente falso, aquelas alusões e isso mais aumentava o seu desespero e a teimosia na sua ideia. Não compreendia que o seu requerimento suscitasse tantas tempestades, essa má vontade geral; era uma coisa inocente, uma lembrança patriótica que merecia e devia ter o assentimento de todo mundo; e meditava, voltava à ideia, e a examinava com mais atenção.

A extensa publicidade, que o fato tomou, atingiu o palacete de Real Grandeza, onde morava o seu compadre Coleoni. Rico com os lucros das empreitadas de construções de prédios, viúvo, o antigo quitandeiro re-

Perfídias: traições.

Os que têm nomeada: os que têm nome, são conhecidos.

De soslaio: de lado, de esguelha.

*** Observe como o narrador retrata com expressividade o clima de competição e inveja que reina na repartição.**

tirara-se dos negócios e vivia sossegado na ampla casa que ele mesmo edificara e tinha todos os remates arquitetônicos do seu gosto predileto: compoteiras na **cimalha**, um imenso monograma sobre a porta da entrada, dois cães de louça, nos pilares do portão da entrada, e outros detalhes equivalentes.

A casa ficava ao centro do terreno, elevava-se sobre um porão alto, tinha um razoável jardim na frente, que avançava pelos lados, pontilhado de bolas multicores; varanda, um viveiro, onde pelo calor os pássaros morriam tristemente. Era uma instalação burguesa, no gosto nacional, vistosa, cara, pouco de acordo com o clima e sem conforto.

No interior o capricho dominava, tudo obedecendo a uma fantasia barroca, a um **ecletismo** desesperador. Os móveis se amontoavam, os tapetes, as **sanefas**, os ***bibelots***, e a fantasia da filha, irregular e indisciplinada, ainda trazia mais desordem àquela coleção de coisas caras*.

Viúvo, havia já alguns anos, era uma velha cunhada quem dirigia a casa e a filha, quem o encaminhava nas distrações e nas festas. Coleoni aceitava de bom coração esta doce tirania. Queria casar a filha, bem e ao gosto dela; não punha, portanto, nenhum obstáculo ao programa de Olga.

Em começo, pensou em dá-la a seu ajudante ou contramestre, uma espécie de arquiteto que não desenhava, mas projetava casas e grandes edifícios. Primeiro sondou a filha. Não encontrou resistência, mas não encontrou também assentimento. Convenceu-se de que aquela vaporosidade da menina, aquele seu ar distante de heroína, a sua inteligência, o seu fantástico, não se dariam bem com as rudezas e a simplicidade **campônias** de seu auxiliar.

"Ela quer um doutor", pensava ele. "Que arranje! Com certeza, não terá **ceitil**, mas eu tenho e as coisas se acomodam".

Ele se havia habituado a ver no doutor nacional, o marquês ou o barão de sua terra natal. Cada terra tem

Cimalha: saliência, no alto das paredes de um edifício, sobre a qual assenta o beiral do telhado.

Ecletismo: mistura de estilos.

Sanefas: tiras largas de tecido que se estendem como ornamentos sobre a parte superior de uma cortina.

***Bibelots* (em francês): bibelôs.**

*** A descrição da casa retrata um certo gosto burguês: os elementos da decoração não combinam, mas o que importa é a ostentação de "coisas caras".**

Campônias: camponesas.

Ceitil: antiga moeda de pouco valor.

a sua nobreza; lá, é visconde; aqui, é doutor, bacharel ou dentista*; e julgou muito aceitável comprar a satisfação de enobrecer a filha com umas meias dúzias de contos de réis.

Havia momentos que se aborrecia um tanto com os propósitos da menina. Gostando de dormir cedo, tinha que perder noites e noites no **Lírico**, nos bailes; amando estar sentado em chinelas a fumar cachimbo, era obrigado a andar horas e horas pelas ruas, saltitando de casa em casa de modas, atrás da filha, para no fim do dia ter comprado meio metro de fita, uns grampos e um frasco de perfume.

Era engraçado vê-lo nas lojas de fazendas cheio de complacência de pai que quer enobrecer o filho, a dar opinião sobre o tecido, achar este mais bonito, comparar um com outro, com uma falta de sentimento daquelas coisas que se adivinhava até no pegá-las. Mas ele ia, demorava-se e esforçava-se por entrar no segredo, no mistério, cheio de tenacidade e candura perfeitamente paternais.

Até aí ele ia bem e calcava a contrariedade. Só o contrariavam bastante as visitas, as colegas da filha, suas mães, suas irmãs, com seus modos de falsa nobreza, os seus desdéns dissimulados, deixando perceber ao velho empreiteiro o quanto estava ele distante da sociedade das amigas e das colegas de Olga.

Não se aborrecia, porém, muito profundamente; ele assim o quisera e a fizera, tinha que se conformar. Quase sempre, quando chegavam tais visitas, Coleoni afastava-se, ia para o interior da casa. Entretanto, não lhe era sempre possível fazer isso; nas grandes festas e recepções tinha que estar presente e era quando mais sentia o velado pouco-caso da alta nobreza da terra que o frequentava. Ele ficara sempre empreiteiro, com poucas ideias além do seu ofício, não sabendo fingir, de modo que não se interessava por aquelas tagarelices de casamentos, de bailes, de festas e passeios caros.

*** Veja o paralelo traçado entre os títulos da nobreza — referência europeia — e os títulos acadêmicos — referência brasileira. Através da visão de Coleoni, o narrador confirma a veneração e a superioridade que entre os brasileiros se confere a quem tem título de doutor.**

Lírico: é o antigo *Imperial Teatro Dom Pedro II*, que virou *Teatro Lírico* em 1889, com a proclamação da República. Era uma casa de espetáculos musicais muito frequentada na cidade do Rio de Janeiro. Encerrou suas atividades em janeiro de 1932 e foi demolido no ano seguinte.

Uma vez ou outra um mais delicado propunha-lhe jogar o ***poker***, aceitava e sempre perdia. Chegou mesmo a formar uma roda em casa, de que fazia parte o conhecido advogado Pacheco. Perdeu e muito, mas não foi isso que o fez suspender o jogo. Que perdia? Uns contos — uma ninharia! A questão, porém, é que Pacheco jogava com seis cartas*****. A primeira vez que Coleoni deu com isso, pareceu-lhe simples distração do distinto jornalista e famoso advogado. Um homem honesto não ia fazer aquilo! E na segunda, seria também? E na terceira?

Não era possível tanta distração. Adquiriu a certeza da **trampolinagem**, calou-se, conteve-se com uma dignidade não esperada em um antigo quitandeiro, e esperou. Quando vieram a jogar outra vez e o passe foi posto em prática, Vicente acendeu o charuto e observou com a maior naturalidade deste mundo:

— Os senhores sabem que há agora, na Europa, um novo sistema de jogar o *poker*?

— Qual é? — perguntou alguém.

— A diferença é pequena: joga-se com seis cartas, isto é, um dos parceiros, somente.

Pacheco deu-se por desentendido, continuou a jogar e a ganhar, despediu-se à meia-noite cheio de delicadeza, fez alguns comentários sobre a partida e não voltou mais.

Conforme o seu velho hábito, Coleoni lia de manhã os jornais, com o vagar e a lentidão de homem pouco habituado à leitura, quando se lhe deparou o requerimento do seu compadre do arsenal.

Ele não compreendeu bem o requerimento, mas os jornais faziam troça, caíam tão a fundo sobre a coisa que imaginou o seu antigo benfeitor **enleado** numa **meada** criminosa, tendo praticado, por inadvertência, alguma falta grave.

Sempre o tivera na conta do homem mais honesto deste mundo e ainda tinha, mas daí, quem sabe? Na última vez que o visitou ele não veio com aqueles modos estranhos? Podia ser uma pilhéria...

***Poker* (em inglês): pôquer.**

*** Referência irônica à malandragem de Pacheco, que, apesar de doutor, roubava no jogo. No pôquer cada participante tem direito a apenas cinco cartas.**

Trampolinagem: trapaça.

Enleado: envolvido.

Meada: armadilha.

Apesar de ter enriquecido, Coleoni tinha em grande conta o seu obscuro compadre. Havia nele não só a gratidão de camponês que recebeu um grande benefício, como um duplo respeito pelo major, oriundo da sua qualidade de funcionário e de sábio.

Europeu, de origem humilde e aldeã, guardava no fundo de si aquele sagrado respeito dos camponeses pelos homens que recebem a investidura do Estado; e, como, apesar dos **bastos** anos de Brasil, ainda não sabia juntar o saber aos títulos, tinha em grande consideração a erudição do compadre.

Não é, pois, de estranhar que ele visse com mágoa o nome de Quaresma envolvido em fatos que os jornais reprovavam. Leu de novo o requerimento, mas não entendeu o que ele queria dizer. Chamou a filha.

— Olga!

Ele pronunciava o nome da filha quase sem sotaque; mas, quando falava português, punha nas palavras uma rouquidão singular, e salpicava as frases de exclamações e pequenas expressões italianas.

— Olga, que quer dizer isto? ***Non capisco***.

A moça sentou-se a uma cadeira próxima e leu no jornal o requerimento e os comentários.

— *Che*! Então?

— O padrinho quer substituir o português pela língua tupi, entende o senhor?

— Como?

— Hoje, nós não falamos português? Pois bem: ele quer que daqui em diante falemos tupi.

— *Tutti*?

— Todos os brasileiros, todos.

— *Ma che* coisa! Não é possível?

— Pode ser. Os **tcheques** têm uma língua própria, e foram obrigados a falar alemão, depois de conquistados pelos austríacos; os **lorenos**, franceses...

— *Per la madonna*! Alemão é língua, agora esse **acujelê**, *ecco*!

Bastos: muitos.

***Non capisco* (em italiano): não entendo.**

Tcheques: habitantes da antiga Tchecoslováquia, hoje dividida em dois países, República Checa e Eslováquia.

Lorenos: habitantes da região de Lorena, na França, que têm um dialeto próprio.

Acujelê: dialeto africano. Nessa passagem, tem o sentido de língua selvagem, inculta.

— Acujelê é da África, papai; tupi é daqui.

— *Per Bacco*! É o mesmo... Está doido!

— Mas não há loucura alguma, papai.

— Como? Então é coisa de um homem *bene*?

— De juízo, talvez não seja; mas de doido, também não.

— *Non capisco.*

— É uma ideia, meu pai, é um plano, talvez à primeira vista absurdo, fora dos moldes, mas não de todo doido. É ousado, talvez, mas...

Por mais que quisesse, ela não podia julgar o ato do padrinho sob o critério de seu pai. Neste falava o bom senso e nela o amor às grandes coisas, aos arrojos e cometimentos ousados. Lembrou-se de que Quaresma lhe falara em emancipação; e se houve no fundo de si um sentimento que não fosse de admiração pelo atrevimento do major, não foi decerto o de reprovação ou lástima; foi de piedade simpática por ver mal compreendido o ato daquele homem que ela conhecia há tantos anos, seguindo o seu sonho, isolado, obscuro e tenaz.

— Isto vai causar-lhe transtorno — observou Coleoni.

E ele tinha razão. A sentença do arquivista foi vencedora nas discussões dos corredores e a suspeita de que Quaresma estivesse doido foi tomando foros de certeza. Em princípio, o subsecretário suportou bem a tempestade; mas tendo adivinhado que o supunham **insciente** no tupi, irritou-se, encheu-se de uma raiva surda, que se continha dificilmente. Como eram cegos! Ele que há trinta anos estudava o Brasil minuciosamente, ele que, em virtude desses estudos, fora obrigado a aprender o rebarbativo alemão, não saber tupi, a língua brasileira, a única que o era, que suspeita miserável!

Que o julgassem doido, vá! Mas que desconfiassem da sinceridade de suas afirmações, não! E ele pensava, procurava meios de se reabilitar, caía em distrações,

Insciente: ignorante.

mesmo escrevendo e fazendo a tarefa quotidiana. Vivia dividido em dois: uma parte nas obrigações de todo dia, e a outra, na preocupação de provar que sabia o tupi.

O secretário veio a faltar um dia e o major lhe ficou fazendo as vezes. O expediente fora grande e ele mesmo redigira e copiara uma parte. Tinha começado a passar a limpo um ofício sobre coisas de Mato Grosso, onde se falava em Aquidauana e Ponta Porã, quando o Carmo disse lá do fundo da sala, com acento escarninho:

— Homero, isto de saber é uma coisa, dizer é outra.

Quaresma nem levantou os olhos do papel. Fosse pelas palavras em tupi que se encontravam na minuta, fosse pela alusão do funcionário Carmo, o certo é que ele insensivelmente foi traduzindo a peça oficial para o idioma indígena.

Ao acabar, deu com a distração, mas logo vieram outros empregados com o trabalho que fizeram, para que ele examinasse. Novas preocupações afastaram a primeira, esqueceu-se e o ofício em tupi seguiu com os companheiros. O diretor não reparou, assinou e o tupinambá foi dar ao ministério.

Não se imagina o rebuliço que tal coisa foi causar lá. Que língua era? Consultou-se o doutor Rocha, o homem mais hábil da secretaria, a respeito do assunto. O funcionário limpou o *pince-nez,* agarrou o papel, voltou-o de trás para diante, pô-lo de pernas para o ar e concluiu que era grego, por causa do *yy*.

O doutor Rocha tinha na secretaria a fama de sábio, porque era bacharel em direito e não dizia coisa alguma.

— Mas — indagou o chefe —, oficialmente as autoridades se podem comunicar em línguas estrangeiras? Creio que há um aviso de 84... Veja, senhor doutor Rocha...

Consultaram-se todos os regulamentos e repertórios de legislação, andou-se de mesa em mesa pedindo auxílio à memória de cada um e nada se encontrava a respeito. Enfim, o doutor Rocha, após três dias de meditação, foi ao chefe e disse com ênfase e segurança:

— O aviso de 84 trata de ortografia.

O diretor olhou o subalterno com admiração e mais ficou considerando as suas qualidades de empregado zeloso, inteligente e... assíduo. Foi informado de que a legislação era omissa no tocante à língua em que deviam ser escritos os documentos oficiais; entretanto não parecia regular usar uma que não fosse a do país.

O ministro, tendo em vista esta informação e várias outras consultas, devolveu o ofício e censurou o arsenal*.

Que manhã foi essa no arsenal! Os **tímpanos** soavam furiosamente, os contínuos andavam numa **dobadoura** terrível e a toda hora perguntavam pelo secretário que tardava em chegar.

Censurado! Monologava o diretor. Ia-se por água abaixo o seu generalato. Viver tantos anos a sonhar com aquelas estrelas e elas se escapavam assim, talvez por causa da molecagem de um escriturário!

Ainda se a situação mudasse... Mas qual!

O secretário chegou, foi ao gabinete do diretor. Inteirado do motivo, examinou o ofício e pela letra conheceu que fora Quaresma que o escrevera. "Mande-o cá", disse o coronel. O major encaminhou-se pensando nuns versos tupis que lera de manhã.

— Então o senhor leva a divertir-se comigo, não é?

— Como? — fez Quaresma espantado.

— Quem escreveu isso?

O major nem quis examinar o papel. Viu a letra, lembrou-se da distração e confessou com firmeza:

— Fui eu.

— Então confessa?

— Pois não. Mas Vossa Excelência não sabe...

— Não sabe! Que diz?

O diretor levantou-se da cadeira, com os lábios brancos e a mão levantada à altura da cabeça. Tinha sido ofendido três vezes: na sua honra individual, na honra de sua casta e na do estabelecimento de ensino que frequentara, a escola da Praia Vermelha, o primeiro estabelecimento científico do mundo. Além disso escrevera no *Pritaneu*, a revista da escola, um conto, "A saudade", produção muito elogiada pelos colegas. Dessa forma, tendo em todos os exames plenamente e distinção, uma dupla coroa de sábio e artista cingia-lhe a fronte. Tantos títulos valiosos e raros de se encontrarem reunidos mesmo em **Descartes** ou **Shakespeare**

*** O narrador satiriza os trâmites burocráticos e a falsa sabedoria de funcionários graduados. Repare como ele cria efeitos cômicos ao focalizar os pequenos gestos das personagens, a obsessão pelas minúcias, a confusão entre tupi e grego, entre outros detalhes.**

Tímpanos: campainhas.

Dobadoura: agitação.

René Descartes (1596--1650): famoso filósofo e matemático francês.

William Shakespeare (1564-1616): poeta e dramaturgo inglês, um dos nomes mais importantes da literatura mundial.

transformavam aquele "não sabe" de um amanuense em ofensa profunda, em injúria*.

— Não sabe! Como é que o senhor ousa dizer-me isto! Tem o senhor porventura o curso de Benjamin **Constant**? Sabe o senhor Matemática, Astronomia, Física, Química, Sociologia e Moral? Como ousa então? Pois o senhor pensa que por ter lido uns romances e saber um francesinho aí, pode ombrear-se com quem tirou 9 em Cálculo, 10 em Mecânica, 8 em Astronomia, 10 em Hidráulica, 9 em Descritiva? Então?!

E o homem sacudia furiosamente a mão e olhava ferozmente para Quaresma que já se julgava fuzilado.

— Mas, senhor coronel...

— Não tem mas, não tem nada! Considere-se suspenso, até segunda ordem.

Quaresma era doce, bom e modesto. Nunca fora seu propósito duvidar da sabedoria do seu diretor. Ele não tinha nenhuma pretensão a sábio e pronunciara a frase para começar a desculpa; mas, quando viu aquela enxurrada de saber, de títulos, a sobrenadar em águas tão furiosas, perdeu o fio do pensamento, a fala, as ideias e nada mais soube nem pôde dizer.

Saiu abatido, como um criminoso, do gabinete do coronel, que não deixava de olhá-lo furiosamente, indignadamente, ferozmente, como quem foi ferido em todas as fibras do seu ser. Saiu afinal. Chegando à sala do trabalho, nada disse; pegou no chapéu, na bengala e atirou-se pela porta afora, cambaleando como um bêbedo. Deu umas voltas, foi ao livreiro buscar uns livros. Quando ia tomar o bonde encontrou o Ricardo Coração dos Outros.

— Cedo, hein, major?

— É verdade.

E calaram-se ficando um diante do outro num mutismo contrafeito. Ricardo avançou algumas palavras:

— O major, hoje, parece que tem uma ideia, um pensamento muito forte.

— Tenho, filho, não de hoje, mas de há muito tempo.

*** Fica claro que o diretor está mais preocupado com sua reputação pessoal que em resolver o caso. O narrador satiriza essa reação ao apontar, entre as razões que o fazem sentir-se ofendido, até o conto publicado em revista escolar. Marca assim a infantilidade da personagem.**

Benjamin Constant (1833-1891): político, militar e professor brasileiro.

— É bom pensar, sonhar consola.

— Consola, talvez; mas faz-nos também diferentes dos outros, cava abismos entre os homens...

E os dois separaram-se. O major tomou o bonde e Ricardo desceu descuidado a Rua do Ouvidor, com o seu passo acanhado e as calças dobradas nas canelas, sobraçando o violão na sua armadura de camurça.

5. O *BIBELOT*

Não era a primeira vez que ela vinha ali. Mais de uma dezena já subira aquela larga escada de pedra, com grupos de mármores de Lisboa de um lado e do outro, a Caridade e Nossa Senhora da Piedade; penetrara por aquele **pórtico** de **colunas dóricas**, atravessara o átrio ladrilhado, deixando à esquerda e à direita, **Pinel** e **Esquirol**, meditando sobre o angustioso mistério da loucura; subira outra escada encerada cuidadosamente e fora ter com o padrinho lá em cima, triste e absorvido no seu sonho e na sua mania. Seu pai a trazia às vezes, aos domingos, quando vinha cumprir o piedoso dever de amizade, visitando Quaresma. Há quanto tempo estava ele ali? Ela não se lembrava ao certo; uns três ou quatro meses, se tanto*****.

Só o nome da casa metia medo. O hospício! É assim como uma sepultura em vida, um semienterramento, enterramento do espírito, da razão condutora, de cuja ausência os corpos raramente se ressentem. A saúde não depende dela e há muitos que parecem até adquirir mais força de vida, prolongar a existência, quando ela se **evola** não se sabe por que orifício do corpo e para onde.

Com que terror, uma espécie de pavor de coisa sobrenatural, espanto de inimigo invisível e onipresente, não ouvia a gente pobre referir-se ao estabelecimento da Praia das Saudades! Antes uma boa morte, diziam.

Pórtico: portal.

Colunas dóricas: certo tipo de colunas usadas pelos antigos gregos.

Philippe Pinel (1745--1826): médico francês que introduziu importantes inovações no tratamento das doenças mentais.

Jean-Etienne Dominique Esquirol (1772-1840): médico francês que fundou um hospício modelo em Paris, em 1799. Dedicou sua vida ao estudo de métodos para melhorar as condições de tratamento e de vida dos doentes mentais.

*** Aqui há um corte brusco da narrativa: muito tempo passou, Quaresma foi internado e Olga visita-o no hospício.**

Evola: desaparece.

No primeiro aspecto, não se compreendia bem esse pasmo, esse espanto, esse terror do povo por aquela casa imensa, severa e grave, meio hospital, meio prisão, com seu alto gradil, suas janelas gradeadas, a se estender por uns centos de metros, em face do mar imenso e verde, lá na entrada da baía, na Praia das Saudades. Entrava-se, viam-se uns homens calmos, pensativos, **meditabundos**, como monges em recolhimento e prece.

De resto, com aquela entrada silenciosa, clara e respeitável, perdia-se logo a ideia popular da loucura; o escarcéu, os trejeitos, as fúrias, o entrechoque de tolices ditas aqui e ali.

Não havia nada disso; era uma calma, um silêncio, uma ordem perfeitamente naturais. No fim, porém, quando se examinavam bem, na sala das visitas, aquelas faces transtornadas, aqueles ares aparvalhados, alguns idiotas e sem expressão, outros como alheados e mergulhados em um sonho íntimo sem fim, e via-se também a excitação de uns, mais viva em face à **atonia** de outros, é que se sentia bem o horror da loucura, o angustioso mistério que ela encerra, feito não sei de que inexplicável fuga do espírito daquilo que se supõe o real, para se apossar e viver das aparências das coisas ou de aparências das mesmas.

Quem uma vez esteve diante desse enigma indecifrável da nossa própria natureza, fica amedrontado, sentindo que o gérmen daquilo está depositado em nós e que por qualquer coisa ele nos invade, nos toma, nos esmaga e nos sepulta numa desesperadora compreensão inversa e absurda de nós mesmos, dos outros e do mundo. Cada louco traz em si o seu mundo e para ele não há mais semelhantes: o que foi antes da loucura é outro muito outro do que ele vem a ser após*****.

E essa mudança não começa, não se sente quando começa e quase nunca acaba. Com o seu padrinho, como fora? A princípio, aquele requerimento... Mas que era aquilo? Um capricho, uma fantasia, coisa sem importância, uma ideia de velho sem consequência.

Meditabundos: pensativos.

Atonia: apatia, inércia.

*** Observe o realismo na descrição da loucura. Novamente aqui a vida do autor parece contida em sua obra. Lima Barreto, além de ter acompanhado o enlouquecimento do próprio pai, tornou-se alcoólatra, o que o levou a ter delírios e ser internado várias vezes.**

Depois, aquele ofício? Não tinha importância, uma simples distração, coisa que acontece a cada passo... E enfim? A loucura declarada, a **torva** e irônica loucura que nos tira a nossa alma e põe uma outra, que nos rebaixa... Enfim, a loucura declarada, a exaltação do eu, a mania de não sair, de se dizer perseguido, de imaginar como inimigos os amigos, os melhores. Como fora doloroso aquilo! A primeira fase do seu delírio, aquela agitação desordenada, aquele falar sem nexo, sem acordo como que se realizava fora dele e com os atos passados, um falar que não se sabia donde vinha, donde saía, de que ponto do seu ser tomava nascimento! E o pavor do doce Quaresma? Um pavor de quem viu um cataclismo, que o fazia tremer todo, desde os pés à cabeça, e enchia-o de indiferença para tudo mais que não fosse o seu próprio delírio.

A casa, os livros e os seus interesses de dinheiro andavam **à matroca**. Para ele, nada disso valia, nada disso tinha existência e importância. Eram sombras, aparências; o real eram os inimigos, os inimigos terríveis cujos nomes o seu delírio não chegava a criar. A velha irmã, atarantada, atordoada, sem direção, sem saber que **alvitre** tomar. Educada em casa sempre com um homem ao lado, o pai, depois o irmão, ela não sabia lidar com o mundo, com negócios, com as autoridades e pessoas influentes. Ao mesmo tempo, na sua inexperiência e ternura de irmã, oscilava entre a crença de que aquilo fosse verdade e a suspeita de que fosse loucura pura e simples.

Se não fosse seu pai (e Olga amava mais por isso o seu rude pai) que se interessava, chamando a si os interesses da família e evitando a demissão de que estava ameaçado, transformando-a em aposentadoria*, que seria dele? Como é fácil na vida tudo ruir! Aquele homem pautado, regrado, honesto, com emprego seguro, tinha uma aparência inabalável; entretanto bastou um grãozinho de sandice...

Estava há uns meses no hospício o seu padrinho, e a irmã não o podia visitar. Era tal o seu abalo de nervos,

Torva: terrível.

À matroca: sem rumo.

Alvitre: decisão.

*** O pai de Olga consegue que Quaresma seja aposentado e não demitido.**

era tal a emoção ao vê-lo ali naquela meia-prisão, decaído dele mesmo, que um ataque se seguia e não podia ser evitado.

Vinham ela e o pai, às vezes o pai só, algumas vezes Ricardo, e eram só os três a visitá-lo.

Aquele domingo estava particularmente lindo, principalmente em Botafogo, nas proximidades do mar e das montanhas altas que se recortavam num céu de seda. O ar era macio e docemente o sol faiscava nas calçadas.

O pai vinha lendo os jornais e ela, pensando, de quando em quando, folheando as revistas ilustradas que trazia para alegrar e distrair o padrinho.

Ele estava como pensionista; mas, embora assim, no começo, ela teve um certo pudor em se misturar com os visitantes.

Parecia-lhe que a sua fortuna a punha acima de presenciar misérias; recalcou porém, dentro de si esse pensamento egoísta, o seu orgulho de classe, e agora entrava naturalmente, pondo em mais destaque a sua elegância natural. Amava esses sacrifícios, essas abnegações, tinha o sentimento da grandeza deles, e ficou contente consigo mesma.

No bonde vinham outros visitantes e todos não tardaram em saltar no portão do manicômio. Como em todas as portas dos nossos infernos sociais, havia de toda gente, de várias condições, nascimentos e fortunas. Não é só a morte que nivela; a loucura, o crime e a moléstia passam também a sua **rasoura** pelas distinções que inventamos.

Os bem vestidos e os malvestidos, os elegantes e os pobres, os feios e os bonitos, os inteligentes e os **néscios**, entravam com respeito, com concentração, com uma ponta de pavor no olhos como se penetrassem noutro mundo.

Chegavam os parentes e os embrulhos se desfaziam: eram guloseimas, fumo, meias, chinelas, às vezes livros e jornais. Dos doentes, uns conversavam com os

Rasoura: plaina; instrumento de marceneiro que serve para aplainar uma superfície. Passar a rasoura, nesse trecho, significa igualar, deixar todos no mesmo nível.

Néscios: estúpidos.

parentes; outros mantinham-se calados, num **mutismo** feroz e inexplicável; outros, indiferentes; e era tal a variedade de aspectos dessas recepções que se chegava a esquecer o império da doença sobre todos aqueles infelizes, tanto ela variava neste ou naquele, para se pensar em caprichos pessoais, em **ditames** das vontades livres de cada um.

E ela pensava como esta nossa vida é variada e diversa, como ela é mais rica de aspectos tristes que de alegres, e como na variedade da vida a tristeza pode mais variar que a alegria e como que dá o próprio movimento da vida*.

Verificando isso, quase teve satisfação, pois a sua natureza inteligente e curiosa se comprazia nas mais simples descobertas que seu espírito fazia.

Quaresma estava melhor. A exaltação passara e o delírio parecia querer desaparecer completamente. Chocando-se com aquele meio, houve logo nele uma reação salutar e necessária. Estava doido, pois se o punham ali...

Quando veio a ter com o compadre e a afilhada até trazia um sorriso de satisfação por baixo do bigode já grisalho. Tinha emagrecido um pouco, os cabelos pretos estavam um pouco brancos, mas o aspecto geral era o mesmo. Não perdera totalmente a **mansuetude** e a ternura no falar, mas quando a mania lhe tomava ficava um tanto seco e desconfiado. Ao vê-los, disse amavelmente:

— Então vieram sempre... Estava à espera...

Cumprimentaram-se e ele deu mesmo um largo abraço na afilhada.

— Como está Adelaide?

— Bem. Mandou lembranças e não veio porque... — adiantou Coleoni.

— Coitada! — disse ele, e pendeu a cabeça como se quisesse afastar uma recordação triste; em seguida, perguntou:

— E o Ricardo?

Mutismo: mudez, silêncio.

Ditames: decisões.

*** Ao longo do livro, Olga mostra-se sensata e crítica. Sabe equilibrar um espírito sonhador, ousado, e sua ação pragmática, "pé no chão". De certa forma, o narrador usa a personagem para marcar posições que ele mesmo defende.**

Mansuetude: mansidão, brandura.

A afilhada apressou-se em responder ao padrinho, com alvoroço e alegria. Via-o já **escapo** à semissepultura de insânia.

— Está bom, padrinho. Procurou papai há dias e disse que a sua aposentadoria já está quase acabada.

Coleoni tinha-se sentado. Quaresma também; e a moça estava de pé, para melhor olhar o padrinho com os seus olhos muito luminosos e firmes no encarar. Guardas, internos e médicos passavam pelas portas com a indiferença profissional. Os visitantes não se olhavam, pareciam que não queriam conhecer-se na rua. Lá fora, era o dia lindo, os ares macios, o mar infinito e melancólico, as montanhas a se recortar num céu de seda — a beleza da natureza imponente e indecifrável*****. Coleoni, embora mais assíduo nas visitas, notava as melhoras do compadre com satisfação, que **errava** na sua fisionomia, num ligeiro sorriso. Num dado momento aventurou:

— O major já está muito melhor; quer sair?

Quaresma não respondeu logo; pensou um pouco e respondeu firme e vagarosamente:

— É melhor esperar um pouco. Vou melhor... Sinto incomodar-te tanto, mas vocês que têm sido tão bons, hão de levar tudo isso para conta da própria bondade. Quem tem inimigos deve ter também bons amigos...

O pai e a filha entreolharam-se; o major levantou a cabeça e parecia que as lágrimas queriam rebentar. A moça interveio de pronto:

— Sabe, padrinho, vou casar-me.

— É verdade — confirmou o pai. — A Olga vai casar-se e nós vínhamos **preveni-lo**.

— Quem é teu noivo? — perguntou Quaresma.

— É um rapaz...

— Decerto — interrompeu o padrinho sorrindo.

E os dois acompanharam-no com familiaridade e contentamento. Era um bom sinal.

— É o senhor Armando Borges, doutorando. Está satisfeito, padrinho? — fez Olga gentilmente.

Escapo: livre. Isto é, Quaresma parecia que estava escapando da loucura.

*** Observe o contraste entre o espaço fechado — o interior do hospício — e o aberto. Essa comparação acentua o isolamento, o desalento e a tristeza do lugar.**

Errava: transparecia.

Preveni-lo: avisá-lo.

— Então é para depois do fim do ano.

— Esperamos que seja por aí — disse o italiano.

— Gostas muito dele? — indagou o padrinho.

Ela não sabia responder àquela pergunta. Queria sentir que gostava, mas estava que não. E por que casava? Não sabia... Um impulso do seu meio, uma coisa que não vinha dela — não sabia... Gostava de outro? Também não. Todos os rapazes que ela conhecia não possuíam relevo que a ferisse, não tinham o *quê*, ainda indeterminado na sua emoção e na sua inteligência, que a fascinasse ou subjugasse. Ela não sabia bem o que era, não chegava a **extremar** na percepção das suas inclinações a qualidade que ela queria ver dominante no homem. Era o heroico, era o fora do comum, era a força de projeção para as grandes coisas; mas nessa confusão mental dos nossos primeiros anos, quando as ideias e os desejos se entrelaçam e se embaralham, Olga não podia colher e registrar esse **anelo**, esse modo de se lhe representar e de amar o indivíduo masculino*****.

E tinha razão em se casar sem obedecer à sua concepção. É tão difícil ver nitidamente num homem, de vinte a trinta anos, o que ela sonhara, que era bem possível tomasse a nuvem por **Juno**... Casava por hábito de sociedade, um pouco por curiosidade e para alargar o campo de sua vida e aguçar a sensibilidade. Lembrou-se disso tudo rapidamente e respondeu sem convicção ao padrinho:

— Gosto.

A visita não se demorou muito mais. Era conveniente que fosse rápida, não convinha fatigar a atenção do convalescente. Os dois saíram sem esconder que iam esperançados e satisfeitos.

Na porta já havia alguns visitantes à espera do bonde. Como não estivesse o veículo no ponto, foram indo ao longo da fachada do manicômio até lá. Em meio do caminho, encontraram, encostada ao gradil, uma velha preta a chorar. Coleoni, sempre bom, chegou-se a ela:

— Que tem, minha velha?

Extremar: distinguir.

Anelo: anseio, desejo ardente.

*** Olga, como Ismênia, sente-se pressionada para casar. Mas veja que, diferente desta, Olga tem mais consciência de seus desejos e de suas motivações interiores. Acompanhe com atenção a trajetória dessas mulheres.**

Juno: esposa do deus Júpiter na mitologia latina. Para evitar que ela fosse seduzida por Ixion, Júpiter moldou uma nuvem com a aparência de Juno, enganando-o.

A pobre mulher deitou sobre ele um demorado olhar, úmido e doce, cheio de uma irremediável tristeza, e respondeu:

— Ah! Meu sinhô!... É triste... Um filho, tão bom, coitado!

E continuou a chorar. Coleoni começou a comover-se; a filha olhou-a com interesse e perguntou no fim de um instante:

— Morreu?

— Antes fosse, sinhazinha.

E por entre lágrimas e soluços contou que o filho não a conhecia mais, não lhe respondia às perguntas; era como estranho. Enxugou as lágrimas e concluiu:

— Foi "coisa-feita"*.

Os dois afastaram-se tristes, levando n'alma um pouco daquela humilde dor.

O dia estava fresco e a viração, que começava a soprar, enrugava a face do mar em pequenas ondas brancas. O Pão de Açúcar erguia-se negro, hirto, solene, das ondas espumejantes, e como que punha uma sombra no dia muito claro.

No Instituto dos Cegos, tocavam violino: e a voz plangente e demorada do instrumento parecia sair daquelas coisas todas, da sua tristeza e da sua solenidade.

O bonde tardou um pouco. Chegou. Tomaram. Desceram no Largo da Carioca. É bom ver-se a cidade nos dias de descanso, com as suas lojas fechadas, as suas estreitas ruas desertas, onde os passos ressoam como em claustro silencioso. A cidade é como um esqueleto, faltam-lhe as carnes, que são a agitação, o movimento de carros, de carroças e gente. Na porta de uma loja ou outra, os filhos do negociante brincam em velocípedes, atiram bolas e ainda mais se sente a diferença da cidade do dia anterior.

Não havia ainda o hábito de procurar os arrabaldes pitorescos e só encontravam, por vezes, casais que iam apressadamente a visitas, como eles agora. O Largo de São Francisco estava silencioso e a estátua, no centro

*** O episódio parece gratuito no texto. No entanto, ao captar e traduzir a dor de um anônimo, o narrador reforça o clima de tristeza do manicômio, cortando um pouco o alívio pela melhora de Quaresma. "Coisa-feita" significa trabalho de macumba.**

daquele pequeno jardim que desapareceu, parecia um simples enfeite. Os bondes chegavam preguiçosamente ao largo com poucos passageiros. Coleoni e sua filha tomaram um que os levasse à casa de Quaresma. Lá foram. A tarde se aproximava e as *toilettes* domingueiras já apareciam nas janelas. Pretos com roupas claras e grandes charutos ou cigarros; grupos de caixeiros com flores estardalhantes; meninas em **cassas** bem engomadas; cartolas **antediluvianas** ao lado de vestidos pesados de cetim negro, envergados em corpos fartos de matronas sedentárias; e o domingo aparecia assim decorado com a simplicidade dos humildes, com a riqueza dos pobres e a ostentação dos tolos.

Dona Adelaide não estava só. Ricardo viera visitá-la e conversavam. Quando o compadre de seu irmão bateu no portão, ele contava à velha senhora o seu último triunfo:

— Não sei como há de ser, dona Adelaide. Eu não guardo as minhas músicas, não escrevo, é um inferno!

O caso era de pôr um autor em maus lençóis. O senhor Paysandón, de Córdova (República Argentina), autor muito conhecido na mesma cidade, lhe tinha escrito, pedindo exemplares de suas músicas e canções. Ricardo estava atrapalhado. Tinha os versos escritos, mas a música não. É verdade que as sabia de cor, porém, escrevê-las de uma hora para outra era trabalho acima de sua força.

— É o diabo! — continuou ele. — Não é por mim; a questão é que se perde uma ocasião de fazer o Brasil conhecido no estrangeiro.

A velha irmã de Quaresma não tinha grande interesse pelo violão. A sua educação, que se fizera vendo semelhante instrumento entregue a escravos ou gente parecida, não podia admitir que ele preocupasse a atenção de pessoas de certa ordem. Delicada, entretanto, suportava a mania de Ricardo, mesmo porque já começava a ter uma ponta de estima pelo famoso trovador dos suburbanos. Nasceu-lhe essa estima pela dedicação

Cassas: roupas feitas com tecido de algodão ou linho muito fino e transparente.

Antediluvianas: antiquadas, fora de moda. Observe a ironia do narrador ao comentar o modo como as pessoas se vestiam para passear.

com que ele se houve no seu drama familiar. Os pequenos serviços e trabalhos, os passos para ali e para aqui, ficaram a cargo de Ricardo, que os desempenhava com boa vontade e **diligência**.

Atualmente era ele o encarregado de tratar da aposentadoria do seu antigo discípulo. É um trabalho árduo, esse de liquidar uma aposentadoria, como se diz na gíria burocrática. Aposentado o sujeito, solenemente, por um decreto, a coisa corre uma dezena de repartições e funcionários para ser ultimada. Nada há mais grave do que a gravidade com que o empregado nos diz: ainda estou fazendo o cálculo; e a coisa demora um mês, mais até, como se se tratasse de mecânica celeste*.

Coleoni era o procurador do major, mas não sendo entendido em coisas oficiais, entregou ao Coração dos Outros aquela parte do seu mandato.

Graças à popularidade de Ricardo, e da sua **lhaneza**, vencera a resistência da máquina burocrática e a liquidação estava anunciada para breve.

Foi isso que ele anunciou a Coleoni, quando este entrou seguido da filha. Pediram, tanto ele como dona Adelaide, notícias do amigo e do irmão.

A irmã nunca entendera direito o irmão; com a crise não o ficou compreendendo melhor; mas o sentira profundamente com o sentimento simples de irmã e desejava ardentemente a sua cura.

Ricardo Coração dos Outros gostava do major, encontrara nele certo apoio moral e intelectual de que precisava. Os outros gostavam de ouvir o seu canto, apreciavam como simples **diletantes**; mas o major era o único que ia ao fundo da sua tentativa e compreendia o alcance patriótico de sua obra.

De resto, ele agora sofria particularmente: sofria na sua glória, produto de um lento e seguido trabalho de anos. É que aparecera um crioulo a cantar modinhas e cujo nome começava a tomar força e já era citado ao lado do seu.

Diligência: cuidado e rapidez.

* Comentário irônico do narrador sobre a lentidão burocrática dos funcionários públicos.

Lhaneza: amabilidade, gentileza.

Diletantes: amantes de música.

Aborrecia-se com o rival, por dois fatos: primeiro, pelo sujeito ser preto; e segundo, por causa das suas teorias.

Não é que ele tivesse ojeriza particular aos pretos. O que ele via no fato de haver um preto famoso tocar violão, era que tal coisa ia diminuir ainda mais o prestígio do instrumento*. Se o seu rival tocasse piano e por isso ficasse célebre, não havia mal algum; ao contrário: o talento do rapaz levantava a sua pessoa, por intermédio do instrumento considerado; mas, tocando violão, era o inverso: o preconceito que lhe cercava a pessoa, desmoralizava o misterioso violão que ele tanto estimava. E além disso com aquelas teorias! Ora! Querer que a modinha diga alguma coisa e tenha versos certos! Que tolice!

E Ricardo levava a pensar nesse rival inesperado que se punha assim diante dele com um obstáculo imprevisto na subida maravilhosa para a sua glória. Precisava afastá-lo, esmagá-lo, mostrar a sua superioridade indiscutível; mas como?

A ***réclame*** já não bastava; o rival a empregava também. Se ele tivesse um homem notável, um grande literato, que escrevesse um artigo sobre ele e a sua obra, a vitória estava certa. Era difícil encontrar. Esses nossos literatos eram tão tolos e viviam tão absorvidos em coisas francesas... Pensou num jornal, *O Violão*, em que ele desafiasse o rival e o esmagasse numa polêmica.

Era isso que precisava obter e a esperança estava em Quaresma, atualmente recolhido ao hospício, mas felizmente em via de cura. A sua alegria foi justamente grande quando soube que o amigo estava melhor.

— Não pude ir hoje — disse ele —, mas irei domingo. Está mais gordo?

— Pouca coisa — disse a moça.

— Conversou bem — acrescentou Coleoni. — Até ficou contente quando soube que Olga ia casar-se.

— Vai casar-se, dona Olga? Parabéns.

*** Registram-se aqui dois preconceitos: um social, contra o violão – que era visto como "coisa de boêmios" –, e outro racial, contra os negros. A observação, portanto, tem a sua lógica: o violão ficaria mais desprestigiado do que já era se tocado por alguém também desacreditado socialmente.**

Réclame **(em francês): publicidade.**

— Obrigada — fez ela.

— Quando é, Olga? — perguntou dona Adelaide.

— Lá para o fim do ano... Tem tempo...

E logo choveram perguntas sobre o noivo e afloraram as considerações sobre o casamento.

E ela se sentia **vexada**; julgava tanto as perguntas como as considerações **impudentes** e irritantes; queria fugir à conversa, mas voltavam ao mesmo assunto, não só Ricardo, mas a velha Adelaide, mais loquaz e curiosa que comumente. Esse suplício que se repetia em todas as visitas quase a fazia arrepender-se de ter aceitado o pedido. Por fim, achou um subterfúgio, perguntando:

— Como vai o general?

— Não o tenho visto, mas a filha sempre vem aqui. Ele deve andar bem, a Ismênia é que anda triste, desolada, coitadinha!

Dona Adelaide contou então o drama que agitava a pequenina alma da filha do general. Cavalcânti, aquele Jacó de cinco anos*, embarcara para o interior, há três ou quatro meses, e não mandara nem uma carta nem um cartão. A menina tinha aquilo como um rompimento; e ela, tão incapaz de um sentimento mais profundo, de uma aplicação mais séria de energia mental e física, sentia-o muito, como coisa irremediável que absorvia toda a sua atenção.

Para Ismênia, era como se todos os rapazes casadoiros tivessem deixado de existir. Arranjar outro era problema insolúvel, era trabalho acima de suas forças. Coisa difícil! Namorar, escrever cartinhas, fazer acenos, dançar, ir a passeios — ela não podia mais com isso. Decididamente, estava condenada a não se casar, a ser tia, a suportar durante toda a existência esse estado de solteira que a apavorava. Quase não se lembrava das feições do noivo, dos seus **olhos esgazeados**, do seu nariz duro e fortemente ósseo; independente da memória dele, vinha-lhe sempre à consciência, quando, de manhã, o **estafeta** não lhe entregava carta, essa outra

Vexada: envergonhada.

Impudentes: sem pudor.

***** Jacó foi um personagem bíblico que se submeteu a trabalhar, durante muitos anos, para o pai da mulher amada. Assim ele poderia se casar com ela. Nessa passagem, Cavalcânti é qualificado como um "Jacó infiel", que abandona a mulher depois de cinco anos de compromisso.

Olhos esgazeados: olhos de cor clara.

Estafeta: carteiro.

ideia: não casar. Era um castigo... A Quinota ia casar-se, o Genelício já estava tratando dos papéis; e ela, que esperara tanto e fora a primeira a noivar-se, ia ficar maldita, rebaixada diante de todas. Parecia até que ambos estavam contentes com aquela fuga inexplicável de Cavalcânti. Como eles se riam durante o Carnaval! Como eles atiraram aos seus olhos aquela sua viuvez prematura, durante os folguedos carnavalescos! Punham tanta fúria no jogo de confetes e bisnagas, de modo a deixar bem claro a felicidade de ambos, aquela marcha gloriosa e invejada para o casamento, em face do seu abandono.

Ela disfarçava bem a impressão da alegria deles que lhe parecia indecente e hostil; mas o escárnio da irmã, que lhe dizia constantemente: "Brinca, Ismênia! Ele está longe, vai aproveitando", metia-lhe raiva, a raiva terrível de gente fraca, que corrói interiormente, por não poder arrebentar de qualquer forma.

Então, para espantar os maus pensamentos, ela se punha a olhar o aspecto pueril da rua, marchetada de papeluchos multicores, e as serpentinas **irisadas** pendentes nas sacadas; mas o que fazia bem à sua natureza pobre, comprimida, eram os cordões, aquele ruído de atabaques e **adufes**, de tambores e pratos. Mergulhando nessa barulheira, o seu pensamento repousava e como que a ideia que a perseguia desde tanto tempo ficava impedida de lhe entrar na cabeça.

De resto, aqueles vestuários extravagantes de índios, aqueles adornos de uma mitologia francamente selvagem, jacarés, cobras, jabutis, vivos, bem vivos, traziam à pobreza de sua imaginação imagens risonhas de rios claros, florestas imensas, lugares de sossego e pureza que a reconfortavam*.

Também aquelas cantigas gritadas, berradas, num ritmo duro e de uma grande indigência melódica, vinham como reprimir a mágoa que ia nela, abafada, comprimida, contida, que pedia uma explosão de gritos, mas para o que não lhe sobrava força bastante e suficiente.

Irisadas: coloridas.

Adufes: pandeiros.

*** Observe a descrição do Carnaval carioca, forte tradição popular, que já contava na época com serpentinas, fantasias e alegorias.**

O noivo partira um mês antes do Carnaval e depois do grande festejo carioca a sua tortura foi maior. Sem hábito de leitura e de conversa, sem atividade doméstica qualquer, ela passava os dias deitada, sentada, a girar em torno de um mesmo pensamento: não casar. Era-lhe doce chorar.

Nas horas da entrega da correspondência, tinha ainda uma alegre esperança. Talvez? Mas a carta não vinha, e voltava ao seu pensamento: não casar.

Dona Adelaide, acabando de contar o desastre da triste Ismênia, comentou:

— Merecia um castigo isso, não acham?

Coleoni interveio com brandura e boa vontade:

— Não há razão para desesperar. Há muita gente que tem preguiça de escrever...

— Qual! — fez dona Adelaide. — Há três meses, senhor Vicente!

— Não volta — disse Ricardo sentenciosamente.

— E ela ainda o espera, dona Adelaide? — perguntou Olga.

— Não sei, minha filha. Ninguém entende essa moça. Fala pouco, se fala, diz meias palavras... É mesmo uma natureza que parece sem sangue nem nervos. Sente-se a sua tristeza, mas não fala.

— É orgulho? — perguntou ainda Olga.

— Não, não... Se fosse orgulho, ela não se referia de vez em quando ao noivo. É antes moleza, preguiça... Parece que ela tem medo de falar para que as coisas não venham a acontecer.

— E os pais, que dizem a isso? — indagou Coleoni.

— Não sei bem. Mas, pelo que pude perceber, o incômodo do general não é grande, e dona Maricota julga que ela deve arranjar *outro*.

— Era o melhor — disse Ricardo.

— Eu creio que ela não tem mais prática — disse sorrindo dona Adelaide. — Levou tanto tempo noiva...

E a conversa já tinha virado para outros assuntos, quando a Ismênia veio fazer a sua visita diária à irmã de Quaresma.

Cumprimentou todos e todos sentiram que ela penava. O sofrimento dava-lhe mais atividade à fisionomia.

As pálpebras estavam roxas e até os seus pequenos olhos pardos tinham mais brilho e expansão. Indagou da saúde de Quaresma e depois calaram-se um instante. Por fim dona Adelaide lhe perguntou:

— Recebeste carta, Ismênia?

— Ainda não — respondeu ela, com grande economia de voz.

Ricardo moveu-se na cadeira. Batendo com o braço num ***dunkerque***, veio atirar ao chão uma figurinha de ***biscuit***, que se esfacelou em inúmeros fragmentos, quase sem ruído.

Dunkerque: tipo de console (ou consolo), isto é, um móvel para apoio de estátuas, vasos etc. Hoje escreve-se dunquerque.

***Biscuit* (em francês): porcelana fina e delicada.**

SEGUNDA PARTE

1. NO "SOSSEGO"

Não era feio o lugar, mas não era belo. Tinha, entretanto, o aspecto tranquilo e satisfeito de quem se julga bem com a sua sorte.

A casa erguia-se sobre um socalco, uma espécie de degrau, formando a subida para a maior altura de uma pequena colina que lhe corria nos fundos. Em frente, por entre os bambus da cerca, olhava uma planície a morrer nas montanhas que se viam ao longe; um regato de águas paradas e sujas cortava-a paralelamente à **testada** da casa; mais adiante, o trem passava vincando a planície com a fita clara de sua linha **capinada**; um **carreiro**, com casas, de um e de outro lado, saía da esquerda e ia ter à estação, atravessando o regato e serpeando pelo plaino. A habitação de Quaresma tinha assim um amplo horizonte, olhando para o levante, a ***noruega***, e era também risonha e graciosa nos seus muros caiados. Edificada com a desoladora indigência arquitetônica das nossas casas de campo, possuía, porém, vastas salas, amplos quartos, todos com janelas, e uma varanda com uma colunata heterodoxa. Além desta principal, o sítio do "Sossego", como se chamava, tinha outras construções: a velha casa da farinha, que ainda tinha o forno intacto e a roda desmontada, e uma estrebaria coberta de sapê*.

Não havia três meses que viera habitar aquela casa, naquele ermo lugar, a duas horas do Rio, por estrada de ferro, após ter passado seis meses no hospício da Praia das Saudades. Saíra curado? Quem sabe lá? Parecia; não delirava e os seus gestos e propósitos eram

Testada: parte da frente.

Capinada: limpa, que tem o mato cortado.

Carreiro: caminho.

Noruega: terra úmida e fresca na encosta de montanha, pouco batida pelo sol.

* O narrador abre essa parte do livro marcando o deslocamento espacial da narrativa: sai do espaço urbano e entra no rural.

de homem comum, embora, sob tal aparência, se pudesse sempre crer que não se lhe despedira de todo, já não se dirá a loucura, mas o sonho que **cevara** durante tantos anos. Foram mais seis meses de repouso e útil sequestração que mesmo de uso de uma terapêutica psiquiátrica.

Quaresma viveu lá, no manicômio, resignadamente, conversando com os seus companheiros, onde via ricos que se diziam pobres, pobres que se queriam ricos, sábios a maldizer da sabedoria, ignorantes a se proclamarem sábios; mas, deles todos, daquele que mais se admirou, foi de um velho e plácido negociante da Rua dos Pescadores que se supunha Átila. "Eu", dizia o pacato velho, "sou Átila, sabe? Sou Átila". Tinha fracas notícias da personagem, sabia o nome e nada mais. "Sou Átila, matei muita gente" — e era só.

Saiu o major mais triste ainda do que vivera toda a vida. De todas as coisas tristes de ver, no mundo, a mais triste é a loucura; é a mais depressora e pungente*.

Aquela continuação da nossa vida tal e qual, com um desarranjo imperceptível, mas profundo e quase sempre insondável, que a inutiliza inteiramente, faz pensar em alguma coisa mais forte que nós, que nos guia, que nos impele e em cujas mãos somos simples joguetes. Em vários tempos e lugares, a loucura foi considerada sagrada, e deve haver razão nisso no sentimento que se apodera de nós quando, ao vermos um louco desarrazoar, pensamos logo que já não é ele quem fala, é alguém, alguém que vê por ele, interpreta as coisas por ele, está atrás dele, invisível!...

Quaresma saiu envolvido, penetrado da tristeza do manicômio. Voltou à sua casa, mas a vista das suas coisas familiares não lhe tirou a forte impressão de que vinha impregnado. Embora nunca tivesse sido alegre, a sua fisionomia apresentava mais desgosto que antes, muito abatimento moral, e foi para levantar o ânimo que se recolheu àquela risonha casa de roça, onde se dedicava a modestas culturas.

Cevara: **alimentara.**

*** O narrador utiliza aqui o discurso indireto livre, compartilhando o pensamento do major. Talvez possamos ouvir também, nesse trecho, a voz do próprio autor que, como já foi apontado, passou por difíceis experiências de internação.**

Não fora ele, porém, quem se lembrara; fora a afilhada que lhe trouxe à ideia aquele doce acabar para a sua vida. Vendo-o naquele estado de abatimento, triste e taciturno, sem coragem de sair, enclausurado em sua casa de São Cristóvão, Olga dirigiu-se um dia ao padrinho meiga e filialmente:

— O padrinho por que não compra um sítio? Seria tão bom fazer as suas culturas, ter o seu pomar, a sua horta... não acha?

Tão taciturno que ele estivesse, não pôde deixar de modificar imediatamente a sua fisionomia à lembrança da moça. Era um velho desejo seu, esse de tirar da terra o alimento, a alegria e a fortuna; e foi lembrando dos seus antigos projetos que respondeu à afilhada:

— É verdade, minha filha. Que magnífica ideia tens tu! Há por aí tantas terras férteis sem emprego... A nossa terra tem os terrenos mais férteis do mundo... O milho pode dar até duas colheitas e quatrocentos por um...

A moça esteve quase arrependida da sua lembrança. Pareceu-lhe que ia atear no espírito do padrinho manias já extintas.

— Em toda a parte, não acha, meu padrinho?, há terras férteis.

— Mas como no Brasil — apressou-se ele em dizer —, há poucos países que as tenham. Vou fazer o que tu dizes: plantar, criar, cultivar o milho, o feijão, a batata-inglesa... Tu irás ver as minhas culturas, a minha horta, o meu pomar; então é que te convencerás como são fecundas as nossas terras!

A ideia caiu-lhe na cabeça e germinou logo. O terreno estava **amanhado** e só esperava uma boa semente. Não lhe voltou a alegria que jamais teve, mas a **taciturnidade** foi-se com o abatimento moral, e veio-lhe a atividade mental cerebrina, por assim dizer, de outros tempos. Indagou dos preços correntes das frutas, dos legumes, das batatas, dos aipins; calculou que cinquenta laranjeiras, trinta abacateiros, oitenta pessegueiros, outras árvores frutíferas, além dos abacaxis (que

Amanhado: preparado.

Taciturnidade: estado de quem vive sempre calado.

mina!), das abóboras e outros produtos menos importantes, podiam dar o rendimento anual de mais de quatro contos, tirando as despesas. Seria ocioso trazer para aqui os detalhes dos seus cálculos, baseados em tudo no que vem estabelecido nos boletins da Associação de Agricultura Nacional. Levou em linha de conta a produção média de cada pé de fruteira, de hectare cultivado, e também os salários, as perdas inevitáveis; e, quanto aos preços, ele foi em pessoa ao mercado buscá-los.

Planejou a sua vida agrícola com a exatidão e meticulosidade que punha em todos os seus projetos. Encarou-a por todas as faces, pesou as vantagens e ônus; e muito contente ficou em vê-la monetariamente atraente, não por ambição de fazer fortuna, mas por haver nisso mais uma demonstração das excelências do Brasil*****.

E foi obedecendo a essa ordem de ideias que comprou aquele sítio, cujo nome — "Sossego" — cabia tão bem à nova vida que adotara, após a tempestade que o sacudira durante quase um ano. Não ficava longe do Rio e ele o escolhera assim mesmo maltratado, abandonado, para melhor demonstrar a força e o poder da tenacidade, do carinho, no trabalho agrícola. Esperava grandes colheitas de frutas, de grão, de legumes; e do seu exemplo, nasceriam mil outros cultivadores, estando em breve a grande capital cercada de um verdadeiro celeiro, **virente** e abundante a dispensar os argentinos e europeus******.

Com que alegria foi para lá! Quase não teve saudades de sua velha casa de São Januário, agora propriedade de outras mãos, talvez destinada ao mercenário **mister** de lar de aluguel... Não sentiu que aquela vasta sala, abrigo calmo dos seus livros durante tantos anos, fosse servir para salão de baile fútil, fosse testemunhar talvez rixas de casais desentendidos, ódios de família — ela tão boa, tão doce, tão simpática, com o seu teto alto e as suas paredes lisas, em que se tinham incrustado os desejos de sua alma e toda ela penetrada da exalação dos seus sonhos!...

*** Vemos aqui o esboço do novo projeto de Quaresma: o agrícola, assunto dessa segunda parte da narrativa.**

Virente: verdejante.

**** Quaresma pensa aqui na possibilidade de o Brasil deixar de importar alimentos da Argentina e da Europa ao se tornar autossuficiente na produção agrícola.**

Mister: serviço.

Ele foi contente. Como era tão simples viver na nossa terra! Quatro contos de réis por ano, tirados da terra, facilmente, docemente, alegremente! Oh! Terra abençoada! Como é que toda a gente queria ser empregado público, apodrecer numa banca, sofrer na sua independência e no seu orgulho? Como é que se preferia viver em casas apertadas, sem ar, sem luz, respirar um ambiente epidêmico, sustentar-se de maus alimentos, quando se podia tão facilmente obter uma vida feliz, farta, livre, alegre e saudável?

E era agora que ele chegava a essa conclusão, depois de ter sofrido a miséria da cidade e o **emasculamento** da repartição pública, durante tanto tempo! Chegara tarde, mas não a ponto de que não pudesse antes da morte travar conhecimento com a doce vida campestre e a **feracidade** das terras brasileiras. Então pensou que foram vãos aqueles seus desejos de reformas capitais nas instituições e costumes; o que era principal à grandeza da pátria estremecida era uma forte base agrícola, um culto pelo seu solo **ubérrimo**, para alicerçar fortemente todos os outros destinos que ela tinha de preencher.

Demais, com terras tão férteis, climas variados, a permitir uma agricultura fácil e rendosa, este caminho estava naturalmente indicado.

E ele viu então diante dos seus olhos as laranjeiras, em flor, olentes, muito brancas, a se enfileirar pelas encostas das colinas, como **teorias** de noivas; os abacateiros, de troncos rugosos, a **sopesar** com esforço os grandes pomos verdes; as jabuticabas negras a estalar dos caules rijos; os abacaxis coroados que nem reis, recebendo a **unção** quente do sol; as abobreiras a se arrastarem com flores carnudas cheias de pólen; as melancias de um verde tão fixo que parecia pintado; os pêssegos veludosos, as jacas monstruosas, os jambos, as mangas **capitosas**; e dentre tudo aquilo surgia uma linda mulher, com o regaço cheio de frutos e um dos ombros nu, a lhe sorrir agradecida, com um imaterial

Emasculamento: **enfraquecimento; ação de fazer perder a energia.**

Feracidade: **fertilidade.**

Ubérrimo: **fecundíssimo.**

Teorias: **cortejos, procissões.**

Sopesar: **sustentar.**

Unção: **bênção.**

Capitosas: **deliciosas, inebriantes.**

sorriso demorado de deusa — era **Pomona**, a deusa dos vergéis e dos jardins!...*

As primeiras semanas que passou no "Sossego", Quaresma as empregou numa exploração em regra da sua nova propriedade. Havia nela terra bastante, velhas árvores frutíferas, um capoeirão grosso com camarás, bacurubus, tinguacibas, tibibuias, munjolos, e outros **espécimes**. Anastácio que o acompanhara, apelava para as suas recordações de antigo escravo de fazenda, e era quem ensinava os nomes dos indivíduos da mata a Quaresma muito lido e sabido em coisas brasileiras**.

O major logo organizou um museu dos produtos naturais do "Sossego". As espécies florestais e campesinas foram etiquetadas com os seus nomes vulgares, e quando era possível com os científicos. Os arbustos, em herbário, e as madeiras, em pequenos tocos, seccionados longitudinal e transversalmente.

Os **azares** de leituras tinham-no levado a estudar as ciências naturais e o furor autodidata dera a Quaresma sólidas noções de Botânica, Zoologia, Mineralogia e Geologia.

Não foram só os vegetais que mereceram as honras de um inventário; os animais também, mas como ele não tinha espaço suficiente e a conservação dos exemplares exigia mais cuidado, Quaresma limitou-se a fazer o seu museu no papel, por onde sabia que as terras eram povoadas de tatus, cutias, preás, cobras variadas, saracuras, sanãs, avinhados, coleiros, tiês, etc. A parte mineral era pobre, argilas, areia e, aqui e ali, uns blocos de granito esfoliando-se.

Acabado esse inventário, passou duas semanas a organizar a sua biblioteca agrícola e uma relação de instrumentos meteorológicos para auxiliar os trabalhos da lavoura.

Encomendou livros nacionais, franceses, portugueses; comprou termômetros, barômetros, pluviômetros, **higrômetros**, **anemômetros**. Vieram estes e foram arrumados e colocados convenientemente.

Pomona: deusa da abundância, dos pomares e jardins, segundo a mitologia romana.

* A imaginação de Quaresma faz um retrato romântico da natureza: forte, soberana e ao mesmo tempo suave. O fecho da descrição nos indica que ele imaginava um quadro, deixando de lado o movimento vivo e real da paisagem.

Espécimes: nessa passagem são citadas diversas espécies de árvores e arbustos.

** Repare a ironia do narrador: o "sabido" está aprendendo com um antigo escravo sem instrução.

Azares: acasos.

Higrômetros: instrumentos que medem a umidade do ar.

Anemômetros: instrumentos que servem para indicar a direção e medir a velocidade do vento.

Anastácio assistia a todos esses preparativos com assombro. Para que tanta coisa, tanto livro, tanto vidro? Estaria o seu antigo patrão dando para farmacêutico? A dúvida do preto velho não durou muito. Estando certa vez Quaresma a ler o pluviômetro, Anastácio, ao lado, olhava-o espantado, como quem assiste a um passe de feitiçaria. O patrão notou o espanto do criado e disse:

— Sabes o que estou fazendo, Anastácio?

— Não, "sinhô".

— Estou vendo se choveu muito.

— Pra que isso, patrão? A gente sabe logo *de olho* quando chove muito ou pouco... Isso de plantar é capinar, pôr a semente na terra, deixar crescer e apanhar...

Ele falava com a voz mole de africano, sem *rr* fortes, com lentidão e convicção.

Quaresma, sem abandonar o instrumento, tomou em consideração o conselho de seu empregado. O capim e o mato cobriam as suas terras. As laranjeiras, os abacateiros, as mangueiras estavam sujos, cheios de galhos mortos, e cobertos de uma **medusina** cabeleira de erva-de-passarinho; mas, como não fosse época própria à poda e ao corte dos galhos, Quaresma limitou-se a capinar por entre os pés das fruteiras. De manhã, logo ao amanhecer, ele mais o Anastácio, lá iam, de enxada ao ombro, para o trabalho do campo. O sol era forte e rijo; o verão estava no auge, mas Quaresma era inflexível e corajoso. Lá ia.

Era de vê-lo, coberto com um chapéu de palha de coco, atracado a um grande enxadão de cabo nodoso, ele, muito pequeno, míope, a dar golpes sobre golpes para arrancar um teimoso pé de guaximba. A sua enxada mais parecia uma draga, um escavador, que um pequeno instrumento agrícola. Anastácio, junto ao patrão, olhava-o com piedade e espanto. Por gosto andar naquele sol a capinar sem saber?... Há cada coisa neste mundo!

E os dois iam continuando. O velho preto, ligeiro, rápido, raspando o mato rasteiro, com a mão habituada, a cujo impulso a enxada resvalava sem obstáculo pelo

Medusina: adjetivo referente a Medusa, figura mitológica grega cuja cabeleira era composta de serpentes. Nessa passagem, tem o sentido de horrenda, monstruosa.

solo, destruindo a erva má; Quaresma, furioso, a arrancar torrões de terra daqui, dali, demorando-se muito em cada arbusto e, às vezes, quando o golpe falhava e a lâmina do instrumento roçava a terra, a força era tanta que se erguia uma poeira infernal, fazendo supor que por aquelas paragens passara um pelotão de cavalaria. Anastácio, então, intervinha humildemente, mas em tom professoral:

— Não é assim, *seu majó*. Não se mete a enxada pela terra adentro. É de leve, assim.

E ensinava ao Cincinato* inexperiente o jeito de servir-se do velho instrumento de trabalho.

Quaresma agarrava-o, punha-se em posição e procurava com toda a boa vontade usá-lo da maneira ensinada. Era em vão. O ***flange*** batia na erva, a enxada saltava e ouvia-se um pássaro ao alto soltar uma piada irônica: bem-te-vi! O major enfurecia-se, tentava outra vez, fatigava-se, suava, enchia-se de raiva e batia com toda a força; e houve várias vezes que a enxada, batendo em falso, escapando ao chão, fê-lo perder o equilíbrio, cair, e beijar a terra, mãe dos frutos e dos homens. O *pince-nez* saltava, partia-se de encontro a um seixo**.

O major ficava todo enfurecido e voltava com mais rigor e energia à tarefa que se impusera; mas, tanto é em nossos músculos firme a memória ancestral desse sagrado trabalho de tirar da terra o sustento de nossa vida, que não foi impossível a Quaresma acordar nos seus o jeito, a maneira de empregar a enxada **vetusta**.

Ao fim de um mês, ele capinava razoavelmente, não seguido, de sol a sol, mas com grandes repousos de hora em hora que a sua idade e falta de hábito requeriam.

Às vezes, o fiel Anastácio seguia-o no descanso e ambos, lado a lado, à sombra de uma fruteira mais copada ficavam a ver o ar pesado daqueles dias de verão que enrodilhava as folhas das árvores e punha nas coisas um forte acento de resignação mórbida. Então, aí por depois do meio-dia, quando o calor parecia narcotizar tudo e mergulhar em silêncio a vida inteira,

*** O narrador compara ironicamente Policarpo a Quíncio Cincinato, estadista romano célebre pela austeridade e simplicidade de costumes, que viveu no século V a.C. Diz-se que, quando lhe foram anunciar sua eleição para o consulado, encontraram-no lavrando a terra com as próprias mãos.**

Flange: peça que une a lâmina ao cabo da enxada.

**** Perceba aqui o efeito cômico do retrato de Quaresma, que, sem habilidade, sem familiaridade alguma com os instrumentos, esforça-se para capinar a terra.**

Vetusta: muito velha, gasta.

é que o velho major percebia bem a alma dos trópicos, feita de desencontros como aquele que se via agora, de um sol alto, claro, olímpico, a brilhar sobre um torpor de morte, que ele mesmo provocava.

Almoçavam mesmo no **eito** comidas do dia anterior, aquecidas rapidamente sobre um improvisado fogão de **calhaus**, e o trabalho ia assim até à hora do jantar. Havia em Quaresma um entusiasmo sincero, entusiasmo de ideólogo que quer pôr em prática a sua ideia. Não se agastou com as primeiras ingratidões da terra, aquele seu mórbido amor pelas ervas daninhas e o incompreensível ódio pela enxada fecundante. Capinava e capinava sempre até vir jantar.

Esta refeição ele fazia mais demorada. Conversava um pouco com a irmã, contava-lhe a tarefa do dia, consistindo sempre em avaliar a área já limpa.

— Sabes, Adelaide, amanhã estarão as laranjeiras limpas, não ficará nem mais uma touceira de mato.

A irmã, mais velha que ele, não partilhava aquele seu entusiasmo pelas coisas da roça. Considerava-o silenciosa, e, se viera viver com ele, não foi senão pelo hábito de acompanhá-lo. Decerto, ela o estimava, mas não o compreendia. Não chegava a entender nem os seus gestos nem a sua agitação interna. Por que não seguira ele o caminho dos outros? Não se formara e se fizera deputado? Era tão bonito... Andar com livros, anos e anos, para não ser nada, que doideira! Seguira-o ao "Sossego" e, para entreter-se, criava galinhas, com grande alegria do irmão cultivador.

— Está direito — dizia ela, quando o irmão lhe contava as coisas do seu trabalho. — Não vá ficares doente... Neste sol todo o dia...

— Qual, doente, Adelaide! Não estás vendo como essa gente tem tanta saúde por aí... Se adoecem, é porque não trabalham*.

Acabado o jantar, Quaresma chegava à janela que dava para o galinheiro e atirava migalhas de pão às aves.

Eito: roça.

Calhaus: pedras.

*** Quaresma, ingênuo e sonhador, idealiza aqui as condições de vida e de saúde da população local. Não conhece, de fato, nem o povo, nem o país, nem os problemas brasileiros.**

Ele gostava desse espetáculo, daquela luta encarniçada entre patos, gansos, galinhas, pequenos e grandes. Dava-lhe uma imagem reduzida da vida e dos prêmios que ela comporta. Depois, fazia indagações sobre a vida do galinheiro:

— Já nasceram os patos, Adelaide?

— Ainda não. Faltam oito dias ainda.

E logo a irmã acrescentava:

— Tua afilhada deve casar-se sábado, tu não vais?

— Não. Não posso... Vou incomodar-me, luxo... Mando um leitão e um peru.

— Ora, tu! Que presente!

— Que é que tem! É da tradição.

Justamente estavam nesse dia assim a conversar os dois irmãos na sala de jantar da velha casa roceira, quando Anastácio veio avisar-lhes que se achava um cavalheiro na porteira.

Desde que ali se instalara, nenhuma visita batera à porta de Quaresma, a não ser a gente pobre do lugar, a pedir isso ou aquilo, esmolando disfarçadamente. Ele mesmo não travara conhecimento com ninguém, de modo que foi com surpresa que recebeu o aviso do velho preto.

Apressou-se em ir receber o visitante na sala principal. Ele já subia a pequena escada da frente e penetrava pela varanda adentro.

— Boas tardes, major.

— Boas tardes. Faça o favor de entrar.

O desconhecido entrou e sentou-se. Era um tipo comum, mas o que havia nele de estranho era a gordura. Não era desmedida ou grotesca, mas tinha um aspecto desonesto. Parecia que a fizera de repente e comia, a mais não poder, com medo de a perder de um dia para outro. Era assim como a de um lagarto que entesoura **enxúndia** para o inverno ingrato. Através da gordura de suas bochechas, via-se perfeitamente a sua magreza natural, normal, e se devia ser gordo não era naquela idade, com pouco mais de trinta anos, sem dar tempo que todo ele engordasse; porque, se as suas faces eram

Enxúndia: banha.

gordas, as suas mãos continuavam magras com longos dedos **fusiformes** e ágeis. O visitante falou:

— Eu sou o tenente Antonino Dutra, escrivão da **coletoria**...

— Alguma formalidade? — indagou medroso Quaresma.

— Nenhuma, major. Já sabemos quem o senhor é, não há novidade nem nenhuma exigência legal.

O escrivão tossiu, tirou um cigarro, ofereceu outro a Quaresma e continuou:

— Sabendo que o major vem estabelecer-se aqui, tomei a iniciativa de vir incomodá-lo... Não é coisa de importância... Creio que o major...

— Oh! Por Deus, tenente!

— Venho pedir-lhe um pequeno auxílio, um **óbulo**, para a festa da Conceição, a nossa padroeira, de cuja irmandade sou tesoureiro.

— Perfeitamente. É muito justo. Apesar de não ser religioso, estou...

— Uma coisa nada tem com a outra. É uma tradição do lugar que devemos manter.

— É justo.

— O senhor sabe — continuou o escrivão —, a gente daqui é muito pobre e a irmandade também, de forma que somos obrigados a apelar para a boa vontade dos moradores mais remediados. Desde já, portanto, major...

— Não. Espere um pouco...

— Oh! Major, não se incomode. Não é pra já. — Enxugou o suor, guardou o lenço, olhou um pouco lá fora e acrescentou: — Que calor! Um verão como este nunca vi aqui. Tem-se dado bem, major?

— Muito bem.

— Pretende dedicar-se à agricultura?

— Pretendo, e foi mesmo por isso que vim para a roça.

— Isto hoje não presta, mas noutro tempo!... Este sítio já foi uma lindeza, major! Quanta fruta, quanta farinha! As terras estão cansadas e...

Fusiformes: em forma de fuso.

Coletoria: repartição pública que cobra e arrecada impostos.

Óbulo: óbolo, pequena moeda da Grécia antiga. Nessa passagem, tem o sentido de esmola, donativo.

— Qual cansadas, seu Antonino! Não há terras cansadas... A Europa é cultivada há milhares de anos, entretanto...

— Mas lá se trabalha.

— Por que não se há de trabalhar aqui também?

— Lá isso é verdade; mas há tantas contrariedades na nossa terra que...

— Qual, meu caro tenente! Não há nada que não se vença.

— O senhor verá com o tempo, major. Na nossa terra não se vive senão de política, fora disso, **babau**! Agora mesmo anda tudo brigado por causa da questão da eleição de deputados...

Ao dizer isto, o escrivão lançou por baixo das suas pálpebras gordas um olhar pesquisador sobre a ingênua fisionomia de Quaresma.

— Que questão é? — indagou Quaresma.

O tenente parecia que esperava a pergunta e logo fez com alegria:

— Então não sabe?

— Não.

— Eu lhe explico: o candidato do governo é o doutor Castrioto, moço honesto, bom orador; mas entenderam aqui certos presidentes de Câmaras Municipais do Distrito que se hão de sobrepor ao governo, só porque o senador Guariba rompeu com o governador; e zás! apresentaram um tal Neves que não tem serviço algum ao partido e nenhuma influência... Que pensa o senhor?

— Eu... Nada!

O **serventuário** do fisco ficou espantado. Havia no mundo um homem que, sabendo e morando no município de Curuzu, não se incomodasse com a briga do senador Guariba com o governador do Estado! Não era possível! Pensou e sorriu levemente. Com certeza, disse ele consigo, este malandro quer ficar bem com os dois, para depois arranjar-se sem dificuldade. Estava **tirando sardinha com mão de gato**... Aquilo devia ser um

Babau: repare o uso antigo dessa interjeição, ainda presente na nossa fala coloquial.

Serventuário: funcionário da Justiça.

Tirando sardinha com mão de gato: expressão que significa "agindo disfarçadamente para obter algum proveito".

ambicioso matreiro; era preciso cortar as asas daquele *estrangeiro*, que vinha não se sabe donde!*

— O major é um filósofo — disse ele com malícia.

— Quem me dera? — fez com ingenuidade Quaresma.

Antonino ainda fez rodar um pouco a conversa sobre a grave questão, mas, desanimado de penetrar nas tenções ocultas do major, apagou a fisionomia e disse em ar de despedida:

— Então o major não se recusa a concorrer para a nossa festa, não é?

— Decerto.

Os dois se despediram. Debruçado na varanda, Quaresma ficou a vê-lo montar no seu pequeno castanho, luzidio de suor, gordo e vivo. O escrivão afastou-se, desapareceu na estrada, e o major ficou a pensar no interesse estranho que essa gente punha nas lutas políticas, nessas **tricas** eleitorais, como se nelas houvesse qualquer coisa de vital e importante. Não atinava por que uma **rezinga** entre dois figurões importantes vinha pôr desarmonia entre tanta gente, cuja vida estava tão fora da esfera daqueles. Não estava ali a terra boa para cultivar e criar? Não exigia ela uma árdua luta diária? Por que não se empregava o esforço que se punha naqueles barulhos de votos, de atas, no trabalho de fecundá-la, de tirar dela seres, vidas — trabalho igual ao de Deus e dos artistas? Era tolo estar a pensar em governadores e **guaribas**, quando a nossa vida pede tudo à terra e ela quer carinho, luta, trabalho e amor...

O **sufrágio universal** pareceu-lhe um flagelo.

O trem apitou e ele demorou-se a vê-lo chegar. É uma emoção especial de quem mora longe, essa de ver chegar os meios de transporte que nos põem em comunicação com o resto do mundo. Há uma mescla de medo e de alegria. Ao mesmo tempo que se pensa em boas novas, pensa-se também em más. A alternativa angustia...

O trem ou o vapor como que vem do indeterminado, do Mistério, e traz, além de notícias gerais, boas ou

*** Nesse parágrafo, o narrador dá uma ideia de como é levada a política local: preocupada com questões menores, que afetam o prestígio pessoal dos políticos da cidade, e não com a comunidade. O escrivão não acredita no desinteresse real de Quaresma. Vê em sua atitude malandragem, esperteza.**

Tricas: intrigas.

Rezinga: discussão, briga.

Guaribas: é a forma como o narrador se refere a gente igual ao Senador Guariba, citado um pouco antes. Ele transformou o substantivo próprio em substantivo comum.

Sufrágio universal: direito de voto a todos os cidadãos de maior idade e não incapazes por lei.

más, também o gesto, um sorriso, a voz das pessoas que amamos e estão longe.

Quaresma esperou o trem. Ele chegou arfando e se estirando como um réptil pela estação afora, à luz forte do sol poente. Não se demorou muito. Apitou de novo e saiu a levar notícias, amigos, riquezas, tristezas por outras estações além. O major pensou ainda um pouco como aquilo era bruto e feio, e como as invenções do nosso tempo se afastam tanto da linha imaginária da beleza que os nossos educadores de dois mil anos atrás nos legaram. Olhou a estrada que levava à estação. Vinha um sujeito... Dirigia-se para a sua casa... Quem podia ser? Limpou o *pince-nez* e **assestou-o** para o homem que caminhava com pressa... Quem era? Aquele chapéu dobrado, como um **morrião**... Aquele fraque comprido... Passo miúdo... Um violão! Era ele!

— Adelaide, está aí o Ricardo.

2. ESPINHOS E FLORES

Os subúrbios do Rio de Janeiro são a mais curiosa coisa em matéria de edificação de cidade. A topografia do local, caprichosamente **montuosa**, influiu decerto para tal aspecto; mais influíram, porém, os **azares** das construções.

Nada mais irregular, mais caprichoso, mais sem plano qualquer, pode ser imaginado. As casas surgiram como se fossem semeadas ao vento e, conforme as casas, as ruas se fizeram. Há algumas delas que começam largas como ***boulevards*** e acabam estreitas que nem vielas; dão voltas, circuitos inúteis e parecem fugir ao alinhamento reto com um ódio tenaz e sagrado.

Às vezes se sucedem na mesma direção com uma frequência irritante, outras se afastam, e deixam de permeio um longo intervalo coeso e fechado de casas.

Assestou-o: dirigiu-o.

Morrião: certo tipo de capacete militar com bordas elevadas e com uma crista, em forma de meia-lua.

Montuosa: acidentada.

Azares: acasos.

***Boulevards* (em francês): calçadas largas e arborizadas.**

Num trecho, há casas amontoadas umas sobre outras numa angústia de espaço desoladora, logo adiante um vasto campo abre ao nosso olhar uma ampla perspectiva.

Marcham assim ao acaso as edificações e conseguintemente o arruamento. Há casas de todos os gostos e construídas de todas as formas.

Vai-se por uma rua a ver um correr de ***chalets***, de porta e janela, parede de frontal, humildes e acanhados, de repente se nos depara uma casa burguesa, dessas de compoteiras na cimalha rendilhada, a se erguer sobre um porão alto com mezaninos gradeados. Passada essa surpresa, olha-se acolá e dá-se com uma choupana de pau a pique, coberta de zinco ou mesmo palha, em torno da qual formiga uma população; adiante, é uma velha casa de roça, com varanda e colunas de estilo pouco classificável, que parece vexada e querer ocultar-se, diante daquela onda de edifícios disparatados e novos.

Não há nos nossos subúrbios coisa alguma que nos lembre os famosos das grandes cidades europeias, com as suas vilas de ar repousado e satisfeito, as suas estradas e ruas **macadamizadas** e cuidadas, nem mesmo se encontram aqueles jardins, cuidadinhos, aparadinhos, penteados, porque os nossos, se os há, são em geral pobres, feios e desleixados.

Os cuidados municipais também são variáveis e caprichosos. Às vezes, nas ruas, há passeios em certas partes, e outras, não; algumas vias de comunicação são calçadas e outras da mesma importância estão ainda em estado de natureza. Encontra-se aqui um pontilhão bem cuidado sobre um rio seco e passos além temos que atravessar um ribeirão sobre uma **pinguela** de trilhos mal juntos.

Há pelas ruas damas elegantes, com sedas e brocados, evitando a custo que a lama ou o pó lhes **empanem** o brilho do vestido; há operários de tamancos; há **peralvilhos** à última moda; há mulheres de chita; e assim pela tarde, quando essa gente volta do

***Chalets* (em francês): chalés. Nessa passagem, significa casas rústicas.**

Macadamizadas: pavimentadas com pedras britadas, trituradas.

Pinguela: peça de madeira atravessada sobre um leito de água para servir de ponte.

Empanem: ofusquem.

Peralvilhos: almofadinhas; homens metidos a elegantes.

trabalho ou do passeio, a mescla se faz numa mesma rua, num quarteirão, e quase sempre o mais bem-posto não é que entra na melhor casa*.

Além disto, os subúrbios têm mais aspectos interessantes, sem falar no namoro epidêmico e no espiritismo endêmico; as casas de cômodos (quem as suporia lá!) constituem um deles bem inédito. Casas que mal dariam para uma pequena família são divididas, subdivididas, e os minúsculos aposentos assim obtidos, alugados à população miserável da cidade. Aí, nesses caixotins humanos, é que se encontra a fauna menos observada da nossa vida, sobre a qual a miséria paira com um rigor londrino.

Não se podem imaginar profissões mais tristes e mais inopinadas da gente que habita tais caixinhas. Além dos serventes de repartições, contínuos de escritórios, podemos deparar velhas fabricantes de rendas de **bilros**, compradores de garrafas vazias, castradores de gatos, cães e galos, **mandingueiros**, catadores de ervas medicinais, enfim, uma variedade de profissões miseráveis que as nossas pequena e grande burguesias não podem adivinhar. Às vezes, num cubículo desses se amontoa uma família, e há ocasiões em que os seus chefes vão a pé para a cidade por falta do níquel do trem.

Ricardo Coração dos Outros morava em uma pobre casa de cômodos de um dos subúrbios. Não era das sórdidas, mas era uma casa de cômodos dos subúrbios.

Desde anos que ele a habitava e gostava da casa que ficava trepada sobre uma colina, olhando a janela do seu quarto para uma ampla extensão edificada que ia da Piedade a Todos os Santos. Vistos assim do alto, os subúrbios têm a sua graça. As casas pequeninas, pintadas de azul, de branco, de **oca**, engastadas nas **comas** verde-negras das mangueiras, tendo de permeio, aqui e ali, um coqueiro ou uma palmeira, alta e soberba, fazem a vista boa e a falta de percepção do desenho das ruas põe no panorama um sabor de confusão democrática,

*** O narrador faz aqui uma descrição panorâmica da paisagem suburbana, destacando seus contrastes, a falta de cuidado da administração pública, o desenho irregular das ruas, os diferentes tipos humanos e níveis sociais. Lima Barreto foi um dos primeiros autores a destacar a vida suburbana no romance brasileiro.**

Bilros: pequenas peças de madeira com forma de fuso ou pera, com as quais se fazem rendas.

Mandingueiros: que vivem de fazer mandingas, isto é, magia, feitiçaria.

Oca: ocre.

Comas: copas.

de solidariedade perfeita entre as gentes que as habitam; e o trem minúsculo, rápido, atravessa tudo aquilo, dobrando à esquerda, inclinando-se para a direita, muito flexível nas suas grandes vértebras de carros, como uma cobra entre **pedrouços**.

Era daquela janela que Ricardo espraiava as suas alegrias, as suas satisfações, os seus triunfos e também os seus sofrimentos e mágoas.

Ainda agora estava ele lá, debruçado no peitoril, com a mão em concha no queixo, colhendo com a vista uma grande parte daquela bela, grande e original cidade, capital de um grande país, de que ele a modos que era e se sentia ser, a alma, consubstanciando os seus tênues sonhos e desejos em versos discutíveis, mas que a **plangência** do violão, se não lhes dava sentido, dava um quê de balbucio, de queixume dorido da pátria criança ainda, ainda na sua formação...*

Em que pensava ele? Não pensava só, sofria também. Aquele tal preto continuava na sua mania de querer fazer a modinha dizer alguma coisa, e tinha adeptos. Alguns já o citavam como rival dele, Ricardo; outros já afirmavam que o tal rapaz deixava longe o Coração dos Outros, e alguns mais — ingratos! — já esqueciam os trabalhos, o tenaz trabalhar de Ricardo Coração dos Outros em prol do levantamento da modinha e do violão, e nem nomeavam o **abnegado obreiro**.

Com o olhar perdido, Ricardo lembrava-se de sua infância, daquela sua aldeia sertaneja, da casinha dos seus pais, com seu curral e o mugido dos vitelos... E o queijo? Aquele queijo tão substancial, tão forte, feio como aquela terra, mas feraz como ela, tanto que bastava comer dele uma pequena fatia para se sentir almoçado... E as festas? Saudades... E o violão, como aprendeu? O seu mestre, o Maneco Borges, não lhe predissera o futuro: "Irás longe, Ricardo. A viola quer teu coração"?

Por que então aquele encarniçamento, aquele ódio contra ele — ele que trouxera para esta terra de estrangeiros a alma, o suco, a substância do país!

Pedrouços: montes de pedras.

Plangência: lamento, isto é, os sons tristes do violão.

*** O longo trecho descritivo conduz o olhar do leitor do panorâmico para o detalhe: a janela da casa de Ricardo. Nesse parágrafo pode-se também observar o contraste entre a beleza e a grandeza da cidade – "capital de um grande país" –, e as casas pobres, pequenas e superlotadas, belas apenas quando vistas "assim do alto", ou seja, de longe.**

Abnegado obreiro: esforçado trabalhador.

E as lágrimas lhe saltaram quentes dos olhos afora. Olhou um pouco as montanhas, farejou o mar lá longe... Era bela a terra, era linda, era majestosa, mas parecia ingrata e áspera no seu granito onipresente que se fazia negro e mau quando não era amaciado pela verdura das árvores.

E ele estava ali só, só com a sua glória e o seu tormento, sem amor, sem confidente, sem amigo, só como um deus ou como um apóstolo em terra ingrata que não lhe quer ouvir a boa nova.

Sofria em não ter um peito amado, amigo em que derramasse aquelas lágrimas que iam cair no solo indiferente. Por aí, lembrou-se dos famosos versos:

Se choro... bebe o pranto a areia ardente...

Com a lembrança, ele baixou um pouco o olhar à terra e viu que, no tanque da casa, um tanto escondida dele, uma rapariga preta lavava. Ela abaixava o corpo sobre a roupa, carregava todo o seu peso, ensaboava-a ligeira, batia-a de encontro à pedra, e recomeçava. Teve pena daquela pobre mulher, duas vezes triste na sua condição e na sua cor. Veio-lhe um afluxo de ternura e, depois, pôs-se a pensar no mundo, nas desgraças, ficando um instante enleado no enigma do nosso miserável destino humano.

A rapariga não o viu, distraída com o trabalho; e se pôs a cantar:

Da doçura dos teus olhos
A brisa inveja já tem
....

Era dele. Ricardo sorriu satisfeito e teve vontade de ir beijar aquela pobre mulher, abraçá-la...

E como eram as coisas? Ele recebia **lenitivo** daquela rapariga; era a sua humilde e dorida voz que vinha afagar o seu tormento! Vieram-lhe então à memória aqueles versos do padre Caldas, esse seu antecessor feliz que teve um auditório de fidalgas:

Lereno alegrou os outros
E nunca teve alegria...

Lenitivo: conforto.

Enfim era uma missão!... A rapariga acabou de cantar e Ricardo não se pôde conter:

— Vai bem, dona Alice, vai bem! Se não fosse, por que eu lhe pedia *bis*?

A rapariga estendeu a cabeça, reconheceu quem falava e disse:

— Não sabia que o senhor estava aí, senão não cantava na vista do senhor.

— Qual o quê! Posso garantir-lhe que está bom, muito bom. Cante.

— Deus me livre! Para o senhor me "acriticar"...

Embora insistisse muito, a rapariga não quis continuar. As mágoas pareciam ter passado do pensamento de Ricardo. Veio ao interior do quarto e pôs-se à mesa na tenção de escrever.

O seu quarto tinha o mobiliário mais reduzido possível. Havia uma rede com franjas de rendas, uma mesa de pinho, sobre ela objetos de escrever; uma cadeira, uma estante com livros, e, pendurado a uma parede, o violão na sua armadura de camurça. Havia também uma máquina para fazer café.

Sentou-se e quis começar uma modinha sobre a Glória, essa coisa **fugace**, que se tem e se pensa que não se tem, alguma coisa impalpável, **incolhível** como um sopro, que nos **alanceia**, queima, inquieta e abrasa como o Amor.

Tentou começar, dispôs o papel, mas não pôde. A emoção tinha sido forte, toda a sua natureza tinha sido **lavrada**, baralhada, com a ideia daquele furto que se queria fazer ao seu mérito. Não conseguiu assentar o pensamento, apanhar as palavras no ar, sentir a música zumbir no ouvido.

A manhã ia alta. As cigarras defronte chilreavam no tamarineiro desfolhado; começava a esquentar e o céu estava de um azul ligeiro, tênue, fino. Quis sair, procurar um amigo, espairecer com ele, mas quem? Ainda se o Quaresma... Ah! O Quaresma! Esse, sim, trazia-lhe conforto e consolo.

Fugace: fugaz, passageira.

Incolhível: que não se pode colher ou pegar.

Alanceia: fere como uma lança.

Lavrada: nessa passagem, tem o sentido de remexida, ferida.

É verdade que ultimamente esse seu amigo achava-se pouco interessado pela modinha; mas assim mesmo compreendia o seu propósito, os fins e o alcance da obra a que ele, Ricardo, se propunha. Ainda se o major estivesse perto, mas tão longe! Consultou as algibeiras. Não chegava a dois mil-réis a sua fortuna. Como ir? Arranjaria um passe e iria. Bateram à porta. Traziam-lhe uma carta. Não reconheceu a letra; rasgou o envelope com emoção. Que seria? Leu:

Meu caro Ricardo. — Saúde. — Minha filha Quinota casa-se depois de amanhã, quinta-feira. Ela e o noivo fazem muito gosto que você apareça. Se o amigo não estiver comprometido com alguém, agarre o violão e venha até cá tomar uma chávena de chá conosco. — Seu amigo Albernaz.

O trovador, à proporção que lia, ia mudando de fisionomia. Até então estava carregada e dura; quando acabou de ler o bilhete, um sorriso brincava por toda ela, descia e subia, de uma face a outra. O general não o abandonara; para o respeitável militar, Ricardo Coração dos Outros ainda era o rei do violão. Iria e arranjaria passagem com o antigo vizinho de Quaresma. Contemplou um pouco o violão, demoradamente, ternamente, agradecidamente como se fosse um ídolo benfazejo.

Quando Ricardo penetrou em casa do general Albernaz, o último brinde havia sido levantado e todos se dirigiam para a sala de visitas em pequenos grupos. Dona Maricota vestia seda **malva** e o seu busto curto parecia ainda mais abafado, mais socado, naquele tecido caro que parece requerer corpos elegantes e flexíveis. Quinota estava radiante no vestido de noiva. Ela era alta, de feições mais regulares que a irmã Ismênia, mas menos interessante e mais comum de temperamento e alma, embora faceira. Lalá, a terceira filha do general, que já se ajeitava a moça, tinha muito pó de arroz, estava sempre a concertar o penteado e a sorrir para o tenente Fontes.

Malva: de cor arroxeada.

Um casamento bem cotado e esperado. Genelício dava o braço à noiva, encasacado numa casaca mal talhada, que punha bem à mostra a sua **gibosidade**, e caminhava todo atrapalhado nos apertados sapatos de verniz.

Ricardo não os viu passar, pois ao entrar, a fila estava no general, metido num segundo uniforme dos grandes dias, que lhe ia mal como a farda de um guarda nacional endomingado; mas, quem tinha um ar importante, marcial e navegado, ao mesmo tempo palaciano, era o contra-almirante Caldas. Fora padrinho e estava irrepreensível na sua casaca do uniforme. As âncoras reluziam como metais de bordo em hora de revista e os seus favoritos, muito penteados, alargavam a sua face e pareciam desejar com ardor os grandes ventos do vasto oceano sem fim. Ismênia estava de rosa e andava pelas salas com o seu ar dolente, com o seu vagar, com os seus gestos lentos, dando providências. O Lulu, o único filho do general, impava no seu uniforme do Colégio Militar, cheio de dourados e cabelos, tantos mais que passara de ano, graças aos empenhos do pai*.

O general não tardou em vir falar com Ricardo; e os noivos, quando o trovador os cumprimentou, agradeceram-lhe muito, e até Quinota disse um "sou muito feliz...", deitando a cabeça de lado e sorrindo para o chão, sorriso que encheu de imenso **transporte** a cândida alma do menestrel.

Deram começo às danças e o general, o almirante, o major Inocêncio Bustamante, que também viera de uniforme, com a sua banda roxa de honorário, o doutor Florêncio, Ricardo e dois convidados outros foram para a sala de jantar palestrar um pouco.

O general estava satisfeito. Sonhava há tantos anos uma cerimônia daquelas em sua casa e enfim pela primeira vez via realizado esse anseio.

A Ismênia foi aquela desgraça... O ingrato!... Mas para que recordar?

Os cumprimentos se repetiram.

Gibosidade: seu jeito de corcunda.

*** Repare no tom irônico com que o narrador compara as fardas dos dois homens: o general, pai da noiva, parecia um guarda nacional endomingado, enquanto Caldas, o padrinho, estava impecável na sua casaca do uniforme. Nesse contexto, é claro que a comparação desmerece o general. Além disso, ao dizer que Lulu passara de ano graças aos empenhos do pai, o narrador novamente denuncia a corrupção do sistema e os privilégios de quem tem um pai influente.**

Transporte: enlevo, encantamento, alegria íntima.

— É um rapagão, o seu novo genro — disse um dos convidados novos.

O general tirou o *pince-nez* que era preso por um **trancelim** de ouro, e enquanto o limpava, respondeu, olhando com aquele jeito dos míopes:

— Estou muito contente.

Por aí pôs o *pince-nez*, endireitou o trancelim e continuou:

— Creio que casei bem minha filha; rapaz formado, bem encaminhado e inteligente.

O almirante acudiu:

— E que carreira! Não é por ser meu parente, mas com trinta e dois anos primeiro-escriturário do Tesouro é coisa nunca vista.

— O Genelício não está no Tribunal de Contas, não passou? — perguntou Florêncio.

— Passou, mas é a mesma coisa — replicou o outro convidado novo, que era da amizade do recém-casado.

De fato, Genelício tinha arranjado a transferência e não fora só isso que o decidira a casar-se. Tendo escrito uma *Síntese de Contabilidade Pública Científica*, viu-se, sem saber como, cumulado de elogios pela "imprensa desta capital". O ministro, atendendo ao mérito excepcional da obra, mandou-lhe dar dois contos de prêmio, tendo sido a edição feita à custa do Estado, na Imprensa Nacional. Era um grosso volume de quatrocentas páginas, tipo doze, escrito em estilo de ofício, com uma basta documentação de decretos e portarias, ocupando dois terços do livro.

A primeira frase da primeira parte, o quinhão do livro verdadeiramente sintético e científico, fora até muito notada e **gabada** pelos críticos, não só pela novidade da ideia como também pela beleza da expressão.

Dizia assim: "A Contabilidade Pública é a arte ou ciência de escriturar convenientemente a despesa e receita do Estado"*****.

Além do prêmio e da transferência, ele já tinha promessa de ser subdiretor na primeira vaga.

Trancelim: fio, cordão.

Gabada: elogiada.

*** A definição de contabilidade pública é óbvia, banal. Ao elogiar trabalho tão ruim, a imprensa fica ridicularizada. Critica-se também o patrocínio da publicação pelo Estado.**

Ouvindo tudo isso que tinham dito o almirante, o general e os convidados novos, o major não pôde deixar de observar:

— Depois da militar, a melhor carreira é a da Fazenda, não acham?

— Sim... Bem entendido — fez o doutor Florêncio.

— Eu não quero falar dos formados — apressou-se o major. — Esses...

Ricardo sentia-se na obrigação de dizer qualquer coisa e foi soltando a primeira frase que lhe veio aos lábios:

— Quando se prospera, todas as profissões são boas.

— Não é tanto assim — obtemperou o almirante, alisando um dos favoritos. — Não é para desfazer nas outras, mas a nossa, hein, Albernaz? Hein, Inocêncio?

Albernaz levantou a cabeça como se quisesse apanhar no ar uma lembrança e depois replicou:

— É, mas tem os seus percalços. Quando se está numa trapalhada, fogo daqui, tiro dali, morre um, grita outro como em Curupaiti, então...

— O senhor esteve lá, general? — perguntou o convidado amigo de Genelício.

— Não estive. Adoeci e vim para o Brasil. Mas o Camisão... Não imaginam o que foi. Você sabe, não é, Inocêncio?

— Se estive lá...

— Polidoro tinha ordem de atacar Sauce, Flores à esquerda e *nós* caímos sobre os paraguaios. Mas os malandros estavam bem entrincheirados, tinham aproveitado o tempo...

— Foi *Seu* Mitre — disse Inocêncio.

— Foi. Atacamos com fúria. Era um ribombar de canhões que metia medo, bala por todo canto, os homens morriam como moscas... Um inferno!

— Quem venceu? — perguntou um dos convidados novos.

Todos se entreolharam admirados, exceto o general que julgava a sabedoria do Paraguai excepcional.

— Foram os paraguaios, isto é, repeliram o nosso ataque. É por isso que eu digo que a nossa profissão é bela, mas tem as suas *coisas*...

— Isso não quer dizer nada. Também na passagem de Humaitá... — ia dizendo o almirante.

— O senhor estava a bordo?

— Não, eu fui mais tarde. Perseguições fizeram com que eu não fosse designado, porque o embarque equivalia a uma promoção... Mas, na passagem de Humaitá...

Na sala de visitas as danças continuavam com animação. Era raro que alguém viesse lá de dentro até onde eles estavam. Os risos, a música, e o mais que se adivinhava não distraíam aqueles homens das suas preocupações belicosas.

O general, o almirante e o major enchiam de pasmo aqueles burgueses pacíficos, contando batalhas em que não estiveram e **pugnas** valorosas que não pelejaram.

Não há como um cidadão pacato, bem comido, tendo tomado alguns vinhos generosos, para apreciar as narrações de guerra. Ele só vê a parte pitoresca, a parte por assim dizer espiritual das batalhas, dos encontros; os **tiros são os de salva** e se matam é coisa de somenos. A Morte mesmo, nas narrações feitas assim, perde a sua importância trágica: três mil mortos, só!!!

De resto, contadas pelo general Albernaz, que nunca tinha visto a guerra, a coisa ficava **edulcorada**, uma guerra ***bibliothèque rose***, guerra de estampa popular, em que não aparecem a carniçaria, a brutalidade e a ferocidade normais.

Estavam Ricardo, o doutor Florêncio, o exato empregado como engenheiro das águas, aqueles dois recentes conhecimentos de Albernaz, embevecidos, boquiabertos e invejosos diante das proezas imaginárias daqueles três militares, um honorário, talvez o menos pacífico dos três, o único que tivesse mesmo tomado parte em alguma coisa guerreira, quando dona Maricota chegou, sempre diligente, ativa, dando movimento e vida à festa. Era mais moça que o marido, tinha ainda inteiramente pretos os cabelos na sua cabeça pequena, que contrastava tanto com o seu corpo enorme. Ela vinha ofegante e dirigiu-se ao marido:

— Então, Chico, que é isso? Ficam aí e eu que faça sala, que anime as moças... Pra sala todos!

— Já vamos, dona Maricota — disse alguém.

— Não — fez com rapidez a dona da casa —, é já. Vamos, *Seu* Caldas, *Seu* Ricardo, os senhores! — E foi empurrando um a um pelo ombro. — Depressa, depressa, que a filha do Lemos vai cantar; e depois é o senhor... Está ouvindo, *Seu* Ricardo!

— Pois não, minha senhora. É uma ordem...

Pugnas: combates.

Tiros de salva: tiros de festa, que não ferem ninguém.

Edulcorada: suavizada, que não parecia tão sangrenta.

Bibliothèque rose **(em francês): biblioteca rosa. Título de coleções de romances adocicados dirigidos às moças da época.**

E foram. No caminho o general parou um pouco, chegou-se a Coração dos Outros e perguntou:

— Diga-me uma coisa: como vai o nosso amigo Quaresma?

— Vai bem.

— Tem-lhe escrito?

— Às vezes. Eu queria, general...

O general suspendeu a cabeça, levantou um pouco o *pince-nez* que começava a cair, e perguntou:

— O quê?

Ricardo ficou intimidado com o ar marcial com que Albernaz lhe fez a pergunta. Depois de uma ligeira hesitação, respondeu de um jato, com medo de perder as palavras:

— Eu queria que o senhor me arranjasse uma passagem, um passe, para ir vê-lo.

O general esteve uns instantes de cabeça baixa, coçou o cabelo e disse:

— Isso é difícil, mas você apareça lá, na repartição, amanhã.

E continuaram a andar. Ainda andando, Coração dos Outros acrescentou:

— Estou com saudades dele, depois tenho certos desgostos... O senhor sabe: um homem que tem nome...

— Vá lá amanhã.

Dona Maricota apareceu na frente e falou **agastada**:

— Vocês não vêm!

— Já vamos — fez o general.

E depois, dirigindo-se a Ricardo, ajuntou:

— Aquele Quaresma podia estar bem, mas foi meter-se com livros... É isto! Eu, há bem quarenta anos, que não pego em livro...

Chegaram à sala. Era vasta. Tinha dois grandes retratos em pesadas molduras douradas, furiosos retratos a óleo de Albernaz e da mulher; um espelho oval e alguns quadrinhos, e a decoração estava completa. Da mobília não se podia julgar, tinha sido retirada, para dar mais espaço aos dançantes. A noiva e o noivo

Agastada: aborrecida.

estavam no sofá sentados a presidir a festa. Havia um ou outro decote, poucas casacas, algumas sobrecasacas e muitos fraques. Por entre as cortinas de uma janela, Ricardo pôde ver a rua. A calçada defronte estava cheia. A casa era alta e tinha jardim; só de lá os curiosos, os ***serenos***, podiam ver alguma coisa da festa. Lalá, no vão de uma sacada, conversava com o tenente Fontes. O general contemplou-os e abençoou-os com um olhar aprovador...

A moça, a famosa filha do Lemos, dispôs-se a cantar. Foi ao piano, colocou a partitura e começou. Era uma ***romanza*** italiana que ela cantou com a perfeição e o mau gosto de uma moça bem educada. Acabou. Palmas gerais, mas frias, soaram.

O doutor Florêncio que ficara atrás do general, comentou:

— Tem uma bela voz esta moça. Quem é?

— É a filha do Lemos, o doutor Lemos da Higiene — respondeu o general.

— Canta muito bem.

— Está no último ano do conservatório — observou ainda Albernaz.

Chegou a vez de Ricardo. Ele ocupou um canto da sala, agarrou o violão, afinou-o, correu a escala; em seguida, tomou o ar trágico de quem vai representar o **Édipo Rei** e falou com voz grossa: "Senhoritas, senhores e senhoras". Parou. Concertou a voz e continuou: "Vou cantar 'Os teus braços', modinha de minha composição, música e versos. É uma composição terna, decente e de uma poesia exaltada". Seus olhos, por aí, quase lhe saíam das órbitas. Emendou: "Espero que nenhum ruído se ouça, porque senão a inspiração se evola. É o violão instrumento muito... mui... to de-li-ca-do. Bem".

A atenção era geral. Deu começo. Principiou brando, **gemebundo**, macio e longo, como um soluço de onda; depois, houve uma parte rápida, saltitante, em que o violão estalava. Alternando um andamento e outro, a modinha acabou.

Serenos: os que ficam do lado de fora, que não são convidados.

Romanza: **canção sentimental.**

Édipo Rei: tragédia grega escrita por Sófocles (século V a.C.). Observe a ironia do narrador ao destacar a pose exagerada de Ricardo para impressionar os presentes. Parecia que ele iria representar uma tragédia e não apenas cantar uma modinha.

Gemebundo: em tom de gemido, lamento.

Aquilo tinha ido ao fundo de todos, tinha acudido ao sonho das moças e aos desejos dos homens. As palmas foram ininterruptas. O general abraçou-o, Genelício levantou-se e deu-lhe a mão, Quinota, no seu imaculado vestido de noiva, também*.

Para fugir aos cumprimentos, Ricardo correu à sala de jantar. No corredor chamavam-no: "Senhor Ricardo, senhor Ricardo!" Voltou-se. "Que ordena, minha senhora?" Era uma moça que lhe pedia uma cópia da modinha.

— Não se esqueça — dizia ela com meiguice —, não se esqueça. Gosto tanto das suas modinhas... São tão ternas, tão delicadas... Olhe: dê aqui à Ismênia para me entregar.

A noiva de Cavalcânti aproximava-se e, ouvindo falar em seu nome, perguntou:

— Que é, Dulce?

A outra explicou-lhe. Ela aceitou a incumbência e, por sua vez, perguntou a Ricardo com a sua voz dolente:

— *Seu* Ricardo, quando é que o senhor pretende estar com dona Adelaide?

— Depois de amanhã, espero eu.

— Vai lá?

— Vou.

— Pois então diga-lhe que me escreva. Eu queria tanto receber uma carta...**

E limpou os olhos furtivamente, com o seu pequenino lenço rendado.

*** A modinha de Ricardo comove mais que a *romanza* aprendida em conservatório. O que isso revela sobre o comportamento e o gosto do público ali presente?**

**** A angústia da personagem encontra plena tradução nesse pedido quase desesperado.**

3. GOLIAS

No sábado da semana seguinte àquela em que a filha do general recebera como marido o grave e giboso Genelício, glória e orgulho do nosso funcionalismo público, Olga casara-se. A cerimônia correra com a pompa e a riqueza acostumada em pessoas de sua camada. Houve uns arremedos parisienses de ***corbeille*** de noiva e outros pequenos detalhes ***chics***, que não a aborreceram, mas que não a encheram lá de satisfação maior que as noivas comuns. Talvez nem mesmo essa ela tivesse*****.

Não foi para a igreja em virtude de uma determinação certa de sua vontade. Continuava a não encontrar dentro de si motivo para aquele ato, mas, aparentemente, nenhuma vontade estranha à sua influíra para isso. O marido é que estava contente. Não seria muito com a noiva, mas com a volta que a sua vida ia tomar. Ficando rico e sendo médico, cheio de talento nas notas e recompensas escolares, via diante de si uma larga estrada de triunfos nas posições e na indústria clínica. Não tinha fortuna alguma, mas julgava o seu banal título um **foral** de nobreza, equivalente àqueles com que os autênticos fidalgos da Europa **brunem** o nascimento das filhas dos **salchicheiros *yankees***. Apesar de ser seu pai um importante fazendeiro por aí, em algum lugar deste Brasil, o sogro lhe dera tudo e tudo ele aceitara sem pejo, com o desprezo de um duque, duque **de plenamentes** e medalhas, a receber homenagens de um vilão que não roçou os bancos de uma "academia"******.

Julgava que a noiva o aceitara pelo seu maravilhoso título, o pergaminho; é verdade que foi, não tanto pelo título, mas pela sua simulação de inteligência, de amor à ciência, de desmedidos sonhos de sábio. Tal imagem que dele fizera durara instantes em Olga; depois foi a inércia da sociedade, a sua tirania e a timidez natural da moça em romper que a levaram ao casamento. Tanto mais que ela, de si para si, pensava que se não fosse este, seria outro a ele igual, e o melhor era não adiar.

Era por isso que ela não ia para a igreja, em virtude de uma determinação certa de sua vontade, embora sem perceber o constrangimento de um comando fora dela.

Apesar da pompa, esteve longe de ser uma noiva majestosa. Não obstante as origens puramente europeias, era pequena, muito mesmo, ao lado do noivo,

Corbeille **(em francês): cestinho com arranjo de flores ou frutas e também onde se guardam brindes.**

Chics **(em francês): chiques, elegantes.**

*** Observe o contraste entre a euforia de Quinota, "radiante no vestido de noiva", e a discreta indiferença de Olga.**

Foral: título.

Brunem: lustram.

Salchicheiros: salsicheiros.

Yankees **(em inglês): ianques, norte-americanos.**

De plenamentes: de amplos méritos.

**** Fica claro nesse trecho o preconceito, a vaidade, a arrogância de Armando. Julgando-se superior por possuir o título de doutor, achava natural o sogro, "que não roçou os bancos de uma academia", dar-lhe tudo.**

alto, ereto, com uma fisionomia irradiante de felicidade; e, desse modo, ela desaparecia dentro do vestido, dos véus e daqueles atavios obsoletos com que se arreiam* as moças que se vão casar. De resto, a sua beleza não era a grande beleza — aquela que nós exigimos das noivas ricas, segundo o modelo das estampas clássicas.

No seu rosto, nada de grego, desse grego autêntico ou de **pacotilha**, ou também dessa majestade de ópera lírica. Havia nos seus traços muita irregularidade, mas a sua fisionomia era profunda e própria. Não só a luz dos seus grandes olhos negros, que quase cobriam toda a cavidade orbitária, fazia fulgurar o seu rosto **móbil**, como a sua pequena boca, de um desenho fino, exprimia bondade, malícia e o seu ar geral era de reflexão e curiosidade.

Ao contrário do costume, não saíram da cidade e foram morar em casa do antigo empreiteiro.

Quaresma não fora à festa, mandara o leitão e o peru da tradição e escrevera uma longa carta. O sítio empolgara-o, o calor ia passar, vinha a época das chuvas, das semeaduras, e não queria afastar-se de suas terras. A viagem seria breve, mas mesmo assim, perdendo um dia ou dois, era como se começasse a desertar da batalha.

O pomar estava todo limpo e já estavam preparados os canteiros da horta. A visita de Ricardo veio distraí-lo um pouco, sem desviá-lo, contudo, dos seus afazeres agrícolas.

Passou um mês com o major, e foi um triunfo. A fama do seu nome precedia-o, de forma que todo o município o disputava e festejava.

O seu primeiro trabalho foi ir à vila. Ficava a quatro quilômetros adiante da casa de Quaresma e a estrada de ferro tinha uma estação lá. Ricardo dispensou a estrada e foi a pé, pela estrada de rodagem, se assim se pode chamar um trilho, cheio de **caldeirões**, que subia e descia morros, cortava planícies e rios em toscas pontes. A vila!... Tinha duas ruas principais: a antiga, determinada

*** Forte ironia do narrador, comparando as roupas e os ornamentos da noiva com arreios (selas) que se põem em montarias.**

Pacotilha: artificial, malfeito, que imita grosseiramente o original.

Móbil: com variadas expressões.

Caldeirões: buracos lamacentos.

pelo velho caminho de tropas, e a nova, cuja origem veio da ligação da velha com a estrada de ferro. Elas se encontravam em T, sendo o braço vertical o caminho da estação. As outras partiam delas, as casas juntavam-se urbanamente no começo, depois iam espaçando, espaçando, até acabar em mato, em campo. A antiga chamava-se Marechal Deodoro, ex-Imperador; e a nova, Marechal Floriano, ex-Imperatriz. De uma das extremidades da Rua Marechal Deodoro, partia a da Matriz, que ia ter à igreja, ao alto de uma colina, feia e pobre no seu estilo jesuítico. À esquerda da estação, num campo, a Praça da República, a que ia dar uma rua mal esboçada por espaçadas casas, ficava a Câmara Municipal.

Era um grande paralelepípedo de tijolo, cimalha, janela com sacadas de grade de ferro, puro estilo mestre de obras. **Compungia** essa pobreza de gosto a quem se lembrasse dos edifícios da mesma natureza das pequenas comunas francesas e belgas da Idade Média.

Ricardo entrou num barbeiro da Rua Marechal Deodoro, Salão Rio de Janeiro, e fez a barba. O **fígaro** deu-lhe informações sobre a vila e ele se deu a conhecer. Havia certos **circunstantes**, um deles tomou-o a seu cargo e daí em pouco estava relacionado.

Quando voltou para a casa do major já tinha convite para o baile do doutor Campos, presidente da Câmara, festa que teria lugar na quarta-feira próxima.

Chegara sábado e fora passear à vila domingo.

Tinha havido missa e o trovador assistiu a saída. A concorrência nunca é grande na roça, mas Ricardo pôde ver algumas daquelas moças do interior, **linfáticas** e tristes, **ataviadinhas**, cheias de laços, descendo silenciosas a colina em que se erguia a igreja, espalhando-se pela rua e logo entrando para as casas, onde iriam passar uma semana de reclusão e tédio*****. Foi na saída da missa que lhe apresentaram o doutor Campos.

Era o médico do lugar; morava, porém, fora, na sua fazenda, e viera de ***aranha*** com a sua filha, Nair, assistir o ofício religioso.

Compungia: doía.

Fígaro: barbeiro. Alusão ao personagem chamado Fígaro, criado pelo francês Pierre Beaumarchais (1732--1799) na ópera cômica *O barbeiro de Sevilha*. Esse personagem ficou tão famoso que seu nome passou a ser usado como substantivo comum para designar um barbeiro.

Circunstantes: pessoas próximas.

Linfáticas: indolentes, apáticas.

Ataviadinhas: enfeitadinhas.

*** A descrição ressalta a simplicidade e a falta de perspectivas das moças do lugar.**

Aranha: pequena carruagem para uma ou duas pessoas, puxada por um cavalo.

O trovador e o médico estiveram um instante conversando, enquanto a filha, muito magra, pálida, com uns longos braços descarnados, olhava com um vexame fingido o solo poeirento da rua. Quando eles partiram, ainda Ricardo considerou um pouco aquele rebento dos ares livres do Brasil.

À festa do doutor Campos, seguiram-se outras a que Ricardo deu a honra de sua presença e alegria da sua voz. Quaresma não o acompanhava, mas gozava a sua vitória. Se bem que o major tivesse abandonado o violão, ainda continuava a prezar aquele instrumento essencialmente nacional. As consequências desastrosas do seu requerimento em nada tinham abalado as suas convicções patrióticas. Continuavam as suas ideias profundamente arraigadas, tão somente ele as escondia, para não sofrer com a incompreensão e maldade dos homens.

Gozava, portanto, a fulminante vitória de Ricardo, que indicava bem naquela população a existência de um resíduo forte da nossa nacionalidade a resistir às invasões das modas e gostos estrangeiros.

Ricardo recebia todas as honras, todos os favores, por parte de todos os partidos. O doutor Campos, presidente da Câmara, era quem mais o **cumulava** de homenagens. Naquela manhã até esperava um dos cavalos do **edil**, para dar um passeio ao Carico; e, esperando, foi dizendo a Quaresma, que ainda não tinha partido para o eito:

— Major, foi uma boa ideia vir para a roça. Vive-se bem e pode-se subir...

— Não tenho nenhum desejo disso. Você sabe como me são estranhas todas essas coisas.

— Sei... É... Não digo que se peça, mas, quando nos oferecem, não devemos rejeitar, não acha?

— Conforme, meu caro Ricardo. Eu não podia aceitar encargo de comandar uma esquadra.

— Até aí não vou. Olhe, major: eu gosto muito de violão, mesmo dedico a minha vida ao seu levantamento

Cumulava: acumulava.

Edil: membro da câmara municipal; vereador.

moral e intelectual, entretanto, se amanhã o presidente dissesse: "Seu Ricardo, você vai ser deputado", o senhor pensa que eu não aceitava, sabendo perfeitamente que não podia mais desferir os **trenos** do instrumento? Ora se não! Não se deve perder **vaza**, major.

— Cada um tem as suas teorias.

— Decerto. Outra coisa, major: conhece o doutor Campos?

— De nome.

— Sabe que ele é presidente da Câmara?

Quaresma olhou um instante para Ricardo com uma ligeira desconfiança. O menestrel não notou o gesto do amigo e emendou:

— Mora daqui a uma légua. Já lhe toquei em casa e hoje vou a cavalo passear com ele.

— Fazes bem.

— Ele quer conhecê-lo. Posso trazê-lo aqui?*****

— Podes.

Um camarada do doutor Campos, nesse instante, entrava pela porteira trazendo o cavalo prometido. Ricardo montou e Quaresma seguiu para a roça ao encontro dos seus dois empregados. Eram agora dois, pois, além do Anastácio, que não era bem um empregado, mas **agregado**, admitira o Felizardo.

Era manhã de verão, mas as chuvas continuadas dos dias anteriores tinham atenuado a temperatura.

Havia uma grande profusão de luz e os ares estavam doces. Quaresma foi caminhando por entre aquele rumor de vida, rumor que vinha do farfalhar do mato e do piar das aves e pássaros. Esvoaçavam tiês vermelhos, bandos de coleiros; anuns voavam e punham pequenas manchas negras no verdor das árvores. Até as flores, essas tristes flores dos nossos campos******, no momento, parece que tinham saído à luz, não somente para a fecundação vegetal mas também para a beleza.

Quaresma e seus empregados trabalhavam agora longe, faziam um roçado, e fora para auxiliar esse serviço que contratou o Felizardo. Era este um camarada

Trenos: sons lamentosos, tristes. Isto é, ele aceitaria a oferta mesmo sabendo que não poderia mais cantar suas modinhas.

Vaza: nessa passagem, tem o sentido de oportunidade.

*** Observe como Ricardo, fascinado pelo súbito prestígio, deixa-se enredar pelas manobras do doutor Campos, que o usa para aproximar-se de Quaresma.**

Agregado: pessoa que vive em uma família como se fosse parente.

**** O narrador faz aqui referência ao verso do Hino Nacional: "teus risonhos lindos campos têm mais flores", inspirado por sua vez no poema *Canção do Exílio*, de Gonçalves Dias (1823--1864), poeta romântico. O verso perde, na narrativa, o tom ufanista – uma vez que as flores são tristes –, e ganha assim um tom melancólico.**

magro, alto, de longos braços, longas pernas, como um símio. Tinha a face cor de cobre, a barba rala e, sob uma aparência de fraqueza muscular, não havia ninguém mais valente que ele a roçar. Com isto era um tagarela incansável. De manhã, quando chegava, aí pelas seis horas, já sabia todas as intriguinhas do município.

O roçado tinha por fim ganhar terreno ao mato, no lado norte do sítio, que o **capão** invadira. Obtido ele, o major plantaria obra de meio alqueire ou pouco mais de milho, e nos intervalos batatas-inglesas, cultura nova em que depositava grandes esperanças. Já se fizera a derrubada e o **aceiro** estava aberto; Quaresma, porém, não lhe quisera atear fogo. Evitava assim **calcinar** o terreno, eliminando dele os princípios voláteis do fogo. Agora o seu trabalho era separar os paus mais grossos, para aproveitar como lenha; os galhos miúdos e folhas, ele removia para longe, onde então queimaria em **coivaras** pequenas.

Isso levava tempo, custava tombos ao seu corpo mal habituado aos cipós e tocos; mas prometia dar um rendimento maior ao plantio.

Durante o trabalho, Felizardo ia contando as suas novidades para se distrair. Há quem cante, ele falava e pouco se incomodava que lhe dessem ou não atenção.

— Essa gente anda acesa por aí — disse Felizardo logo que o major chegou.

Certas vezes Quaresma fazia-lhe perguntas, atendia-lhe a conversa, raras não. Anastácio era silencioso e grave. Nada dizia: trabalhava e, de quando em quando, parava, considerava, numa postura **hierática** de uma pintura mural tebana. O major perguntou ao Felizardo:

— Que é que há, Felizardo?

O camarada descansou o grosso tronco de camará no monte, limpou o suor com os dedos e respondeu com a sua fala branda e chiante:

— Negócio de política... *Seu* tenente Antonino quase briga ontem com *Seu dotô Campo*.

— Onde?

Capão: moitas grandes.

Aceiro: limpeza destinada a impedir acesso do fogo a cercas, árvores etc., mediante roçada e desobstrução.

Calcinar: queimar.

Coivaras: fogueiras.

Hierática: religiosa, sacerdotal.

— Na estação.

— Por quê?

— Negócio de partido. Pelo que ouvi: *Seu* tenente Antonino é pelo *governadô* e *Seu dotô Campo* é pelo *senadô*... Um **sarcero**, patrão!

— E você, por quem é?

Felizardo não respondeu logo. Apanhou a foice e acabou de cortar um galho que enleava o tronco a remover. Anastácio estava de pé e considerou um instante a figura do companheiro palrador. Respondeu afinal:

— Eu! Sei lá... **Urubu pelado não se mete no meio dos coroados**. Isso é bom pro *sinhô*.

— Eu sou como você, Felizardo.

— Quem me dera, meu *sinhô*. Inda *transantonte* ouvi *dizê* que o patrão é amigo do ***marechá***.

Afastou-se com o pau; e, quando voltou, Quaresma indagou assustado:

— Quem disse?

— Não sei, não *sinhô*. Ouvi a modo de *dizê* lá na venda do espanhol, tanto assim que *dotô Campo tá* inchado que nem sapo com a sua amizade.

— Mas é falso, Felizardo. Eu não sou amigo coisa alguma... Conheci-o... E nunca disse isso aqui a ninguém... Qual amigo!*

— *Quá!* — fez Felizardo com um riso largo e duro. — O patrão *tá* é **varrendo a testada**.

Apesar de todo o esforço de Quaresma, não houve meio de tirar daquela cabeça infantil a ideia de que ele fosse amigo do Marechal Floriano. "Conheci-o no meu emprego", dizia o major; Felizardo sorria grosso e por uma vez dizia: "*Quá!* O patrão **é fino que nem cobra**".

Tal teimosia não deixou de impressionar Quaresma. Que queria dizer aquilo? Demais, as palavras de Ricardo, as suas insinuações pela manhã... Ele tinha o trovador em conta de homem leal e amigo fiel, incapaz de lhe estar armando laços para passar maus momentos; os entusiasmos dele, entretanto, junto à vontade de ser bom amigo, podiam iludi-lo e fazê-lo instrumento de

Sarcero: pronúncia popular de "salseiro", que significa confusão.

Urubu pelado não se mete no meio dos coroados: expressão popular que significa "gente comum não se mete no meio de gente importante".

Marechá: pronúncia popular de marechal; alusão ao marechal Floriano Peixoto, que na época era o Presidente da República.

* O narrador registra aqui um aspecto da vida em lugares pequenos, onde as informações correm muito rapidamente de boca em boca e frequentemente acabam sendo distorcidas. É claro que, nesse contexto, a distorção foi proposital: o doutor Campos quer que todos o vejam como amigo de Quaresma, que, assim, não tem como negar a proximidade.

Varrendo a testada: se justificando.

É fino que nem cobra: não se deixa pegar, é esperto.

algum perverso. Quaresma ficou um instante pensativo, deixando de remover os galhos cortados; em breve, porém, esqueceu-se e a preocupação dissipou-se. À tarde, quando foi jantar, já nem mais se lembrava da conversa e a refeição correu natural, nem muito alegre, nem muito triste, mas sem sombra alguma de cogitações por parte dele.

Dona Adelaide, sempre com a sua ***matinée*** creme e saia preta, sentava-se à cabeceira; Quaresma à direita e à esquerda, Ricardo. Era a velha quem sempre puxava a língua do trovador.

— Gostou muito do passeio, senhor Ricardo?

Não havia meio dela dizer *seu*. A sua educação de *senhora* de outros tempos, não lhe permitia usar esse **plebeísmo** generalizado. Vira os pais, gente ainda fortemente portuguesa, dizerem *senhor* e continuava a dizer, sem fingimento, naturalmente*****.

— Muito. Que lugar! Uma **catadupa**... Que maravilha! Aqui, na roça, é que se tem inspiração.

E ele tomava aquela atitude de **arroubo**: uma fisionomia de máscara de trágico grego e uma voz cavernosa que rolava como uma trovoada abafada.

— Tens composto muito, Ricardo? — indagou Quaresma.

— Hoje acabei uma modinha.

— Como se chama? — indagou dona Adelaide.

— *Os lábios da Carola*.

— Bonito! Já fez a música?

Era ainda a irmã de Quaresma a perguntar. Ricardo levava agora o garfo à boca; deixou-o suspenso entre os lábios e o prato e respondeu com toda a convicção:

— A música, minha senhora, é a primeira coisa que faço.

— **Hás de no-la cantar** logo.

— Pois não, major.

Após o jantar, Quaresma e Coração dos Outros saíram a passear no sítio. Fora essa a única concessão que ao amigo fizera Policarpo, no tocante ao regime de seus

Matinée (em francês): tipo de casaquinho ou bata que se costuma usar apenas em casa.

Plebeísmo: forma popular.

*** _Seu_ é registro da oralidade, que o autor incorpora normalmente à linguagem de seus livros. _Senhor_ corresponde à forma portuguesa de falar.**

Catadupa: cachoeira.

Arroubo: arrebatamento, êxtase.

Há de no-la cantar: hás de cantá-la para nós.

trabalhos agrícolas. Levava sempre o pedaço de pão, que esfarelava em migalhas no galinheiro, para ver a atroz disputa entre as aves. Acabando, ficava um instante a considerar aquelas vidas, criadas, mantidas e protegidas para sustento da sua. Sorria para os frangos, agarrava os pintinhos, ainda implumes, muito vivos e ávidos, e demorava-se a apreciar a estupidez do peru, imponente, fazendo roda, a dar estouros presunçosos. Em seguida ia ao chiqueiro; assistia Anastácio dar a ração, despejando-a nos cochos. O enorme **cevado** de grandes orelhas pendentes levantava-se dificilmente, e solenemente vinha mergulhar a cabeça na **caldeira**; noutro compartimento os **bacorinhos** grunhiam e grunhindo vinham com a mãe chafurdar-se na comida.

A avidez daqueles animais era deveras repugnante, mas os seus olhos tinham uma longa doçura bem humana que os fazia simpáticos.

Ricardo apreciava pouco aquelas formas inferiores de vida, mas Quaresma ficava minutos esquecido a contemplá-las numa demorada interrogação muda. Sentavam-se a um tronco de árvore; e Quaresma olhava o céu alto, enquanto Coração dos Outros contava qualquer história.

A tarde ia adiantada. A terra já começava a amolecer, pelo fim daquele beijo ardente e demorado do sol. Os bambus suspiravam, as cigarras ciciavam; as rolas gemiam amorosamente. Ouvindo passos, o major voltou-se. Padrinho! Olga!

Mal se viram, abraçaram-se, e quando se separaram ficaram ainda a olhar um para o outro, com as mãos presas. E vieram aquelas estúpidas e tocantes frases dos encontros satisfeitos: Quando chegaste? Não esperava... É longe... Ricardo olhava embevecido com a ternura dos dois; Anastácio tirara o chapéu e olhava a *sinhazinha*, com o seu terno e vazio olhar de africano.

Passada a emoção, a moça se debruçou sobre o chiqueiro, depois passou a vista pelos quatro pontos, e Quaresma perguntou:

Cevado: porco que está na engorda.

Caldeira: grande recipiente.

Bacorinhos: porquinhos.

— Quedê teu marido?

— O doutor?... Está lá dentro.

O marido tinha resistido muito em acompanhá-la até ali. Não lhe parecia bem aquela intimidade com um sujeito sem título, sem posição brilhante e sem fortuna. Ele não compreendia como o seu sogro, apesar de tudo um homem rico, de outra esfera, tinha podido manter e estreitar relações com um pequeno empregado de uma repartição secundária, e até fazê-lo seu compadre! Que o contrário se desse, era justo; mas como estava a coisa parecia que abalava toda a hierarquia da sociedade nacional. Mas, em definitivo, quando dona Adelaide o recebeu cheia de um imenso respeito, de uma particular consideração, ele ficou desarmado e todas as suas pequenas vaidades foram tocadas e satisfeitas*.

Dona Adelaide, mulher velha, do tempo em que o Império armava essa nobreza escolar, possuía em si uma particular reverência, um culto pelo doutorado; e não lhe foi, pois, difícil demonstrá-lo quando se viu diante do doutor Armando Borges, de cujas notas e prêmios ela tinha exata notícia.

Quaresma mesmo recebeu-o com as maiores marcas de admiração e o doutor, gozando aquele seu sobre-humano prestígio, ia conversando pausadamente, sentenciosamente, dogmaticamente; e, à proporção que conversava, talvez para que o efeito não se dissipasse, virava com a mão direita o grande anelão *simbólico*, o talismã, que cobria a falange do dedo indicador esquerdo, ao jeito de *marquise*.

Conversaram muito. O jovem par contou a agitação política do Rio, a revolta da fortaleza de **Santa Cruz**; dona Adelaide, a **epopeia** da mudança, móveis quebrados, objetos partidos. Pela meia-noite todos foram dormir com uma alegria particular, enquanto os sapos levantavam no riacho defronte o seu grave hino à transcendente beleza do céu negro, profundo e estrelado.

Acordaram cedo. Quaresma não foi logo para o trabalho. Tomou café e esteve conversando com o doutor.

*** Novamente o narrador marca os principais traços da personalidade de Armando — vaidade e arrogância — para criticar uma categoria social que define como sendo, na maioria, "cretinos cheios de anéis e empáfia", "sem nenhum amor ao estudo, sem nenhuma vocação nem ambição intelectual".**

Santa Cruz: **rebelião ocorrida em 1892 contra o presidente Floriano Peixoto, que era o vice do marechal Deodoro. Quando este renunciou, depois de apenas nove meses no poder, Floriano assumiu; mas, de acordo com a lei, deveriam ter sido convocadas novas eleições, já que o presidente governou por menos de dois anos. Como Floriano não seguiu essa norma, muitos setores da sociedade começaram a fazer uma oposição vigorosa ao seu governo. Uma parte da Marinha se rebelou e tentou forçar sua renúncia. As fortalezas de Santa Cruz, Laje e São João, no Rio de Janeiro, foram ameaçadas pelos navios dos revoltosos e, para defender a cidade, instalaram-se peças de artilharia em alguns pontos estratégicos.**

Epopeia: **aventura.**

O correio chegou e trouxe-lhe um jornal. Rasgou a cinta e leu o título. Era *O Município*, órgão local, **hebdomadário**, filiado ao partido situacionista. O doutor se havia afastado; ele aproveitou a ocasião para ler o jornaleco. Pôs o *pince-nez*, recostou-se na cadeira de balanço e desdobrou o jornal. Estava na varanda; o **terral** soprava nos bambus que se inclinavam molemente. Começou a leitura. O artigo de fundo intitulava-se "Intrusos" e consistia em uma tremenda descompostura aos não nascidos no lugar que moravam nele — "verdadeiros estrangeiros que se vinham intrometer na vida particular e política da família curuzuense, perturbando-lhe a paz e a tranquilidade".

Que diabo queria dizer aquilo? Ia deitar fora o jornaleco, quando lhe pareceu ler seu nome entre versos. Procurou o lugar e deu com estas quadrinhas:

POLÍTICA DE CURUZU
Quaresma, meu bem, Quaresma!
Quaresma do coração!
Deixa as batatas em paz,
Deixa em paz o feijão.

Jeito não tens para isso,
*Quaresma, meu **cocumbi**!*
Volta à mania antiga
De redigir em tupi.

OLHO VIVO

O major ficou **estuporado**. Que vinha ser aquilo? Por quê? Quem era? Não atinava, não achava o motivo e o fundo de semelhante ataque. A irmã aproximara-se acompanhada da afilhada. Quaresma estendeu-lhe o jornal com o braço tremendo: "Lê isto, Adelaide".

A velha senhora viu logo a perturbação do irmão e leu com pressa e solicitude. Ela tinha aquela ampla maternidade das solteironas; pois parece que a falta de

Hebdomadário: semanal.

Terral: vento que sopra da terra para o mar.

Cocumbi (ou cucumbi): dança festiva provavelmente de origem africana, trazida ao Brasil pelos escravos.

Estuporado: pasmado.

filhos reforça e alarga o interesse da mulher pelas dores dos outros. Enquanto ela lia, Quaresma dizia: mas que fiz eu? Que tenho com política? E coçava os cabelos já bastante **encanecidos**.

Dona Adelaide disse então docemente:

— Sossega, Policarpo. Por isso só?... Ora!

A afilhada leu também os versos e perguntou ao padrinho:

— O senhor se meteu algum dia nessa política daqui?

— Eu nunca!... Vou até declarar que...

— Está doido! — exclamaram as duas mulheres a um tempo, ajuntando a irmã:

— Isto seria uma covardia... Uma satisfação... Nunca!

O doutor e Ricardo chegavam de fora e encontraram os três nessas considerações. Notaram a alteração de Quaresma. Estava pálido, tinha os olhos úmidos e coçava sucessivamente a cabeça.

— Que há, major? — indagou o troveiro.

As senhoras explicaram o caso e deram-lhe as quadrinhas a ler. Ricardo depois contou o que ouvira na vila. Acreditavam todos que o major viera para ali no intuito de fazer política, tanto assim que dava esmolas, deixava o povo fazer lenha no seu mato, distribuía remédios homeopáticos... O Antonino afirmara que havia de desmascarar semelhante **tartufo**.

— E não desmentiste? — perguntou Quaresma.

Ricardo afirmou que sim, mas o escrivão não quisera acreditar nele e reiterara os seus propósitos de ataque.

O major ficou profundamente impressionado com tudo; mas, de acordo com seu gênio, **incubou** nos primeiros tempos a impressão, e, enquanto estiveram com ele os seus amigos, não demonstrou preocupação.

Olga e o marido passaram no "Sossego" cerca de quinze dias. O marido, ao fim de uma semana, já parecia cansado. Os passeios não eram muitos. Em geral, os nossos lugarejos são de uma grande pobreza do

Encanecidos: brancos.

Tartufo: personagem de uma comédia de Molière (1622-1673), de mesmo nome. Designa pessoa hipócrita.

Incubou: guardou para si, não deixou ninguém perceber.

pitoresco; há um ou dois lugares célebres, assim como na Europa cada aldeia tem a sua curiosidade histórica.

Em Curuzu, o passeio afamado era o Carico, uma cachoeira distante duas léguas da casa de Quaresma, para as bandas das montanhas que lhe barravam o horizonte fronteiro. O doutor Campos já travara relações com o major e, graças a ele, houve cavalos e **silhão** que também permitissem à moça ir à cachoeira.

Foram de manhã, o presidente da Câmara, o doutor, sua mulher e a filha de Campos. O lugar não era feio. Uma pequena cachoeira, de uns quinze metros de altura, despenhava-se em três partes, pelo flanco da montanha abaixo. A água estremecia na queda, como que se enrodilhava e vinha pulverizar-se numa grande bacia de pedra, mugindo e roncando. Havia muita verdura e como que toda a cascata vivia sob uma abóbada de árvores. O sol coava-se dificilmente e vinha faiscar sobre a água ou sobre as pedras em pequenas manchas, redondas ou oblongas. Os periquitos, de um verde mais claro, pousados nos galhos eram como as incrustações daquele salão fantástico.

Olga pôde ver tudo isso bem à vontade, andando de um para outro lado, porque a filha do presidente era de um silêncio de túmulo e o pai desta tomava com o seu marido informações sobre novidades medicinais: Como se cura hoje erisipela? Ainda se usa muito o **tártaro emético**?

O que mais a impressionou no passeio foi a miséria geral, a falta de cultivo, a pobreza das casas, o ar triste, abatido da gente pobre. Educada na cidade, ela tinha dos roceiros ideia de que eram felizes, saudáveis e alegres. Havendo tanto barro, tanta água, por que as casas não eram de tijolos e não tinham telhas? Era sempre aquele sapê sinistro e aquele ***sopapo*** que deixava ver a trama de varas, como o esqueleto de um doente. Por que, ao redor dessas casas, não havia culturas, uma horta, um pomar? Não seria tão fácil, trabalho de horas? E não havia gado, nem grande nem pequeno. Era raro

Silhão: sela grande, com um só estribo, montada por mulheres vestidas de saia.

Tártaro emético: substância que provoca vômito.

A sopapo (ou de sopapo): diz-se das casas rebocadas com barro atirado com a mão.

uma cabra, um carneiro. Por quê? Mesmo nas fazendas, o espetáculo não era mais animador. Todas soturnas, baixas, quase sem o pomar olente e a horta suculenta. A não ser o café e um milharal, aqui e ali, ela não pôde ver outra lavoura, outra indústria agrícola. Não podia ser preguiça só ou indolência. Para o seu gasto, para uso próprio, o homem tem sempre energia para trabalhar. As populações mais acusadas de preguiça trabalhavam relativamente. Na África, na Índia, na Cochinchina, em toda parte, os casais, as famílias, as tribos plantam um pouco, algumas coisas para eles. Seria a terra? Que seria? E todas essas questões desafiavam a sua curiosidade, o seu desejo de saber, e também a sua piedade e simpatia por aqueles párias, maltrapilhos, mal alojados, talvez com fome, sorumbáticos!...*

Pensou em ser homem. Se o fosse, passaria ali e em outras localidades meses e anos, indagaria, observaria e com certeza havia de encontrar o motivo e o remédio. Aquilo era uma situação do camponês da Idade Média e começo da nossa: era o famoso animal **de La Bruyère**, que tinha face humana e voz articulada...

Como no dia seguinte fosse passear ao roçado do padrinho, aproveitou a ocasião para interrogar a respeito o tagarela Felizardo. A **faina** do roçado ia quase no fim; o grande trato da terra estava quase inteiramente limpo e subia um pouco em ladeira a colina que formava a lombada do sítio.

Olga encontrou o camarada cá embaixo, cortando a machado as madeiras mais grossas; Anastácio estava no alto, na orla do mato, juntando, a ancinho, as folhas caídas. Ele lhe falou.

— Bons dias, *sá dona.*

— Então trabalha-se muito, Felizardo?

— O que se pode.

— Estive ontem no Carico, bonito lugar... Onde é que você mora, Felizardo?

— É doutra banda, na estrada da vila.

— É grande o sítio de você?

*** Através de Olga nos chega a imagem real das condições de vida no lugar. Suas impressões se chocam com as de Quaresma, que insiste em idealizar a qualidade de vida daquele povo.**

Jean de La Bruyère (1645-1696): **escritor francês, autor de *Os caracteres*, obra em que descreve criticamente a sociedade de seu tempo.**

Faina: **trabalho exaustivo.**

— Tem alguma terra, sim senhora, *sá dona.*

— Você por que não planta para você?

— *Quá sá dona!* O que é que a gente come?

— O que plantar ou aquilo que a plantação der em dinheiro.

— *Sá dona tá* pensando uma coisa e a coisa é outra. Enquanto planta cresce, e então? *Quá, sá dona,* não é assim.

Deu uma machadada; o tronco escapou; colocou-o melhor no picador e, antes de desferir o machado, ainda disse:

— Terra não é nossa... E *frumiga*?... Nós não *tem* ferramenta... isso é bom para italiano ou *alamão*, que governo dá tudo... Governo não gosta de nós...

Desferiu o machado, firme, seguro; e o rugoso tronco se abriu em duas partes, quase iguais, de um claro amarelado, onde o cerne escuro começava a aparecer.

Ela voltou querendo afastar do espírito aquele desacordo que o camarada indicara, mas não pôde. Era certo. Pela primeira vez notava que o ***self-help*** do Governo era só para os nacionais; para os outros todos os auxílios e facilidades, não contando com a sua anterior educação e apoio dos patrícios*****.

E a terra não era dele? Mas de quem era, então, tanta terra abandonada que se encontrava por aí? Ela vira até fazendas fechadas, com as casas em ruínas... Por que esse **acaparamento**, esses latifúndios inúteis e improdutivos?

A fraqueza de atenção não lhe permitiu pensar mais no problema. Foi vindo para casa, tanto mais que era hora de jantar e a fome lhe chegava.

Encontrou o marido e o padrinho a conversar. Aquele perdera um pouco da sua ***morgue***; havia mesmo ocasião em que era até natural. Quando ela chegou, o padrinho exclamava:

— Adubos! É lá possível que um brasileiro tenha tal ideia! Pois se temos as terras mais férteis do mundo!

— Mas se esgotam, major — observou o doutor.

Self-help **(em inglês): salve-se quem puder.**

*** Criticam-se aqui as políticas de assentamento e de incentivo à importação de mão de obra para a agricultura. O Estado, interessado em promover o povoamento e substituir os trabalhadores escravos recém-libertos, atrai o imigrante pagando-lhe a passagem ou até dando-lhe terras devolutas. Desvaloriza-se assim o trabalhador nacional, sobretudo o ex-escravo, que não encontra muitas condições de se estabelecer e progredir na nova ordem.**

Acaparamento: acúmulo de mercadorias em grande quantidade, para subtraí-las ao mercado e revendê-las depois com lucros extorsivos.

Morgue **(em francês): altivez, orgulho.**

Dona Adelaide, calada, seguia com atenção o ***crochet*** que estava fazendo; Ricardo ouvia, com os olhos arregalados; e Olga intrometeu-se na conversa:

— Que zanga é essa, padrinho?

— É teu marido que quer convencer-me que as nossas terras precisam de adubos... Isto é até uma injúria!

— Pois fique certo, major, se eu fosse o senhor — aduziu o doutor —, ensaiava uns fosfatos...

— Decerto, major — obtemperou Ricardo. — Eu, quando comecei a tocar violão, não queria aprender música... Qual música! Qual nada! A inspiração basta!... Hoje vejo que é preciso... É assim — resumia ele.

Todos se entreolharam, exceto Quaresma, que logo disse com toda a força d'alma:

— Senhor doutor, o Brasil é o país mais fértil do mundo, é o mais bem-dotado e as suas terras não precisam *empréstimo* para dar sustento ao homem. Fique certo!

— Há mais férteis — avançou o doutor.

— Onde?

— Na Europa.

— Na Europa!

— Sim, na Europa. As terras negras da Rússia, por exemplo.

O major considerou o rapaz durante algum tempo e exclamou triunfante:

— O senhor não é patriota! Esses moços...

O jantar correu mais calmo. Ricardo fez ainda algumas considerações sobre o violão. À noite, o menestrel cantou a sua última produção: *Os lábios da Carola*. Suspeitava-se que Carola fosse uma criada do doutor Campos; mas ninguém aludiu a isso. Ouviram-no com interesse e ele foi muito aclamado. Olga tocou no velho piano de dona Adelaide; e, antes das onze horas, estavam todos recolhidos.

Quaresma chegou a seu quarto, despiu-se, enfiou a camisa de dormir e, deitado, pôs-se a ler um velho elogio das riquezas e opulências do Brasil.

Crochet **(em francês): crochê.**

A casa estava em silêncio; do lado de fora, não havia a mínima **bulha**. Os sapos tinham suspendido um instante a sua orquestra noturna. Quaresma lia; e lembrava-se que **Darwin** escutava com prazer esse concerto dos charcos. Tudo na nossa terra é extraordinário! pensou. Da despensa, que ficava junto a seu aposento, vinha um ruído estranho. Apurou o ouvido e prestou atenção. Os sapos recomeçaram o seu hino. Havia vozes baixas, outras mais altas e estridentes; uma se seguia à outra; num dado instante todas se juntaram num ***unisono*** sustentado. Suspenderam um instante a música. O major apurou o ouvido; o ruído continuara. Que era? Eram uns estalos tênues; parecia que quebravam gravetos, que deixavam outros cair no chão... Os sapos recomeçaram; o regente deu uma martelada e logo vieram os baixos e os tenores. Demoraram muito; Quaresma pôde ler umas cinco páginas. Os batráquios pararam; a bulha continuava. O major levantou-se, agarrou o castiçal e foi à dependência da casa donde partia o ruído, assim mesmo como estava, em camisa de dormir.

Abriu a porta; nada viu. Ia procurar nos cantos, quando sentiu uma ferroada no peito do pé. Quase gritou. Abaixou a vela para ver melhor e deu com uma enorme saúva agarrada com toda a fúria à sua pele magra. Descobriu a origem da bulha. Eram formigas que, por um buraco no assoalho, lhe tinham invadido a despensa e carregavam as suas reservas de milho e feijão, cujos recipientes tinham sido deixados abertos por inadvertência. O chão estava negro, e, carregadas com os grãos, elas, em pelotões cerrados, mergulhavam no solo em busca da sua cidade subterrânea.

Quis afugentá-las. Matou uma, duas, dez, vinte, cem; mas eram milhares e cada vez mais o exército aumentava. Veio uma, mordeu-o, depois outra, e o foram mordendo pelas pernas, pelos pés, subindo pelo seu corpo. Não pôde aguentar, gritou, sapateou e deixou a vela cair*****.

Bulha: ruído, barulho.

Darwin: quando passou pelo Rio de Janeiro, em sua viagem de estudos, o naturalista inglês Charles Darwin (1809-1882) teria feito esse comentário a respeito dos sapos.

Unisono **(em italiano): uníssono, a uma só voz.**

*** Esse episódio vem logo depois de Quaresma confirmar, pela leitura, sua crença nas "riquezas e opulências do Brasil". A sequência dos fatos soa como ironia ao patriotismo do major.**

Estava no escuro. Debatia-se para encontrar a porta; achou e correu daquele ínfimo inimigo que, talvez, nem mesmo à luz radiante do sol, o visse distintamente...

4. "PEÇO ENERGIA, SIGO JÁ"

Dona Adelaide, a irmã de Quaresma, tinha uns quatro anos mais que ele. Era uma bela velha, com um corpo médio, uma tez que começava a adquirir aquela **pátina** da grande velhice, uma espessa cabeleira já inteiramente amarelada e um olhar tranquilo, calmo e doce. Fria, sem imaginação, de inteligência lúcida e positiva, em tudo formava um grande contraste com o irmão; contudo, nunca houve entre eles uma separação profunda nem tampouco uma penetração perfeita. Ela não entendia nem procurava entender a substância do irmão, e sobre ele em nada reagia aquele ser metódico, ordenado e organizado, de ideias simples, médias e claras.

Ela já atingira aos cinquenta e ele para lá marchava; mas ambos tinham ar saudável, poucos **achaques**, e prometiam ainda muita vida. A existência calma, doce e regrada, que tinham levado até ali, concorrera muito para a boa saúde de ambos. Quaresma incubou as suas manias até depois dos quarenta e ela nunca tivera qualquer.

Para dona Adelaide, a vida era coisa simples, era viver, isto é, ter uma casa, jantar e almoço, vestuário, tudo modesto, médio. Não tinha ambições, paixões, desejos. Moça, não sonhara príncipes, belezas, triunfos, nem mesmo um marido. Se não casou foi porque não sentiu necessidade disso; o sexo não lhe pesava e de alma e corpo ela sempre se sentiu completa.

O seu aspecto tranquilo e o sossego dos seus olhos verdes, de um brilho lunar de esmeralda, emolduravam

Pátina: cor ou aparência que surge com a passagem do tempo.

Achaques: indisposições físicas.

e realçavam naquele interior familiar a agitação e a inquietude, o **alanceado** do irmão.

Não se vá supor que Quaresma andasse transtornado como um doido. Felizmente não. Na aparência até poder-se-ia imaginar que nada conturbava sua alma; porém, se mais vagarosamente se examinassem os seus hábitos, gestos e atitudes, logo se havia de ver que o sossego e a placidez não moravam no seu pensamento.

Ocasiões havia em que ficava a olhar, durante minutos seguidos, ao longe o horizonte, perdido em cisma; outras, isso quando no trabalho da roça, em que suspendia todos os movimentos, fincava o olhar no chão, demorava-se assim um instante, coçando uma mão com a outra, dava depois um muxoxo, continuava o trabalho; e mesmo momentos surgiam em que não reprimia uma exclamação ou uma frase.

Anastácio, em tais instantes, olhava por baixo dos olhos o patrão. O antigo escravo não os sabia mais fixar, e nada dizia; Felizardo continuava a contar a fuga da filha do Custódio com o Manduca da venda; e o trabalho marchava.

Inútil dizer que a irmã não fazia reparo nisso, mesmo porque, a não ser no jantar e nas primeiras horas do dia, eles viviam separados. Quaresma na roça, nas plantações, e ela superintendendo o serviço doméstico.

As outras pessoas de suas relações não podiam também notar as preocupações absorventes do major, pelo simples motivo de que estavam longe.

Ricardo havia seis meses que não lhe visitava e da afilhada e do compadre as últimas cartas que recebera datavam de uma semana, não vendo aquela há tanto tempo, quanto ao trovador, e aquele desde quase um ano, isto é, o tempo em que estava no "Sossego".

Durante esse tempo, Quaresma não cessou de se interessar pelo aproveitamento de suas terras. Os seus hábitos não foram mudados e a sua atividade continuava sempre a mesma. É verdade que deixara de parte os instrumentos de meteorologia.

Alanceado: amargura.

O higrômetro, o barômetro e os outros companheiros não eram mais consultados e as observações registradas num caderno. Dera-se mal com eles. Fosse inexperiência e ignorância das bases teóricas deles, fosse porque fosse, o certo é que toda a previsão que Quaresma fazia baseado em combinações dos seus dados, saía errada. Se esperava tempo seguro, lá vinha chuva; se esperava chuva, lá vinha seca.

Assim perdeu muita semente e Felizardo mesmo sorria dos seus aparelhos, com aquele grosso e cavernoso sorriso de troglodita:

— *Quá* patrão! Isso de chuva vem quando Deus *qué*.

O barômetro **aneroide** continuava a um canto a dançar o seu ponteiro sem ser percebido; o termômetro de máxima e mínima, legítimo **Casella**, jazia dependurado na varanda sem receber um olhar amigo; a caçamba do pluviômetro estava no galinheiro e servia de bebedouro às aves; só o anemômetro continuava teimosamente a rodar, a rodar, já sem fio, no alto do mastro, como se protestasse contra aquele desprezo pela ciência que Quaresma representava*****.

Quaresma vivia assim, sentindo que a campanha que lhe tinham movido, embora tendo deixado de ser pública, **lavrava** ocultamente. Havia no seu espírito e no seu caráter uma vontade de acabá-la de vez, mas como? Se não o acusavam, se não articulavam nada contra ele diretamente? Era um combate com sombras, com aparências, que seria ridículo aceitar.

De resto, a situação geral que o cercava, aquela miséria da população campestre que nunca suspeitara, aquele abandono de terras à improdutividade, encaminhavam sua alma de patriota meditativo a preocupações angustiosas.

Via o major com tristeza não existir naquela gente humilde sentimento de solidariedade, de apoio mútuo. Não se associavam para coisa alguma e viviam separados, isolados, em famílias geralmente irregulares, sem sentir a necessidade de união para o trabalho da terra. Entretanto,

Aneroide: aparelho que funciona sem o uso de líquidos.

Casella: é uma marca de aparelhos de medição, famosa no mundo todo.

*** Após um ano de trabalho, Quaresma vai sendo vencido pela natureza. Apesar dos instrumentos e conhecimento científico, ele não conseguiu tornar a terra significativamente produtiva.**

Lavrava: crescia.

tinham bem perto o exemplo dos portugueses que, unidos aos seis e mais, conseguiam em sociedade cultivar a arado roças de certa importância, lucrar e viver. Mesmo o velho costume do ***moitirão*** já se havia apagado*****.

Como remediar isso?

Quaresma desesperava...

A tal afirmação de falta de braços pareceu-lhe uma afirmação de má-fé ou estúpida, e estúpido ou de má-fé era o Governo que os andava importando aos milhares, sem se preocupar com os que já existiam. Era como se no campo em que pastavam mal meia dúzia de cabeças de gado, fossem introduzidas mais três, para aumentar o estrume!...

Pelo seu caso, ele via bem as dificuldades, os **óbices** de toda sorte que havia para fazer a terra produtiva e remunerada. Um fato veio mostrar-lhe com eloquência um dos aspectos da questão. Vencendo a erva-de-passarinho, os maus-tratos e o abandono de tantos anos, os abacateiros de suas terras conseguiram frutificar, fracamente é verdade, mas de forma superior às necessidades de sua casa.

A sua alegria foi grande. Pela primeira vez, ia passar-lhe pelas mãos dinheiro que lhe dava a terra, sempre mãe e sempre virgem. Tratou de vender, mas como? A quem? No lugar havia um ou outro que os queria comprar por preços ínfimos. Com decisão foi ao Rio procurar comprador. Andou de porta em porta. Não queriam, eram muitos. Ensinaram-lhe que procurasse um tal senhor Azevedo no mercado, o rei das frutas. Lá foi.

— Abacates! Ora! Tenho muitos... Estão muito baratos!

— Entretanto — disse Quaresma — ainda hoje indaguei em uma confeitaria e pediram-me pela dúzia cinco mil-réis.

— Em porção, o senhor sabe que... É isso... Enfim, se quer mande-os...

Depois, tilintou a pesada corrente de ouro, pôs uma das mãos na cava do colete e quase de costas para o major:

Moitirão: referência ao mutirão, trabalho coletivo em prol de melhorias para a comunidade.

*** Observe como a angústia de Quaresma se acentua: ele se desilude com as pessoas que não correspondem à imagem que fazia delas.**

Óbices: obstáculos.

— É preciso vê-los... O tamanho influi...

Quaresma os mandou e, quando lhe veio o dinheiro, teve a satisfação orgulhosa de quem acaba de ganhar uma grande batalha imortal. Acariciou uma por uma aquelas notas encardidas, leu-lhes bem o número e a estampa, arrumou-as todas uma ao lado da outra sobre uma mesa e muito tempo levou sem ânimo de trocá-las.

Para avaliar o lucro, descontou o frete, de estrada de ferro e carroça, o custo dos caixões, o salário dos auxiliares e, após esse cálculo que não era laborioso, teve a evidência de que ganhara mil e quinhentos réis, nem mais nem menos. O senhor Azevedo tinha-lhe pago pelo cento a quantia com que se compra uma dúzia*****.

Assim mesmo o seu orgulho não diminuiu e ele viu naquele ridículo lucro objeto para maior contentamento do que se recebesse um avultado ordenado.

Foi, portanto, com redobrada atividade que se pôs ao trabalho. Para o ano, o lucro seria maior. Tratava-se agora de limpar as **fruteiras**. Anastácio e Felizardo continuavam ocupados nas grandes plantações; contratou um outro empregado para ajudá-lo no tratamento das velhas árvores frutíferas.

Foi, pois, com o Mané Candeeiro que ele se pôs a serrar os galhos das árvores, os galhos mortos e aqueles em que a erva daninha segurava as suas raízes. Era árduo e difícil o trabalho. Tinham às vezes que subir às **grimpas** para a extirpação do galho atingido; os espinhos rasgavam as roupas e feriam as carnes; e em muitas ocasiões estiveram em risco de vir ao chão serrote e Quaresma ou o camarada.

Mané Candeeiro falava pouco, a não ser que se tratasse de coisas de caça; mas cantava que nem passarinho. Estava a serrar, estava a cantar trovas roceiras, ingênuas, onde com surpresa o major não via entrar a fauna, a flora locais, os costumes das profissões roceiras. Eram vaporosamente sensuais e muito ternas, melosas até; por acaso lá vinha uma em que um pássaro local entrava; então o major escutava:

*** Depois de se referir às dificuldades de produção, a narrativa focaliza as dificuldades de comercialização dos produtos agrícolas. Traça-se, assim, um painel das condições das pequenas propriedades, inviáveis economicamente.**

Fruteiras: árvores frutíferas.

Grimpas: topo das árvores.

Eu vou dar a despedida
Como deu o bacurau,
Uma perna no caminho
Outra no galho de pau.

Este bacurau que entrava aí satisfazia particularmente às aspirações de Quaresma. A observação popular já começava a interessar-se pelo espetáculo ambiente, já se emocionava com ele e a nossa raça deitava, portanto, raízes na grande terra que habitava. Ele a copiou e mandou ao velho poeta de São Cristóvão. Felizardo dizia que Mané Candeeiro era um mentiroso, pois todas aquelas caçadas de caititus, jacus, onças eram **patranhas**; mas, respeitava o seu talento poético, principalmente no desafio: "o moleque é bom!"

Ele era claro e tinha umas feições regulares, **cesarianas**, duras e fortes, um tanto amolecidas pelo sangue africano.

Quaresma procurou descobrir nele aquela odiosa **catadura** que Darwin achou nos mestiços; mas, sinceramente, não a encontrou.

Com o auxílio de Mané Candeeiro foi que Quaresma conseguiu acabar de limpar as fruteiras daquele velho sítio abandonado há quase dez anos. Quando o serviço ficou pronto, ele viu com tristeza aquelas velhas árvores amputadas, mutiladas, com folhas aqui e sem folhas ali... Pareciam sofrer e ele se lembrou das mãos que as tinham plantado há vinte ou trinta anos, escravos, talvez, **banzeiros** e desesperançados!...

Mas não tardou que os botões rebentassem e tudo reverdecesse, e o renascimento das árvores como que trouxe o contentamento das aves e do passaredo solto. De manhã, esvoaçavam os tiês vermelhos, com o seu pio pobre, espécie de ave tão inútil e tão bela de plumas que parece ter nascido para os chapéus das damas; as rolas pardas e caboclas em bando, **mariscando**, no chão capinado; pelo correr do dia, eram os sanhaçus a cantar nos galhos altos, os papa-capins, as nuvens de coleiros;

Patranhas: mentiras, lorotas.

Cesarianas: referência a César, famoso general romano.

Catadura: aparência.

Banzeiros: tristes, desanimados.

Mariscando: catando ou procurando o que comer.

e de tarde como que todos eles se reuniam, piando, cantando, chilreando, pelas altas mangueiras, pelos cajueiros, pelos abacateiros, entoando louvores ao trabalho tenaz e fecundo do velho major Quaresma.

Não durou muito essa alegria. Um inimigo apareceu inopinadamente, com a rapidez ousadíssima de um general consumado. Até ali ele se mostrara tímido, parecia que somente mandava esclarecedores.

Desde aquele ataque às provisões de Quaresma, logo afugentadas, não mais as formigas reapareceram; mas, naquela manhã, quando contemplou o seu milharal, foi como se lhe tirassem a alma, e ficou sem ação e as lágrimas lhe vieram aos olhos.

O milho que já tinha repontado, muito verde, pequenino, com uma timidez de criança, crescera cerca de meio palmo acima da terra; o major até mandara buscar o sulfato de cobre para a solução em que ia lavar a batata inglesa a plantar nos intervalos dos pés.

Toda a manhã, ele ia lá e já via o milharal crescido com o seu pendão branco e as suas espigas de coma cor de vinho, oscilando ao vento; naquela, ele não viu nada mais. Até os tenros **colmos** tinham sido cortados e levados para longe! "A modo que é obra de gente", disse Felizardo; entretanto, tinham sido as saúvas, os terríveis **himenópteros**, piratas ínfimos que lhe caíam em cima do trabalho com uma **rapacidade** turca... Era preciso combatê-los. Quaresma pôs-se logo em campo, descobriu as aberturas principais do formigueiro e em cada uma queimou o formicida mortal. Passaram-se dias; os inimigos pareciam derrotados; mas, certa noite, indo ao pomar para melhor apreciar a noite estrelada, Quaresma ouviu uma bulha esquisita, como se alguém esmagasse as folhas mortas das árvores... Um estalido... E era perto... Acendeu um fósforo e o que viu, meu Deus! Quase todas as laranjeiras estavam negras de imensas saúvas. Havia delas às centenas pelos troncos e pelos galhos acima e agitavam-se, moviam-se, andavam como em ruas transitadas e vigiadas a

Colmos: caules.

Himenópteros: insetos.

Rapacidade: voracidade. A alusão aos turcos revela a visão generalizada que havia sobre eles por causa das grandes ofensivas militares do seu exército ao longo dos séculos, visto como agressor voraz e impiedoso.

população de uma grande cidade: umas subiam, outras desciam; nada de atropelos, de confusão, de desordem. O trabalho como que era regulado a toques de corneta. Lá em cima umas cortavam as folhas pelo **pecíolo**; cá embaixo, outras serravam-nas em pedaços e afinal eram carregadas por terceiras, levantando-as acima da descomunal cabeça, em longas fileiras pelo trilho limpo, aberto entre a erva rasteira.

Houve um instante de desânimo na alma do major. Não tinha contado com aquele obstáculo nem o supusera tão forte. Agora via bem que era a uma sociedade inteligente, organizada, ousada e tenaz com quem se tinha de haver. Veio-lhe então à lembrança aquela frase de **Saint-Hilaire**: se nós não expulsássemos as formigas, elas nos expulsariam.

O major não estava lembrado ao certo se eram essas as palavras, mas o sentido era, e ficou admirado que só agora ela lhe ocorresse.

No dia seguinte, tinha recobrado o ânimo. Comprou ingredientes e ei-lo, mais o Mané Candeeiro, a abrir picadas, a fazer esforços de sagacidade, para descobrir os redutos centrais, as *panelas* dos insetos terríveis. Então era como se os bombardeassem; o sulfeto queimava, estourava em tiros seguidos, mortíferos, letais!

E daí em diante, foi uma batalha sem tréguas. Se aparecia uma abertura, um *olho*, logo se lhe aplicava o formicida, pois do contrário, nenhuma plantação era possível, tanto mais que extintos os das suas terras, não tardariam os formigueiros das vizinhanças ou dos logradouros públicos a deitar canículos para o seu terreno.

Era um suplício, um castigo, uma espécie de vigilância a **dique holandês**, e Quaresma viu bem que só uma autoridade central, um governo qualquer, ou um acordo entre os cultivadores, podia levar a efeito a extinção daquele flagelo, pior que a **saraiva**, que a geada, que a seca, sempre presente, inverno ou verão, outono ou primavera.

Pecíolo: talo.

Augustin François Prouvençal de Saint--Hilaire (1779-1853): naturalista francês que esteve no Brasil para estudar nossa natureza.

Dique holandês: os holandeses construíram diques para conseguir mais áreas de terras cultiváveis. Mas os diques precisam de vigilância constante, pois, se eles se rompem, provocam uma grande e destruidora inundação. Com essa alusão, o narrador enfatiza e ironiza a constante vigilância de Quaresma contra o ataque das formigas.

Saraiva: granizo.

Não obstante essa luta diária, o major não desanimou e pôde colher alguns produtos das plantações que tinha feito. Se por ocasião das frutas, a sua alegria foi grande, mais expressiva e mais profunda ela foi quando viu partir para a estação, em sucessivas carretas, as abóboras, os aipins, as batatas-doces, em cestos cobertos com sacos cosidos. Os frutos, em parte, eram de outras mãos; as árvores não tinham sido plantadas por ele; mas aquilo não, vinha do seu suor, da sua iniciativa, do seu trabalho!

Ele ainda foi ver aqueles cestos na estação, com a ternura de um pai que vê partir seu filho para a glória e para a vitória. Recebeu o dinheiro dias depois, contou-o e esteve deduzindo os lucros.

Não foi à roça nesse dia; o trabalho de guarda-livros roubou o de cultivador. A sua atenção, já um tanto gasta, não lhe favorecia a tarefa das cifras, e, só pelo meio-dia, pôde dizer à irmã:

— Sabes qual foi o lucro, Adelaide?

— Não. Menor do que o dos abacates?

— Um pouco mais.

— Então... Quanto?

— Dois mil, quinhentos e setenta réis — respondeu Quaresma, destacando sílaba por sílaba.

— O quê?

— Foi isso. Só de frete paguei cento e quarenta e dois mil e quinhentos.

Dona Adelaide esteve algum tempo com os olhos baixos, seguindo a costura que fazia, depois, levantando o olhar:

— Homem, Policarpo, o melhor é deixares isso... Tens gasto muito dinheiro... Só com as formigas!

— Ora, Adelaide! Pensas que quero fazer fortuna? Faço isso para dar exemplo, levantar a agricultura, aproveitar as nossas terras feracíssimas...

— É isto... Queres sempre ser a abelha-mestra... Já viste os grandes fazerem esses sacrifícios?... Vê lá se fazem! Histórias... Metem-se no café que tem todas as proteções...

— Mas, faço eu.

A irmã prestou mais atenção à costura, Policarpo levantou-se, foi até a janela que dava para o galinheiro. Fazia um dia fosco e irritante. Ele concertou o *pince-nez,* esteve olhando e de lá falou:

— Oh! Adelaide! Aquilo não é uma galinha morta?...

A velha senhora ergueu-se com a costura, foi até à janela e verificou com a vista:

— É... É já a segunda que morre hoje.

Após essa leve conversa, Quaresma voltou à sua sala de estudos. Meditava grandes reformas agrícolas. Mandara buscar catálogos e ia examiná-los. Tinha já em mente uma **charrua** dupla, um capinador mecânico, um semeador, um **destocador**, grades, tudo americano, de aço, dando o rendimento efetivo de vinte homens. Até então, não quisera essas inovações; as terras mais ricas do mundo não precisavam desses processos, que lhe pareciam artificiais, para produzir; estava, porém, agora disposto a empregá-los como experiência. Aos adubos, no entanto, o seu espírito resistia. Terra virada, dizia Felizardo, terra estrumada; parecia a Quaresma uma profanação estar a empregar nitratos, fosfatos ou mesmo estrume comum, numa terra brasileira... Uma injúria!

Quando se convencesse de que eram necessários, parecia-lhe que todo o seu sistema de ideias ia por terra e os móveis de sua vida desapareciam. Estava assim a escolher arados e outros *Planets, Bajacs* e *Brabants* de vários feitios, quando o seu pequeno copeiro lhe anunciou a visita do doutor Campos.

O edil entrou com a sua jovialidade, a sua mansidão e o seu grande corpo. Era alto e gordo, pançudo um pouco, tinha os olhos castanhos, quase à flor do rosto, uma testa média e reta; o nariz malfeito. Um tanto **trigueiro**, cabelos corridos e já grisalhos, era o que se chama por aí um caboclo, embora o seu bigode fosse crespo. Não nascera em Curuzu; era da Bahia ou de Sergipe; habitava, porém, o lugar há mais de vinte anos, onde casara e prosperara, graças ao dote da mulher e à sua atividade clínica. Com essa, não gastava grande energia mental: tendo de cor uma meia dúzia de receitas, ele, desde muito, conseguira enquadrar as moléstias locais no seu reduzido formulário.

Presidente da Câmara, era das pessoas mais consideráveis de Curuzu, e Quaresma o estimava particularmente pela sua familiaridade, pela sua afabilidade e simplicidade.

Charrua: arado grande.

Destocador: máquina ou aparelho para desenraizar tocos; arranca-tocos.

Trigueiro: moreno.

— Ora viva, major! Como vai isso por aí? Muita formiga? Lá em casa já não há mais.

Quaresma respondeu com menos entusiasmo e jovialidade, mas contente com a alegria comunicativa do doutor. Ele continuava a falar com desembaraço e naturalidade:

— Sabe o que me traz aqui, major? Não sabe, não é? Preciso de um pequeno obséquio seu.

O major não se espantou; simpatizava com o homem e abriu-se em oferecimentos.

— Como o major sabe...

Agora a sua voz era doce, flexível, sutil; as palavras caíam-lhe da boca adocicadas, dobravam-se, **coleavam-se**:

— Como o major sabe, as eleições se devem realizar por estes dias. A vitória é *nossa*. Todas as mesas estão conosco, exceto uma... Aí mesmo, se o major quiser...

— Mas, como? Se eu não sou eleitor, não me meto, nem quero meter-me em política? — perguntou Quaresma ingenuamente.

— Exatamente por isso — disse o doutor com voz forte; e em seguida brandamente: — A secção funciona na sua vizinhança, é ali, na escola, se...

— E daí?

— Tenho aqui uma carta do Neves, dirigida ao senhor. Se o major quer responder (é melhor já) que não houve eleição... Quer?

Quaresma olhou o doutor com firmeza, coçou um instante o cavanhaque e respondeu claramente, firmemente:

— Absolutamente não.

O doutor não se zangou. **Pôs mais unção** e maciez **na voz**, aduziu argumentos: que era para o partido, o único que pugnava pelo levantamento da lavoura. Quaresma foi inflexível; disse que não, que lhe eram absolutamente antipáticas tais disputas, que não tinha partido e mesmo que tivesse não iria afirmar uma coisa que ele não sabia ainda se era mentira ou verdade.

Coleavam-se: moviam--se sinuosamente, como fazem as cobras. Repare como, ao descrever a voz e o modo de falar do doutor Campos, o narrador evidencia o caráter interesseiro da conversa.

Pôs mais unção na voz: falou com uma voz ainda mais doce.

Campos não deu mostras de aborrecimento, conversou um pouco sobre coisas banais e despediu-se com o ar amável, com a jovialidade mais sua que era possível.

Isso se passou na terça-feira, naquele dia de luz fosca e irritante. À tarde houve trovoada, choveu muito. O tempo só levantou na quinta-feira, dia em que o major foi surpreendido com a visita de um sujeito com um uniforme velho e lamentável, portador de um papel oficial para ele, proprietário do "Sossego", conforme mesmo disse o tal homem fardado.

Em virtude das posturas e leis municipais, rezava o papel, o Senhor Policarpo Quaresma, proprietário do sítio "Sossego" era intimado, sob as penas das mesmas posturas e leis, a roçar e capinar as testadas do referido sítio que confrontavam com as vias públicas.

O major ficou um tempo pensando. Julgava impossível uma tal intimação. Seria mesmo? Brincadeira... Leu de novo o papel, viu a assinatura do doutor Campos. Era certo... Mas que absurda intimação esta de capinar e limpar estradas na extensão de mil e duzentos metros, pois seu sítio dava de frente para um caminho e de um dos lados acompanhava outro na extensão de oitocentos metros — era possível!?

A antiga **corveia**... Um absurdo! Antes confiscassem-lhe o sítio. Consultando a irmã, ela lhe aconselhou que falasse ao doutor Campos. Contou-lhe então Quaresma a conversa que tivera com ele dias antes.

— Mas és tolo, Policarpo. Foi ele mesmo...

A luz se lhe fez no pensamento... Aquela rede de leis, de posturas, de códigos e de preceitos, nas mãos desses regulotes, de tais caciques, se transformava em **potro**, em **polé**, em instrumento de suplícios para torturar os inimigos, oprimir as populações, crestar-lhes a iniciativa e a independência, abatendo-as e desmoralizando-as*.

Pelos seus olhos passaram num instante aquelas faces amareladas e chupadas que se encostavam nos portais das vendas preguiçosamente; viu também

Corveia: trabalho gratuito que, na Idade Média, os servos deviam prestar ao senhor feudal durante certo número de dias.

Potro: instrumento de tortura que consistia em uma espécie de cavalo de madeira.

Polé: antigo instrumento de suplício.

*** Quaresma cai em si ao perceber as manobras sujas dos políticos locais, indiferentes à pobreza da população. O autor critica aqui o procedimento dos homens públicos, em geral, que usavam o poder apenas em benefício próprio. Essas críticas sociais marcam a obra dos autores considerados pré-modernistas, como Monteiro Lobato, Euclides da Cunha e o próprio Lima Barreto.**

aquelas crianças maltrapilhas e sujas, d'olhos baixos, a esmolar disfarçadamente pelas estradas; viu aquelas terras abandonadas, improdutivas, entregues às ervas e insetos daninhos; viu ainda o desespero de Felizardo, homem bom, ativo e trabalhador, sem ânimo de plantar um grão de milho em casa e bebendo todo o dinheiro que lhe passava pelas mãos — este quadro passou-lhe pelos olhos com a rapidez e o brilho sinistro do relâmpago; e só se apagou de todo, quando teve que ler a carta que a sua afilhada lhe mandara.

Vinha viva e alegre. Contava pequenas histórias de sua vida, a viagem próxima do papai, à Europa, o desespero do marido no dia em que saiu sem anel, pedia notícia do padrinho, de dona Adelaide e, sem desrespeito, recomendava à irmã de Quaresma que tivesse muito cuidado com o manto de arminho da "Duquesa".

A "Duquesa" era uma grande pata branca, de penas alvas e macias ao olhar, que, pela lentidão e majestade do andar, com o pescoço alto e o passo firme, merecera de Olga esse apelido nobre. O animal tinha morrido havia dias. E que morte! Uma peste que lhe levara duas dúzias de patos, levara "Duquesa" também. Era uma espécie de paralisia que tomava as pernas, depois o resto do corpo. Três dias levou a agonizar. Deitada sobre o peito, lenta oscilação do pescoço em torno do bico, espantando as moscas que a importunavam na sua última hora.

Era de ver como aquela vida tão estranha à nossa, naquele instante penetrava em nós e sentíamos-lhe o sofrimento, a agonia e a dor.

O galinheiro ficou como uma aldeia devastada; a peste atacou galinhas, perus, patos; ora sobre uma forma, ora sobre outra, foi ceifando, matando, até reduzir a sua população a menos da metade.

E não havia quem soubesse curar. Numa terra, cujo governo tinha tantas escolas que produziam tantos sábios, não havia um só homem que pudesse reduzir, com as suas drogas ou receitas, aquele considerável prejuízo.*

*** Veja que o ensino, tão acadêmico, não oferecia as soluções técnicas aos problemas de um país essencialmente agrícola.**

Esses contratempos, essas contrariedades abateram muito o cultivador entusiástico dos primeiros meses; entretanto não passara pela mente de Quaresma abandonar os seus propósitos. Adquiriu compêndios de veterinária e até já tratava de comprar as máquinas agrícolas descritas nos catálogos.

Uma tarde, porém, estava à espera da junta de bois que encomendara para o trabalho do arado, quando lhe apareceu à porta um soldado de polícia com um papel oficial. Ele se lembrou da intimação municipal. Estava disposto a resistir, não se incomodou muito.

Recebeu o papel e leu. Não vinha mais da municipalidade, mas da coletoria, cujo escrivão, Antonino Dutra, conforme estava no papel, intimava o Senhor Policarpo Quaresma a pagar quinhentos mil-réis de multa, por ter enviado produtos de sua lavoura sem pagamento dos respectivos impostos.

Viu bem o que havia nisso de vingança mesquinha; mas o seu pensamento voou logo para as coisas gerais, levado pelo seu patriotismo profundo.

A quarenta quilômetros do Rio, pagavam-se impostos para se mandar ao mercado umas batatas? Depois de **Turgot**, da Revolução, ainda havia alfândegas interiores?

Como era possível fazer prosperar a agricultura com tantas barreiras e impostos? Se ao monopólio dos atravessadores do Rio se ajuntavam as **exações** do Estado, como era possível tirar da terra a remuneração consoladora?

E o quadro que já lhe passara pelos olhos, quando recebeu a intimação da municipalidade, voltou-lhe de novo, mais tétrico, mais sombrio, mais lúgubre; e anteviu a época em que aquela gente teria de comer sapo, cobras, animais mortos, como em França os camponeses, em tempos de grandes reis.

Quaresma veio a recordar-se do seu tupi, do seu *folklore*, das modinhas, das suas tentativas agrícolas — tudo isso lhe pareceu insignificante, pueril, infantil.

Anne Robert Jacques Turgot (1727-1781): economista francês. Empreendeu reformas liberais no campo econômico, suprimiu barreiras alfandegárias internas e tentou estabelecer a liberdade de comércio e de indústria pela supressão das corporações.

Exações: cobranças rigorosas.

Era preciso trabalhos maiores, mais profundos; tornava-se necessário refazer a administração. Imaginava um governo forte, respeitado, inteligente, removendo todos esses óbices, esses entraves, **Sully** e **Henrique IV** espalhando sábias leis agrárias, levantando o cultivador... Então sim! O celeiro surgiria e a pátria seria feliz*. Felizardo entregou-lhe o jornal que toda manhã mandava comprar à estação, e lhe disse:

— Seu patrão, amanhã não venho *trabaiá*.

— Por certo; é dia feriado... A Independência.

— Não é por isso.

— Por que então?

— Há *baruio* na Corte e dizem que vão *arrecrutá*. Vou pro mato... Nada!

— Que barulho?

— *Tá* nas *foias*, sim *sinhô*.

Abriu o jornal e logo deu com a notícia de que os navios da esquadra se **haviam insurgido** e intimado o presidente a sair do poder**. Lembrou-se das suas reflexões de instantes atrás: um governo forte, até a tirania... Medidas agrárias... Sully e Henrique IV...

Os seus olhos brilhavam de esperança. Despediu o empregado. Foi ao interior da casa, nada disse à irmã, tomou o chapéu, e dirigiu-se à estação.

Chegou ao telégrafo e escreveu:

"Marechal Floriano, Rio. Peço energia. Sigo já. — Quaresma".

5. TROVADOR

— Decerto, Albernaz, não é possível continuar assim... Então mete-se um sujeito num navio, **assesta** os canhões pra terra e diz: sai daí *seu* presidente; e o homem vai saindo?... Não! É preciso um exemplo...

Maximilien de Béthune, duque de Sully (1560-1641): ministro do rei Henrique IV. Administrou as finanças com espírito de poupança e protegeu a agricultura.

Henrique IV (1553-1610): rei da França entre 1589 e 1610.

*** Depois da frustração com o projeto agrícola, Quaresma começou a esboçar um plano político.**

Haviam insurgido: haviam se revoltado.

**** Referência à Revolta da Armada, de 1893, quando uma parte da Marinha se rebelou contra Floriano Peixoto, exigindo sua renúncia. O então presidente conseguiu apoio da população civil que identificava os rebeldes como defensores da monarquia.**

Assesta: aponta.

— Eu penso também da mesma maneira, Caldas. A República precisa ficar forte, consolidada... Esta terra necessita de governo que se faça respeitar... É incrível! Um país como este, tão rico, talvez o mais rico do mundo, é, no entanto, pobre, deve a todo mundo... Por quê? Por causa dos governos que temos tido que não têm prestígio, força... É por isso.

Vinham andando, à sombra das grandes e majestosas árvores do parque abandonado; ambos fardados e de espada. Albernaz, depois de um curto intervalo, continuou:

— Você viu o imperador, o Pedro II... Não havia jornaleco, pasquim por aí, que o não chamasse de *banana* e outras coisas... Saía no Carnaval... Um desrespeito sem nome! Que aconteceu? Foi-se como um intruso.

— E era um bom homem — observou o almirante. — Amava o seu país... Deodoro nunca soube o que fez.

Continuavam a andar. O almirante coçou um dos favoritos e Albernaz olhou um instante para todos os lados, acendeu o cigarro de palha e retomou a conversa:

— Morreu arrependido... Nem com a farda quis ir para a cova!... Aqui para nós que ninguém nos ouve: foi um ingrato; o imperador tinha feito tanto por toda a família, não acha?

— Não há dúvida nenhuma!... Albernaz, você quer saber de uma coisa: estávamos melhor naquele tempo, digam lá o que disserem...

— Quem diz o contrário? Havia mais moralidade... Onde está um Caxias? Um Rio Branco?

— E mais justiça mesmo — disse com firmeza o almirante. — O que eu sofri, não foi por causa do *velho*, foi a canalha... Demais, tudo barato...

— Eu não sei — disse Albernaz com particular acento — como há ainda quem se case... Anda tudo pela hora da morte!

Eles olharam um instante as velhas árvores da **Quinta Imperial**, por onde vinham atravessando. Nunca as tinham contemplado; e, agora, parecia-lhes que

Quinta Imperial: referência à area onde ficava o Palácio Imperial (1822-1889). Hoje é a Quinta da Boa Vista, um parque municipal.

jamais tinham pousado os olhos sobre árvores tão soberbas, tão belas, tão tranquilas e seguras de si, como aquelas que espalhavam sob os seus grandes ramos uma vasta sombra, deliciosa e macia*. Pareciam que **medravam** sentindo-se em terra própria, delas, da qual nunca sairiam desalojadas a machado, para edificação de casebres: e esse sentimento lhes havia dado muita força de vegetar e uma ampla vontade de se expandirem. O solo sobre o qual cresciam, era delas e agradeciam à terra estendendo muito os seus ramos, cerrando e tecendo a folhagem, para dar à boa mãe frescura e proteção contra a inclemência do sol.

As mangueiras eram as mais gratas; os ramos longos e cheios de folhas, quase beijavam o chão. As jaqueiras se espreguiçavam; os bambus se inclinavam, de um lado e outro da aleia, e cobriam a terra com uma **ogiva** verde.

O velho edifício imperial se erguia sobre a pequena colina. Eles lhe viam o fundo, aquela parte de construção mais antiga, **joanina**, com a torre do relógio um pouco afastada e separada do corpo do edifício.

Não era belo o palácio, não tinha mesmo nenhum traço de beleza, era até pobre e monótono. As janelas acanhadas daquela fachada velha, os andares de pequena altura impressionavam mal; todo ele, porém, tinha uma tal ou qual segurança de si, um ar de confiança pouco comum nas nossas habitações, uma certa dignidade, alguma coisa de quem se sente viver, não para um instante, mas para anos, para séculos. As palmeiras cercavam-no, eretas, firmes, com os seus grandes penachos verdes, muito altos, alongados para o céu...

Eram como que a guarda da antiga moradia imperial, guarda orgulhosa do seu mister e função.

Albernaz interrompeu o silêncio:

— Em que dará isto tudo, Caldas?

— Sei lá.

— O *homem* deve estar atrapalhado... Já tinha o Rio Grande**, agora o **Custódio**... hum!

*** As árvores aqui podem ser consideradas uma metáfora da monarquia. É possível perceber como viam os tempos monárquicos: seguros e tranquilos, diferentes daquele momento turbulento e instável da vida republicana.**

Medravam: cresciam.

Ogiva: arco.

Joanina: referência à época do rei D. João VI.

**** No Rio Grande do Sul surgira um outro foco de oposição ao governo de Floriano. Ali desencadeou-se a chamada Revolução Federalista, que se articulou com a Revolta da Armada, no Rio de Janeiro.**

Almirante Custódio José de Melo (1840--1902): liderou, ao lado do almirante Luís Filipe Saldanha da Gama, a Revolta da Armada.

— O poder é o poder, Albernaz.

Vinham andando em demanda à estação de São Cristóvão. Atravessaram o velho parque imperial transversalmente, desde o portão da Cancela até a linha da estrada de ferro. Era de manhã, e o dia estava límpido e fresco.

Caminhavam com pequenos passos seguros, mas sem pressa. Pouco antes de saírem da quinta, deram com um soldado a dormir numa moita. Albernaz teve vontade de acordá-lo: camarada! camarada! O soldado levantou-se **estremunhado**; e, dando com aqueles dois oficiais superiores, **concertou-se** rapidamente, fez a continência que lhes era devida e ficou com a mão no boné, um instante firme, mas logo bambeou.

— Abaixe a mão — fez o general. — Que faz você aqui?

Albernaz falou em tom ríspido e de comando. A **praça**, falando a medo, explicou que tinha estado de ronda ao litoral toda a noite. A força se recolhera aos quartéis; ele obtivera licença para ir em casa, mas o sono fora muito e descansava ali um pouco.

— Então como vão as coisas? — perguntou o general.

— Não sei, não *sinhô*.

— Os *homens* desistem ou não?

O general esteve um instante examinando o soldado. Era branco e tinha os cabelos alourados, de um louro sujo e degradado; as feições eram feias: malares salientes, testa óssea e todo ele anguloso e desconjuntado.

— Donde você é? — perguntou-lhe ainda Albernaz.

— Do Piauí, sim *sinhô*.

— Da capital?

— Do sertão, de Paranaguá, sim *sinhô*.

O almirante até ali não interrogara o soldado que continuava amedrontado, respondendo tropegamente. Caldas, para acalmá-lo, resolveu falar-lhe com doçura.

— Você não sabe, camarada, quais são os navios que *eles* têm?

Estremunhado: ainda meio tonto de sono.

Concertou-se: arrumou-se.

Praça: soldado raso, que não tem patente de oficial. Esse substantivo pode ser usado no masculino ou no feminino. Neste livro, o autor sempre usa no feminino – a praça. Atualmente, é mais comum no masculino.

— O *Aquidabã*... A *Luci*.

— A *Luci* não é navio.

— É verdade, sim *sinhô*. O *Aquidabã*... Um *bandão* deles, sim, *sinhô*.

O general interveio então. Falou-lhe com brandura, quase paternal, mudando o tratamento de você para tu, que parece mais doce e íntimo quando se fala aos inferiores:

— Bem, descansa, meu filho. É melhor ires para casa... Podem furtar-te o sabre e **estás na *inácia***.

Os dois generais continuaram o seu caminho e, em breve, estavam na plataforma da estação. A pequena estação tinha um razoável movimento. Um grande número de oficiais, ativos, reformados, honorários moravam-lhe nas cercanias e os editais chamavam todos a se apresentar às autoridades competentes. Albernaz e Caldas atravessaram a plataforma no meio de continências. O general era mais conhecido, em virtude de seu emprego; o almirante, não. Quando passavam, ouviam perguntar: "Quem é este almirante?" Caldas ficava contente e orgulhava-se um pouco do seu posto e do seu incógnito.

Havia uma única mulher na estação, uma moça. Albernaz olhou-a e lembrou-se um instante de sua filha Ismênia... Coitada!... Ficaria boa?

Aquelas manias? Onde iria parar? Vieram-lhe as lágrimas, mas ele as reteve com força.

Já a levara a uma meia dúzia de médicos e nenhum fazia parar aquele escapamento do juízo que parecia fugir aos poucos do cérebro da moça.

A bulha de um expresso, chocalhando ferragens com **estrépito**, apitando com fúria e deixando fumaça pesada pelos ares que rompia, afastou-o de pensar na filha. Passou o monstro, pejado de soldados, de uniformes, e os trilhos, depois de ter passado, ainda estremeciam.

Bustamante apareceu; morava nos arredores e vinha tomar o trem, para apresentar-se. Trazia o seu velho uniforme do Paraguai, talhado segundo os moldes dos

Estás na inácia: estás encrencado com o regulamento.

Estrépito: grande barulho.

guerreiros da Crimeia. A **barretina** era um tronco de cone que avançava para a frente; e, com aquela banda roxa e casaquinha curta, parecia ter saído, fugido, saltado de uma tela de **Vítor Meireles**.

— Então por aqui?... Que é isto? — indagou o honorário.

— Viemos pela quinta — disse o almirante.

— Nada, meus amigos, esses bondes andam muito perto do mar... Não me importa morrer, mas quero morrer combatendo: isso de morrer por aí, à toa, sem saber como, não vai comigo...

O general falara um pouco alto e os jovens oficiais que estavam próximo, olharam-no com mal disfarçada censura. Albernaz percebeu e ajuntou imediatamente:

— Conheço bem esse negócio de balas... Já vi muito fogo... Você sabe, Bustamante, que, em Curuzu...

— A coisa foi terrível — acrescentou Bustamante.

O trem atracava na estação. Veio chegando manso, vagaroso; a locomotiva, muito negra, bufando, suando gordurosamente, com a sua grande lanterna na frente, um olho de **ciclope**, avançava que nem uma aparição sobrenatural. Foi chegando; o comboio estremeceu todo e parou por fim.

Estava repleto, muitas fardas de oficiais; a avaliar por ali o Rio devia ter uma guarnição de cem mil homens. Os militares palravam alegres, e os civis vinham calados e abatidos, e mesmo apavorados. Se falavam, era cochichando, olhando com precaução para os bancos de trás.

A cidade andava **inçada** de secretas, *familiares* do Santo Ofício Republicano, e as delações eram moedas com que se obtinham postos e recompensas.

Bastava a mínima crítica, para se perder o emprego, a liberdade, quem sabe? a vida também. Ainda estávamos no começo da revolta, mas o regime já publicara o seu prólogo e todos estavam avisados. O chefe de polícia organizara a lista dos suspeitos. Não havia distinção de posição e talentos. Mereciam as mesmas

Barretina: barrete; cobertura para a cabeça usada por militares.

Vítor Meireles (1832--1903): famoso pintor brasileiro que fez dos temas históricos o motivo central de seus quadros — entre eles, destacam-se *Combate naval de Riachuelo*, *Passagem de Humaitá* e *A primeira missa no Brasil*. A alusão ao pintor enfatiza a ironia do narrador: o uniforme de Bustamante era tão antiquado que ele parecia sair das velhas telas de Vítor Meireles.

Ciclope: gigante mitológico que tinha um só olho, enorme, no meio da testa.

Inçada: cheia.

perseguições do governo um pobre contínuo e um influente senador; um **lente** e um simples empregado de escritório. Demais surgiam as vinganças mesquinhas, a revide de pequenas implicâncias... Todos mandavam; a autoridade estava em todas as mãos.

Em nome do Marechal Floriano, qualquer oficial, ou mesmo cidadão, sem função pública alguma, prendia e ai de quem caía na prisão; lá ficava esquecido, sofrendo angustiosos suplícios de uma imaginação **dominicana**. Os funcionários disputavam-se em bajulação, em servilismo... Era um terror, um terror baço, sem coragem, sangrento, às ocultas, sem grandeza, sem desculpa, sem razão e sem responsabilidades... Houve execuções; mas não houve nunca um **Fouquier-Tinville**.

Os militares estavam contentes, especialmente os pequenos, os alferes, os tenentes e os capitães. Para a maioria a satisfação vinha da convicção de que iam estender a sua autoridade sobre o pelotão e a companhia, a todo esse rebanho de civis; mas, em outros muitos havia sentimento mais puro, desinteresse e sinceridade. Eram os adeptos desse nefasto e hipócrita positivismo*, um pedantismo tirânico, limitado e estreito, que justificava todas as violências, todos os assassínios, todas as ferocidades em nome da manutenção da ordem, condição necessária, lá diz ele, ao progresso e também ao advento do regime normal, a religião da humanidade, a adoração do grão-fetiche, com fanhosas músicas de cornetins e versos detestáveis, o paraíso enfim, com inscrições em escritura fonética e eleitos calçados com sapatos de sola de borracha!...

Os positivistas discutiam e citavam teoremas de mecânica para justificar as suas ideias de governo, em tudo semelhantes aos **canatos** e **emirados** orientais.

A matemática do positivismo foi sempre um puro falatório que, naqueles tempos, amedrontava toda gente. Havia mesmo quem estivesse convencido que a matemática tinha sido feita e criada para o positivismo, como se a Bíblia tivesse sido criada unicamente para a

Lente: professor universitário.

Dominicana: os dominicanos tomaram parte ativa nas perseguições e torturas feitas pela Inquisição.

Antoine Quentin Fouquier-Tinville (1746-1795): magistrado e político francês. Acusador público no Tribunal Revolucionário, revelou-se impiedoso na época do Terror.

* Doutrina sistematizada por Auguste Comte (1798--1857), que procurava dar uma orientação científica ao pensamento filosófico, sendo criticada por Lima Barreto. Nessa passagem, ele ironiza o princípio positivista da frase "ordem e progresso", que acabou sendo incorporada à bandeira brasileira da era republicana.

Canatos (ou canados): governo de um cã, chefe oriental com poderes absolutos.

Emirados: estados muçulmanos governados por um soberano intitulado emir.

Igreja Católica e não também para a Anglicana. O prestígio dele era, portanto, enorme.

O trem correu, parou ainda em uma estação e foi ter à praça da República. O almirante, **cosido com as paredes**, seguiu para o Arsenal de Marinha; Albernaz e Bustamante entraram no Quartel-General. Penetraram no grande casarão, no meio do retinir de espadas, de toques de cornetas; o grande pátio estava cheio de soldados, bandeiras, canhões, feixes de **armas ensarilhadas**, baionetas reluzindo ao sol oblíquo...

No sobrado, nas proximidades do gabinete do ministro, havia um vaivém de fardas, dourados, fazendas multicores, uniformes de várias corporações e milícias, no meio dos quais os trajes escuros dos civis eram importunos como moscas. Misturavam-se oficiais da guarda nacional, da polícia, da armada, do exército, de bombeiros e de batalhões patrióticos que começavam a surgir.

Apresentaram-se e, depois de tê-lo feito ao ajudante general e ministro da Guerra, a um só tempo, ficaram a conversar nos corredores, com bastante prazer, pois que tinham encontrado o tenente Fontes e ambos gostavam de ouvi-lo.

O general porque já era noivo de sua filha Lalá, e Bustamante porque aprendia com ele alguma coisa de nomenclatura dos armamentos modernos.

Fontes estava indignado, todo ele era horror, maldição contra os **insurretos**, e propunha os piores castigos.

— Hão de ver o resultado... Piratas! Bandidos! Eu, no caso do marechal, se os pegasse... ai deles!

O tenente não era feroz nem mau, antes bom e até generoso, mas era positivista e tinha da sua República uma ideia religiosa e transcendente. Fazia repousar nela toda a felicidade humana e não admitia que a quisessem de outra forma que não aquela que imaginava boa. Fora daí não havia boa-fé, sinceridade; eram **heréticos** interesseiros, e, dominicano do seu **barrete frígio**, raivoso por não poder queimá-los em **autos de fé**,

Cosido com as paredes: andando bem rente às paredes.

Armas ensarilhadas: armas colocadas em armações de apoio.

Insurretos: amotinados.

Heréticos: hereges; pessoas que discordam das ideias aceitas pela maioria; esse termo é geralmente usado no sentido religioso.

Barrete frígio: barrete vermelho adotado pelos revolucionários durante a Revolução Francesa como símbolo da liberdade. Era um barrete semelhante aos usados pelos frígios, antigo povo da Ásia Menor.

Autos de fé: queima, na fogueira, de pessoas condenadas como hereges.

congesto, via passar por seus olhos uma série enorme de réus **confitentes**, **relapsos**, **contumazes**, falsos, simulados, **fictos** e **conflictos**, sem **samarra**, soltos por aí...

Albernaz não tinha tanta fúria contra os adversários. No fundo d'alma, ele os queria até, tinha amigos lá, e essas divergências nada significavam para a sua idade e experiência.

Depositava, entretanto, uma certa esperança na ação do marechal. Estando em apuros financeiros, não lhe dando o bastante a sua reforma e a gratificação de organizador do arquivo do Largo do Moura, esperava obter uma outra comissão, que lhe permitisse mais folgadamente adquirir o enxoval de Lalá.

O almirante, também, tinha grande confiança nos talentos guerreiros e de estadista de Floriano. A sua causa não ia lá muito bem. Perdera-a em primeira instância, estava gastando muito dinheiro... O governo precisava de oficiais de Marinha, quase todos estavam na revolta: talvez lhe dessem uma esquadra a comandar... É verdade que... Mas, que diabo! Se fosse um navio, então sim; mas uma esquadra a coisa não era difícil: bastava coragem para combater.

Bustamante cria com força na capacidade do general Peixoto, tanto assim que, para apoiá-lo e defender o seu governo, imaginava organizar um batalhão patriótico, de que já tinha o nome "Cruzeiro do Sul" e naturalmente seria o seu comandante, com todas as vantagens do posto de coronel*****.

Genelício, cuja atividade nada tinha de guerreira, esperava muito da energia e da decisão do governo de Floriano: esperava ser subdiretor e não podia um governo sério, honesto e enérgico fazer outra coisa, desde que quisesse pôr ordem na sua seção.

Essas secretas esperanças eram mais gerais do que se pode supor. Nós vivemos do governo e a revolta representava uma confusão nos empregos, nas honrarias e nas posições que o Estado espalha. Os suspeitos abririam vagas e as dedicações supririam os títulos

Congesto: vermelho de raiva.

Confitentes: confessos.

Relapsos: reincidentes na culpa ou no erro.

Contumazes: reincidentes.

Fictos: réus que não atinavam com a confissão correta, fingidos.

Conflictos: confessos.

Samarra: batina.

*** Albernaz, Caldas e Bustamante viam na rebelião chance de resolver problemas pessoais, e não interesse em defender uma causa. Fica assim evidente a estreiteza e a mediocridade deles.**

e habilitações para ocupá-las; além disso, o governo, precisando de simpatias e homens, tinha que nomear, espalhar, prodigalizar, inventar, criar e distribuir empregos, ordenados, promoções e gratificações.

O próprio doutor Armando Borges, o marido de Olga e sábio sereno e dedicado quando estudante, colocava na revolta a realização de risonhos anelos.

Médico e rico, pela fortuna da mulher, ele não andava satisfeito. A ambição de dinheiro e o desejo de nomeada **esporeavam-no**. Já era médico do Hospital Sírio, onde ia três vezes por semana e, em meia hora, via trinta e mais doentes. Chegava, o enfermeiro dava-lhe informações, o doutor ia, de cama em cama, perguntando: "Como vai?" "Vou melhor, seu doutor", respondia o sírio com voz gutural. Na seguinte, indagava: "Já está melhor?" E assim passava a visita; chegando ao gabinete, receitava: "Doente nº 1, repita a receita; doente 5... quem é?"... "É aquele barbado"... "Ahn!" E receitava*****.

Mas médico de um hospital particular não dá fama a ninguém: o indispensável é ser do governo, senão ele não passava de um simples prático. Queria ter um cargo oficial, médico, diretor ou mesmo lente da faculdade******.

E isso não era difícil, desde que arranjasse boas recomendações, pois já tinha certo nome, graças à sua atividade e fertilidade de recursos.

De quando em quando, publicava um folheto. *O cobreiro, etiologia, profilaxia e tratamento* ou *Contribuição para o estudo da sarna no Brasil*; e mandava o folheto, quarenta a sessenta páginas, aos jornais que se ocupavam dele duas ou três vezes por ano; o "**operoso** doutor Armando Borges, o ilustre clínico, o proficiente médico dos nossos hospitais", etc., etc.

Obtinha isso graças à precaução que tomara em estudante de se relacionar com os rapazes da imprensa.

Não contente com isso, escrevia artigos, estiradas compilações, em que não havia nada de próprio, mas ricos de citações em francês, inglês e alemão.

Esporeavam-no: excitavam-no, estimulavam-no.

*** Observe a crítica do narrador à falta de ética do doutor, que não se mostra nem um pouco interessado no estado dos doentes.**

**** Repare no prestígio de que gozava o servidor público. Convém lembrar que o Estado republicano tinha apenas quatro anos.**

Operoso: esforçado, trabalhador.

O lugar de lente é que o tentava mais; o concurso, porém, metia-lhe medo. Tinha elementos, estava bem relacionado e cotado na congregação, mas aquela história de **arguição** apavorava-o.

Não havia dia em que não comprasse livros, em francês, inglês e italiano; tomara até um professor de alemão, para entrar na ciência germânica; mas faltava-lhe energia para o estudo prolongado e a sua felicidade pessoal fizera evolar-se a pequena que tivera quando estudante.

A sala da frente do alto porão tinha sido transformada em biblioteca. As paredes estavam forradas de estantes que gemiam ao peso dos grandes tratados. À noite, ele abria as janelas das venezianas, acendia todos os bicos de gás e se punha à mesa, todo de branco com um livro aberto sob os olhos.

O sono não tardava a vir ao fim da quinta página... Isso era o diabo! Deu em procurar os livros da mulher. Eram romances franceses, Goncourt, Anatole France, Daudet, Maupassant*, que o faziam dormir da mesma maneira que os tratados. Ele não compreendia a grandeza daquelas análises, daquelas descrições, o interesse e o valor delas, revelando a todos, à sociedade, a vida, os sentimentos, as dores daqueles personagens, um mundo! O seu pedantismo, a sua falsa ciência e a pobreza de sua instrução geral faziam-no ver, naquilo tudo, brinquedos, passatempos, falatórios, tanto mais que ele dormia à leitura de tais livros.

Precisava, porém, iludir-se, a si mesmo e à mulher. De resto, da rua, viam-no e se dessem com ele a dormir sobre os livros?!... Tratou de encomendar algumas novelas de Paul de Kock em lombadas com títulos trocados e afastou o sono**.

A sua clínica, entretanto, prosperava. De comandita com o tutor, chegou a ganhar uns seis contos, tratando de um febrão de uma órfã rica***.

Desde muito que a mulher lhe entrara na sua simulação de inteligência, mas aquela manobra indecorosa,

Arguição: exame oral.

*** Os escritores citados são grandes nomes da literatura francesa.**

**** O doutor Armando não conseguia ler literatura de qualidade. Charles Paul de Kock (1794-1871) foi um escritor francês de leitura fácil. Por não dar prestígio a ninguém, Armando trocava os títulos na lombada para parecer erudito. Essa informação desmitifica a aura de sábio do doutor.**

***** O doutor era um profissional sem ética. "De comandita" com o tutor, isto é, de combinação com o responsável pelos bens de uma órfã rica, tirou dela um bom dinheiro pelo tratamento de um febrão.**

indignou-a. Que necessidade tinha ele disso? Não era já rico? Não era moço? Não tinha o privilégio de um título universitário? Tal ato apareceu à moça mais vil, mais baixo, que a **usura de um judeu**, que o aluguel de uma pena...

Não foi desprezo, nojo que ela teve pelo marido; foi um sentimento mais calmo, menos ativo; desinteressou-se dele, destacou-se de sua pessoa. Ela sentiu que tinham cortado todos os laços de afeição, de simpatia, que prendiam ambos, toda a ligação moral enfim.

Mesmo quando noiva, verificara que aquelas coisas de amor ao estudo, de interesse pela ciência, de ambições de descobertas, nele, eram superficiais, estavam à flor da pele; mas desculpou. Muitas vezes nós nos enganamos sobre as nossas próprias forças e capacidades; sonhamos ser Shakespeare e saímos **Mal das Vinhas**. Era perdoável, mas charlatão*****? Era demais!

Passou-lhe um pensamento mau, mas de que valeria essa quase indignidade?... Todos os homens deviam ser iguais; era inútil mudar deste para aquele...******

Quando chegou a esta conclusão, sentiu um grande alívio, e a sua fisionomia se iluminou de novo como se já estivesse de todo passada a nuvem que empanava o sol dos seus olhos.

Naquela carreira atropelada para o nome fácil, ele não deu pelas modificações da mulher. Ela dissimulava os seus sentimentos, mais por dignidade e delicadeza, que mesmo por qualquer outro motivo; e a ele faltavam a sagacidade e finura necessárias para descobri-los sob o seu esconderijo.

Continuavam a viver como se nada houvesse, mas quanto estavam longe um do outro!...

A revolta veio encontrá-los assim; e o doutor, desde três dias, pois há tanto ela rebentara, meditava a sua ascensão social e monetária.

O sogro suspendera a viagem à Europa, e, naquela manhã, após o almoço, conforme o seu hábito, lia recostado numa cadeira de viagem os jornais do dia. O genro vestia-se e a filha ocupava-se com sua correspondência,

Usura de um judeu: lucro ilegal obtido pelos altos juros cobrados num empréstimo. Aqui, o narrador revela um preconceito comum na época, que era atribuir aos judeus em geral essa prática ilícita.

Mal das Vinhas: alusão a um antigo curandeiro.

*** Nesse parágrafo, o narrador nos revela as reflexões de Olga sobre o marido. Ela até perdoava seus conhecimentos superficiais e sua falta de talento, mas não aceitava que ele fosse um charlatão, alguém que explorava a boa-fé das pessoas, fingindo ser um bom profissional.**

**** Olga pensa aqui em arrumar um amante, mas logo desiste por achar os homens, em geral, tão medíocres e desonestos quanto Armando. Toda essa cena marca seu rompimento íntimo com o marido.**

escrevendo à cabeceira da mesa de jantar. Ela tinha um gabinete, com todo o luxo, livros, **secretária**, estantes, mas gostava, pela manhã, de escrever ali, ao lado do pai. A sala lhe parecia mais clara, a vista para a montanha, feia e esmagadora, dava mais seriedade ao pensamento e a vastidão da sala mais liberdade no escrever.

Ela escrevia e o pai lia; num dado momento ele disse:

— Sabes quem vem aí, minha filha?

— Quem é?

— Teu padrinho. Telegrafou ao Floriano, dizendo que vinha... Está aqui, n'*O País*.

A moça adivinhou logo o motivo, o modo de agir e reagir do fato sobre as ideias e sentimentos de Quaresma. Quis desaprovar, censurar; sentiu-o, porém, tão coerente com ele mesmo, tão de acordo com a substância da vida que ele mesmo fabricara, que se limitou a sorrir complacente:

— O padrinho...

— Está doido — disse Coleoni. — *Per la madonna!* Pois um homem que está quieto, sossegado, vem meter-se nesta **barafunda**, neste inferno...

O doutor voltara já inteiramente vestido, com a sobrecasaca fúnebre e a cartola reluzente na mão. Vinha irradiante e o seu rosto redondo reluzia, exceto onde o grande bigode punha sombras. Ainda ouviu as últimas palavras do sogro, pronunciadas com aquele seu português rouco:

— Que há? — perguntou ele.

Coleoni explicou e repetiu os comentários que já fizera:

— Mas não há tal — disse o doutor. — É o dever de todo patriota... Que tem a idade? Quarenta e poucos anos, não é lá velho... Pode ainda bater-se pela República...

— Mas não tem interesse nisso — objetou o velho.

— E há de ser só quem tem interesse que se deve bater pela República? — interrogou o doutor.

A moça que acabava de ler a carta que tinha escrito, mesmo sem levantar a cabeça, disse:

— Decerto.

Secretária: mesa de escritório.

Barafunda: confusão.

— E vem você com as suas teorias, filhinha. O patriotismo não está na barriga...

E sorriu com um falso sorriso que o brilho morto dos seus dentes postiços mais falsificava*.

— Mas vocês só falam em patriotismo? E os outros? É monopólio de vocês o patriotismo? — fez Olga.

— Decerto. Se eles fossem patriotas não estariam a despejar balas para a cidade, a entorpecer, a desmoralizar a ação da autoridade constituída.

— Deviam continuar a presenciar as prisões, as deportações, os fuzilamentos, toda a série de violências que se vêm cometendo, aqui e no Sul?

— Você, no fundo, é uma revoltosa — disse o doutor, fechando a discussão.

Ela não deixava de ser. A simpatia dos desinteressados, da população inteira era pelos **insurgentes**. Não só isso sempre acontece em toda parte, como particularmente, no Brasil, devido a múltiplos fatores, há de ser assim normalmente.

Os governos, com os seus inevitáveis processos de violência e hipocrisias, ficam alheados da simpatia dos que acreditam nele; e demais, esquecidos de sua vital impotência e inutilidade, levam a prometer o que não podem fazer, de forma a criar desesperados, que pedem sempre mudanças e mudanças.

Não era, pois, de admirar que a moça tendesse para os revoltosos; e Coleoni, estrangeiro e conhecendo, graças à sua vida, as nossas autoridades, calasse as suas simpatias num mutismo prudente.

— Não me vá comprometer, hein Olga?

Ela se tinha levantado para acompanhar o marido. Parou um pouco, deitou-lhe o seu grande olhar luminoso, e com os finos lábios um pouco franzidos:

— Você sabe bem que eu não te comprometo.

O doutor desceu a escada da varanda, atravessou o jardim e ainda do portão disse adeus à mulher, que lhe seguia a saída, debruçada na varanda, conforme o ritual dos bem ou mal casados.

*** O narrador, ao insistir na crítica a Armando, faz dele uma quase caricatura da falsidade, da mediocridade.**

Insurgentes: **revoltosos.**

Por esse tempo, Coração dos Outros sonhava desligado das contingências terrenas.

Ricardo vivia ainda na sua casa de cômodos dos subúrbios, cuja vista ia de Todos os Santos à Piedade, abrangendo um grande trato de área edificada, um panorama de casas e árvores.

Já não se falava mais no seu rival e a sua mágoa tinha assentado.

Por esses dias o seu triunfo desfilava sem contestação. Toda a cidade o tinha na consideração devida e ele quase se julgava ao termo da sua carreira. Faltava o **assentimento** de Botafogo, mas estava certo de obter.

Já publicara mais de um volume de canções; e agora pensava em publicar mais outro.

Há dias vivia em casa, pouco saindo, organizando o seu livro. Passava confinado no seu quarto, almoçando café, que ele mesmo fazia, e pão, indo à tarde jantar a uma **tasca** próximo à estação.

Notara que sempre que chegava, os carroceiros e trabalhadores, que jantavam nas mesas sujas, abaixavam a voz e olhavam-no desconfiados; mas não deu importância...

Apesar de popular no lugar, não encontrara pessoa alguma conhecida durante os três últimos dias; ele mesmo evitava falar e, em sua casa, limitava-se ao "bom dia" e à "boa tarde" trocados com os vizinhos.

Gostava de passar assim dias, metido em si mesmo e ouvindo o seu coração. Não lia jornais para não distrair a atenção do seu trabalho. Vivia a pensar nas suas modinhas e no seu livro que havia de ser mais uma vitória para ele e para o violão **estremecido**.

Naquela tarde estava sentado à mesa, corrigindo um dos seus trabalhos, um dos últimos, aquele que compusera no sítio de Quaresma — *Os lábios de Carola*.

Primeiro, leu toda a produção, cantarolando; voltou a lê-la, agarrou o violão para melhor apanhar o efeito e empacou nestes:

Assentimento: aprovação. Isto é, faltava só fazer sucesso no bairro dos ricos, Botafogo.

Tasca: estabelecimento modesto que vende refeições.

Estremecido: querido.

É mais bela que Helena e Margarida,
Quando sorri meneando a ventarola.
Só se encontra a ilusão que adoça a vida
Nos lábios de Carola.

Nisto ouviu um tiro, depois outro, outro... Que diabo?, pensou. Hão de ser salvas a algum navio estrangeiro. **Repinicou** o violão e continuou a cantar os lábios de Carola, onde encontrava a ilusão que adoça a vida...*

Repinicou: tornou a tocar.

*** É interessante como o narrador finaliza a segunda parte do livro: o alheamento de Ricardo contrasta com a situação tumultuada das outras personagens, absorvidas pelas questões políticas.**

TERCEIRA PARTE

1. PATRIOTAS

Havia mais de uma hora que ele estava ali, num grande salão do palácio, vendo o marechal, mas sem lhe poder falar. Quase não se encontravam dificuldades para se chegar à sua presença, mas falar-lhe, a coisa não era tão fácil.

O palácio tinha um ar de intimidade, de quase relaxamento, representativo e eloquente. Não era raro ver-se pelos divãs, em outras salas, ajudantes de ordens, ordenanças, contínuos, cochilando, meio deitados e desabotoados. Tudo nele era desleixo e moleza. Os cantos dos tetos tinham teias de aranha; dos tapetes, quando pisados com mais força, subia uma poeira de rua mal varrida*.

Quaresma não pudera vir logo, como anunciara no telegrama. Fora preciso pôr em ordem os seus negócios, arranjar quem fizesse companhia à irmã. Fizera dona Adelaide mil objeções à sua partida; mostrara-lhe os riscos da luta, da guerra, incompatíveis com a sua idade e superiores à sua força; ele, porém, não se deixara abater, fizera pé firme, pois sentia, indispensável, necessário que toda a sua vontade, que toda a sua inteligência, que tudo o que ele tinha de vida e atividade fosse posto à disposição do governo, para então!... Oh!**

Aproveitara os dias até para redigir um memorial que ia entregar a Floriano. Nele expunham-se as medidas necessárias para o levantamento da agricultura e mostravam-se todos os entraves, oriundos da grande propriedade, das exações fiscais, da carestia de fretes, da estreiteza dos mercados e das violências políticas.

*** Para descrever o palácio, o narrador escolhe detalhes que põem em relevo características bastante negativas: a sujeira e o desleixo. A descrição prepara o leitor para o "encontro" com Floriano Peixoto. O que se pode esperar desse "encontro"?**

**** A exclamação sugere a convicção de Quaresma na grandeza e importância de sua colaboração, mas também ironiza, pelo exagero da pontuação, os propósitos ingênuos do major.**

O major apertava o manuscrito na mão e lembrava-se da sua casa, lá longe, no canto daquela planície feia, olhando, no poente, as montanhas que se alongavam, se afilavam nos dias claros e transparentes; lembrava-se de sua irmã, dos seus olhos verdes e plácidos que o viram partir com uma impassibilidade que não era natural; mas do que se lembrava mais, naquele momento, era do Anastácio, o seu preto velho, do seu longo olhar, não mais com aquela ternura passiva de animal doméstico, mas cheio de assombro, de espanto e piedade, rolando muito nas órbitas as escleróticas muito brancas, quando o viu penetrar no vagão da estrada de ferro. Parecia que farejava desgraça... Não lhe era comum tal atitude e como que a tomava por ter descoberto nas coisas sinais de dolorosos acontecimentos a vir... Ora!...*

Ficara Quaresma a um canto vendo entrar um e outro, à espera que o presidente o chamasse. Era cedo, pouco devia faltar para o meio-dia, e Floriano tinha ainda, como sinal do almoço, o palito na boca.

Falou em primeiro lugar a uma comissão de senhoras que vinham oferecer o seu braço e o seu sangue em defesa das instituições e da pátria. A oradora era uma mulher baixa, de busto curto, gorda, com grandes seios altos e falava agitando o leque fechado na mão direita.

Não se podia dizer bem qual a sua cor, sua raça, ao menos; andavam tantas nela que uma escondia a outra, furtando toda ela a uma classificação honesta.

Enquanto falava, a mulherzinha deitava sobre o marechal os grandes olhos que despediam **chispas**. Floriano parecia incomodado com aquele chamejar; era como se temesse derreter-se ao calor daquele olhar que queimava mais sedução que patriotismo. Fugia encará-la, abaixava o rosto como um adolescente, batia com os dedos na mesa...

Quando lhe chegou a vez de falar, levantou um pouco o rosto, mas sem encarar a mulher, e, com um grosso e difícil sorriso de roceiro, declinou da oferta, visto a República ainda dispor de bastante força para vencer.

*** A reação de Anastácio indica os seus maus pressentimentos sobre o que pode acontecer a Quaresma.**

Chispas: faíscas.

A última frase, ele a disse com mais vagar e quase ironicamente. As damas despediram-se; o marechal girou o olhar em torno do salão e deu com Quaresma:

— Então, Quaresma? — fez ele familiarmente.

O major ia aproximar-se, mas logo estacou no lugar em que estava. Uma **chusma** de oficiais subalternos e cadetes cercou o ditador e a sua atenção convergiu para eles. Não se ouvia o que diziam. Falavam ao ouvido de Floriano, cochichavam, batiam-lhe nas espáduas. O marechal quase não falava: movia com a cabeça ou pronunciava um monossílabo, coisa que Quaresma percebia pela articulação dos lábios.

Começaram a sair. Apertavam a mão do ditador e, um deles, mais jovial, mais familiar, ao despedir-se, apertou-lhe com força a mão mole, bateu-lhe no ombro com intimidade, e disse alto e com ênfase:

— Energia, marechal!

Aquilo tudo parecia tão natural, normal, tendo entrado no novo cerimonial da República, que ninguém, nem o próprio Floriano, teve a mínima surpresa, ao contrário alguns até sorriam alegres por ver **o califa, o cã, o emir**, transmitir um pouco do que tinha de sagrado ao subalterno **desabusado**. Não se foram todos imediatamente. Um deles demorou-se mais a segredar coisas à suprema autoridade do país. Era um cadete da Escola Militar, com a sua farda azul-turquesa, **talim** e sabre de **praça de pré**.

Os cadetes da Escola Militar formavam a **falange** sagrada.

Tinham todos os privilégios e todos os direitos; precediam ministros nas entrevistas com o ditador e abusavam dessa situação de esteio do **Sila**, para oprimir e vexar a cidade inteira*.

Uns trapos de positivismo se tinham colado naquelas inteligências e uma religiosidade especial brotara-lhes no sentimento, transformando a autoridade, especialmente Floriano e vagamente a República, em artigo de fé, em feitiço, em ídolo mexicano, em cujo altar todas

Chusma: grande grupo.

O califa, o cã, o emir: designações de chefes orientais de poderes absolutos. Observe, nesse parágrafo, a crítica do narrador ao comportamento complacente do presidente Floriano.

Desabusado: atrevido, desrespeitoso.

Talim: correia a tiracolo da qual pende a espada.

Praça de pré: militar sem graduação.

Falange: tropa.

Lucio Cornelio Sila (138-78 a.C.): general e político romano que estabeleceu uma rígida ditadura em Roma.

*** Mais um comentário direto e crítico do narrador contra a violência e o autoritarismo dos que apoiavam o presidente.**

as violências e crimes eram **oblatas** dignas e oferendas úteis para a sua satisfação e eternidade.

O cadete lá estava...

Quaresma pôde então ver melhor a fisionomia do homem que ia enfeixar em suas mãos, durante quase um ano, tão fortes poderes, poderes de imperador romano, pairando sobre tudo, limitando tudo, sem encontrar obstáculo algum aos seus caprichos, às suas fraquezas e vontades, nem nas leis, nem nos costumes, nem na piedade universal e humana.

Era vulgar e desoladora. O bigode caído; o lábio inferior pendente e mole a que se agarrava uma grande ***mosca***; os traços flácidos e grosseiros; não havia nem o desenho do queixo ou olhar que fosse próprio, que revelasse algum dote superior. Era um olhar mortiço, redondo, pobre de expressões, a não ser de tristeza que não lhe era individual, mas nativa, de raça; e todo ele era gelatinoso — parecia não ter nervos.

Não quis o major ver em tais sinais nada que lhe denotasse o caráter, a inteligência e o temperamento. Essas coisas não **vogam**, disse ele de si para si.

O seu entusiasmo por aquele ídolo político era forte, sincero e desinteressado. Tinha-o na conta de enérgico, de fino e supervidente, tenaz e conhecedor das necessidades do país, manhoso talvez um pouco, uma espécie de **Luís XI** forrado de um **Bismarck**. Entretanto, não era assim. Com uma ausência total de qualidades intelectuais, havia no caráter do Marechal Floriano uma qualidade predominante: **tibieza de ânimo**, e no seu temperamento, muita preguiça. Não a preguiça comum, essa preguiça de nós todos; era uma preguiça mórbida, como que uma pobreza de irrigação nervosa, provinda de uma insuficiente quantidade de fluido no seu organismo. Pelos lugares que passou, tornou-se notável pela indolência e desamor às obrigações dos seus cargos.

Quando diretor do arsenal de Pernambuco, nem energia tinha para assinar o expediente respectivo; e durante o tempo em que foi ministro da Guerra,

Oblatas: ofertas religiosas feitas a Deus ou aos santos.

Mosca: pequeno tufo de pelos isolados da barba que alguns homens deixam crescer sob o lábio inferior.

Vogam: importam.

Luís XI (1423-1483): rei da França que governou de forma tirânica e cruel, fortalecendo o poder central.

Otto von Bismarck (1815-1898): estadista prussiano que liderou o processo de unificação da Alemanha em 1871.

Tibieza de ânimo: fraqueza de ânimo, isto é, pessoa sem energia, sem fibra.

passava meses e meses sem lá ir, deixando tudo por assinar, pelo que *legou* ao seu substituto um trabalho avultadíssimo.

Quem conhece a atividade papeleira de um Colbert, de um Napoleão, de um Felipe II, de um Guilherme I, da Alemanha, em geral de todos os grandes homens de Estado, não compreende o descaso florianesco pela expedição de ordens, explicações aos subalternos, de suas vontades, de suas vistas*. Certamente necessárias deviam ser tais transmissões para que o seu senso superior se fizesse sentir e influísse na marcha das coisas governamentais e administrativas.

Dessa sua preguiça de pensar e de agir, vinha o seu mutismo, os seus misteriosos monossílabos, levados à altura de **ditos sibilinos**, as famosas *encruzilhadas dos talvezes*, que tanto reagiram sobre a inteligência e imaginação nacionais, mendigas de heróis e grandes homens.

Essa doentia preguiça, fazia-o andar de chinelos e deu-lhe aquele aspecto de calma superior, calma de grande homem de Estado ou de guerreiro extraordinário.

Toda a gente ainda se lembra como foram os seus primeiros meses de governo. A braços com o levante de presos, praças e inferiores da fortaleza de Santa Cruz, tendo mandado fazer um inquérito, abafou-o com medo que as pessoas indicadas como instigadoras não fizessem outra **sedição**, e, não contente com isso, deu a essas pessoas as melhores e mais altas recompensas**.

Demais, ninguém pode admitir um homem forte, um César, um Napoleão, que permita aos subalternos aquelas intimidades deprimentes e tenha com eles as condescendências que ele tinha, consentindo que o seu nome servisse de **lábaro** para uma vasta série de crimes de toda espécie.

Uma recordação basta. Sabe-se bem sob que atmosfera de má vontade Napoleão assumiu o comando do exército da Itália. **Augereau**, que o chamava *general*

* Autoritário, mas frouxo, sem energia ou força de caráter, suscetível a bajulações: esse retrato de Floriano desmitifica a imagem do "Marechal de Ferro", como era conhecido. A comparação com grandes estadistas europeus diminui ainda mais sua figura como governante.

Ditos sibilinos: palavras proféticas, enigmáticas. O narrador, irônico, comenta que a economia de palavras do presidente devia-se, na verdade, à sua preguiça de pensar e agir, não sendo sinal de sabedoria ou inteligência, como muitos pensavam.

Sedição: revolta.

** As informações desse parágrafo correspondem a fatos reais.

Lábaro: bandeira, isto é, de apoio, cobertura.

Augereau (1757-1816): marechal francês na época de Napoleão.

de rua, disse a alguém, após lhe ter falado: "O homem meteu-me medo"; e o **corso** estava senhor do exército, sem batidelas no ombro, sem delegar tácita ou explicitamente a sua autoridade a subalternos irresponsáveis.

De resto, a lentidão com que sufocou a **revolta de 6 de setembro** mostra bem a incerteza, a vacilação de vontade de um homem que dispunha daqueles extraordinários recursos que estavam às suas ordens.

Há uma outra face do Marechal Floriano que muito explica os seus movimentos, atos e gestos. Era o seu amor à família, um amor entranhado, alguma coisa de patriarcal, de antigo que já se vai esvaindo com a marcha da civilização.

Em virtude de insucessos na exploração agrícola de duas das suas propriedades, a sua situação particular era precária, e não queria morrer sem deixar à família as suas propriedades agrícolas desoneradas do peso das dívidas.

Honesto e **probo** como era, a única esperança que lhe restava repousava nas economias sobre os seus ordenados. Daí lhe veio essa **dubiedade**, esse jogo com pau de dois bicos, jogo indispensável para conservar os rendosos lugares que teve e o fez **atarraxar-se** tenazmente à presidência da República. A hipoteca do "Brejão" e do "Duarte" foi o seu nariz de Cleópatra...*

A sua preguiça, a sua tibieza de ânimo e o seu amor fervoroso pelo lar deram em resultado esse *homem-talvez* que, refratado nas necessidades mentais e sociais dos homens do tempo, foi transformado em estadista, em **Richelieu** e pôde resistir a uma séria revolta com mais teimosia que vigor, obtendo vidas, dinheiro e despertando até entusiasmo e fanatismo.

Esse entusiasmo e esse fanatismo, que o ampararam, que o animaram, que o sustentaram, só teriam sido possíveis, depois de ter ele sido ajudante general do Império, senador, ministro, isto é, após se ter *fabricado* à vista de todos e cristalizado a lenda na mente de todos.

Corso: referência a Napoleão, que era natural da Córsega.

Revolta de 6 de setembro: início da Revolta da Armada, em 1897.

Probo: direito, íntegro.

Dubiedade: hesitação, insegurança.

Atarraxar-se: agarrar-se.

* "Brejão" e "Duarte" eram os nomes das propriedades rurais de Floriano Peixoto. Segundo o narrador, sua honestidade em honrar os compromissos o levou a agir dessa forma. Para ilustrar esse aspecto da vida do marechal, o narrador relaciona-o com a frase do filósofo francês Pascal (1623-1662): "Se o nariz de Cleópatra fosse mais curto, toda a face da Terra seria diferente". Isto é, se ela tivesse outra aparência, provavelmente Cesar e Marco Antonio, generais romanos, não teriam se apaixonado por ela e não teriam feito as guerras que mudaram o curso da história.

Armand du Plessis de Richelieu (1585-1642): primeiro-ministro de Luís XIII. Seu programa de governo consolidou o absolutismo real na França e afirmou o país como principal potência europeia.

A sua concepção de governo não era o despotismo, nem a democracia, nem a aristocracia; era a de uma tirania doméstica. O bebê portou-se mal, castiga-se. Levada a coisa ao grande o portar-se mal era fazer-lhe oposição, ter opiniões contrárias às suas e o castigo não eram mais palmadas, sim, porém, prisão e morte. Não há dinheiro no Tesouro; ponham-se as notas recolhidas em circulação, assim como se faz em casa quando chegam visitas e a sopa é pouca: põe-se mais água.

Demais, a sua educação militar e a sua fraca cultura deram mais realce a essa concepção infantil, raiando-a de violência, não tanto por ele em si, pela sua perversidade natural, pelo seu desprezo pela vida humana, mas pela fraqueza com que acobertou e não reprimiu a ferocidade dos seus auxiliares e asseclas*****.

Quaresma estava longe de pensar nisso tudo; ele com muitos homens honestos e sinceros do tempo foram tomados pelo entusiasmo contagioso que Floriano conseguira despertar. Pensava na grande obra que o Destino reservava àquela figura plácida e triste; na reforma radical que ele ia levar ao organismo aniquilado da pátria, que o major se habituara a crer a mais rica do mundo, embora, de uns tempos para cá, já tivesse dúvidas a certos respeitos.

Decerto, ele não negaria tais esperanças e a sua ação poderosa havia de se fazer sentir pelos oito milhões de quilômetros quadrados do Brasil, levando-lhes estradas, segurança, proteção aos fracos, assegurando o trabalho e promovendo a riqueza.

Não se demorou muito nessa ordem de pensamentos. Um seu companheiro de espera, desde que o marechal lhe falou familiarmente, começou a considerar aquele homem pequenino, taciturno, de *pince-nez* e foi-se chegando, se aproximando e, quando já perto, disse a Quaresma, quase como um terrível segredo:

— Eles vão ver o *caboclo*... O major há muito que o conhece?

*** O narrador conclui o retrato de Floriano Peixoto destacando sua ignorância, infantilidade e cumplicidade com a violência.**

Respondeu-lhe o major e o outro ainda lhe fez uma outra pergunta; o presidente, porém, ficara só e Quaresma avançou.

— Então, Quaresma? — fez Floriano.

— Venho oferecer a Vossa Excelência os meus fracos préstimos.

O presidente considerou um instante aquela pequenez de homem, sorriu com dificuldade, mas, levemente, com um pouco de satisfação. Sentiu por aí a força de sua popularidade e senão a razão boa de sua causa.

— Agradeço-te muito... Onde tens andado? Sei que deixaste o arsenal.

Floriano tinha essa capacidade de guardar fisionomias, nomes, empregos, situações de subalternos com quem lidava. Tinha alguma coisa de asiático; era cruel e paternal ao mesmo tempo.

Quaresma explicou-lhe a sua vida e aproveitou a ocasião para lhe falar em leis agrárias, medidas tendentes a desafogar e dar novas bases à nossa vida agrícola. O marechal ouviu-o distraído, com uma dobra de aborrecimento no canto dos lábios.

— Trazia a Vossa Excelência até este memorial...

O presidente teve um gesto de mau humor, um quase *não me amole* e disse com preguiça a Quaresma:

— Deixa aí...

Depositou o manuscrito sobre a mesa e logo o ditador dirigiu-se ao interlocutor de ainda agora:

— Que há, Bustamante? E o batalhão, vai?

O homem aproximou-se mais, um tanto amedrontado:

— Vai bem, marechal. Precisamos de um quartel!... Se Vossa Excelência desse ordem...

— É exato. Fala ao Rufino em meu nome que ele pode arranjar... Ou antes: leva-lhe este bilhete.

Rasgou um pedaço de uma das primeiras páginas do manuscrito de Quaresma, e assim mesmo, sobre aquela ponta de papel, a lápis azul, escreveu algumas palavras ao seu ministro da Guerra. Ao acabar é que deu com a desconsideração:

— Ora! Quaresma! Rasguei o teu escrito... Não faz mal... Era a parte de cima, não tinha nada escrito.

O major confirmou e o presidente, em seguida, voltando-se para Bustamante:

— Aproveita Quaresma no teu batalhão. Que posto queres?

— Eu! — fez Quaresma estupidamente*.

— Bem. Vocês lá se entendam.

Os dois se despediram do presidente e desceram vagarosamente as escadas do Itamarati. Até a rua nada disseram um ao outro. Quaresma vinha um pouco frio. O dia estava claro e quente; o movimento da cidade parecia não ter sofrido alteração apreciável. Havia a mesma agitação de bondes, carros, e carroças; mas nas fisionomias, um terror, um espanto, alguma coisa de tremendo ameaçava todos e parecia estar suspenso no ar.

Bustamante deu-se a conhecer. Era o major Bustamante, agora tenente-coronel, velho amigo do marechal, seu companheiro do Paraguai.

— Mas nós nos conhecemos! — exclamou ele.

Quaresma esteve olhando aquele velho mulato escuro, com uma grande barba **mosaica** e olhos espertos, mas não se lembrou de tê-lo já encontrado algum dia.

— Não me recordo... Donde?

— Da casa do general Albernaz... Não se lembra?

Policarpo então teve uma vaga recordação e o outro explicou-lhe a formação do seu batalhão patriótico "Cruzeiro do Sul".

— O senhor quer fazer parte?

— Pois não — fez Quaresma.

— Estamos em dificuldades... Fardamento, calçado para as praças... Nas primeras despesas devemos auxiliar o governo... Não convém sangrar o Tesouro, não acha?

— Certamente — disse com entusiasmo Quaresma.

— Folgo muito que o senhor concorde comigo... Vejo que é um patriota... Resolvi por isso fazer um rateio pelos oficiais, em proporção ao posto: um alferes concorre com cem mil-réis, um tenente com duzentos... O senhor que patente quer? Ah! É verdade! O senhor é major, não é?

Quaresma então explicou por que o tratavam por major. Um amigo, influência no Ministério do Interior, lhe tinha metido o nome numa lista de guardas nacionais, com esse posto. Nunca tendo pago os

*** O marechal não entendeu as intenções de Quaresma. O que este pretendia? Um cargo, um posto?**

Mosaica: que lembra Moisés, líder do povo hebreu, conforme narrativa do Velho Testamento.

emolumentos, viu-se entretanto, sempre tratado major, e a coisa pegou. A princípio, protestou, mas, como teimassem, deixou.

— Bem — fez Bustamante. — O senhor fica mesmo sendo major.

— Qual é a minha quota?

— Quatrocentos mil-réis. Um pouco forte, mas... O senhor sabe; é um posto importante... Aceita?

— Pois não.

Bustamante tirou a carteira, tomou nota com uma pontinha de lápis e despediu-se jovialmente:

— Então, major, às seis, no quartel provisório.

A conversa se havia passado na esquina da Rua Larga com o Campo de Sant'Ana. Quaresma pretendia tomar um bonde que o levasse ao centro da cidade. Tencionava visitar o compadre em Botafogo, fazendo, assim, horas para a sua iniciação militar.

A praça estava pouco transitada; os bondes passavam ao **chouto** compassado das mulas; de quando em quando ouvia-se um toque de corneta, rufos de tambor, e do portão central do quartel-general saía uma força, armas ao ombro, **baionetas caladas**, dançando nos ombros dos recrutas, faiscando com um brilho duro e mau.

Ia tomar o bonde, quando se ouviram alguns disparos de artilharia e o seco espoucar dos fuzis. Não durou muito; antes que o bonde atingisse à Rua da Constituição, todos os rumores guerreiros tinham cessado, e quem não estivesse avisado havia de supor-se em tempos normais.

Quaresma chegou-se para o centro do banco e ia ler o jornal que comprara. Desdobrou-o vagarosamente, mas foi logo interrompido; bateram-lhe no ombro. Voltou-se.

— Oh! general!

O encontro foi cordial. O general Albernaz gostava dessas cerimônias e tinha mesmo um prazer, uma deliciosa emoção em reatar conhecimentos que se tinham enfraquecido por uma separação qualquer. Estava

Emolumentos: taxas devidas.

Chouto: trote. Trata-se, na época, de um carro de tração animal que se movia sobre trilhos.

Baionetas caladas: baionetas prontas para serem usadas.

fardado, com aquele seu uniforme maltratado; não trazia espada e o *pince-nez* continuava preso por um trancelim de ouro que lhe passava por detrás da orelha esquerda.

— Então veio ver a coisa?

— Vim. Já me apresentei ao marechal.

— *Eles* vão ver com quem se meteram. Pensam que tratam com o Deodoro, enganam-se!... A República, graças a Deus, tem agora um homem na sua frente... O *caboclo* é de ferro... No Paraguai...

— O senhor conheceu-o lá, não, general?

— Isto é... Não chegamos a nos encontrar; mas o Camisão... É duro, o homem. Estou como encarregado das munições... É fino o *caboclo*: não me quis no litoral. Sabe muito bem quem sou e que munição que saia das minhas mãos é munição... Lá, no depósito, não me sai um caixote que eu não examine... É necessário... No Paraguai, houve muita desordem e comilança: mandou-se muita cal por pólvora. Não sabia?

— Não.

— Pois foi. O meu gosto era ir para as praias, para o combate; mas o *homem* quer que eu fique com as munições... Capitão manda, marinheiro faz... Ele sabe lá...

Deu de ombros, concertou o trancelim que já caía da orelha e esteve calado um instante. Quaresma perguntou:

— Como vai a família?

— Bem. Sabe que Quinota casou-se?

— Sabia, o Ricardo me disse. E dona Ismênia, como vai?

A fisionomia do general **toldou-se** e respondeu como a contragosto:

— Vai no mesmo.

O pudor de pai tinha-o impedido de dizer toda a verdade. A filha enlouquecera de uma loucura mansa e infantil. Passava dias inteiros calada, a um canto, olhando estupidamente tudo, com um olhar morto de estátua, numa atonia de inanimado, como que caíra

Toldou-se: entristeceu-se.

em imbecilidade; mas vinha uma hora, porém, em que se penteava toda, enfeitava-se e corria à mãe, dizendo: "Apronta-me, mamãe. O meu noivo não deve tardar... é hoje o meu casamento". Outras vezes recortava papel, em forma de participações, e escrevia: Ismênia de Albernaz e Fulano (variava) participam o seu casamento.

O general já consultara uma dúzia de médicos, o espiritismo e agora andava às voltas com um feiticeiro milagroso; a filha, porém, não sarava, não perdia a mania e cada vez mais se embrenhava o seu espírito naquela obsessão de casamento, alvo que fizeram ser da sua vida, a que não atingira, aniquilando-se, porém, o seu espírito e a sua mocidade em pleno verdor*.

Entristecia o seu estado aquela casa outrora tão alegre, tão festiva. Os bailes tinham diminuído; e, quando eram obrigados a dar um, nas datas principais, a moça, com todos os cuidados, à custa de todas as promessas, era levada para a casa da irmã casada, e lá ficava, enquanto as outras dançavam, um instante esquecidas da irmã que sofria.

Albernaz não quis revelar aquela dor de sua velhice; reprimiu a emoção e continuou no tom mais natural, naquele seu tom familiar e íntimo que usava com todos:

— Isto é uma infâmia, senhor Quaresma. Que atraso para o país! E os prejuízos? Um porto destes fechado ao comércio nacional, quantos anos de retardamento não representa!

O major concordou e mostrou a necessidade de prestigiar o Governo, de forma a tornar impossível a reprodução de levantes e insurreições.

— Decerto — aduziu o general. — Assim não progredimos, não nos adiantamos. E no estrangeiro que mau efeito!

O bonde chegara ao Largo de São Francisco e os dois se separaram. Quaresma foi direitinho ao Largo da Carioca e Albernaz seguiu para a Rua do Rosário.

Olga viu entrar seu padrinho sem aquela alegria expansiva de sempre. Não foi indiferença que sentiu,

*** O narrador reforça aqui a crítica à educação tradicional dada às moças, que lhes inculcava a ideia de que elas só seriam felizes se casassem. Ismênia tinha feito disso o alvo de sua vida. Uma vez abandonada pelo noivo, sentiu-se tão perdida e perturbada que enlouqueceu.**

foi espanto, assombro, quase medo, embora soubesse perfeitamente que ele estava a chegar. Entretanto, não havia mudança na fisionomia de Quaresma, no seu corpo, em todo ele. Era o mesmo homem baixo, pálido, com aquele cavanhaque apontado e o olhar agudo por detrás do *pince-nez*... Nem mesmo estava mais queimado e o jeito de apertar os lábios era o mesmo que ela conhecia há tantos anos. Mas, parecia-lhe mudado e ter entrado impelido, empurrado por uma força estranha, por um turbilhão; bem examinando, entretanto, verificou que ele entrara naturalmente, com o seu passo miúdo e firme. Donde lhe vinha então essa coisa que a acanhava, que lhe tirara a sua alegria de ver pessoa tão amada? Não atinou. Estava lendo na sala de jantar e Quaresma não se fazia anunciar; ia entrando conforme o velho hábito. Respondeu ao padrinho ainda sob a dolorosa impressão da sua entrada:

— Papai saiu; e o Armando está lá embaixo escrevendo.

De fato, ele estava escrevendo ou mais particularmente: traduzia para o *clássico* um grande artigo sobre "Ferimentos por arma de fogo". O seu último ***truc*** intelectual era este do clássico. Buscava nisto uma distinção, uma separação intelectual desses meninos por aí que escrevem contos e romances nos jornais*****. Ele, um sábio, e sobretudo um doutor, não podia escrever da mesma forma que eles. A sua sabedoria superior e o seu título *acadêmico* não podiam usar da mesma língua, dos mesmos modismos, da mesma sintaxe que esses poetastros e literatecos. Veio-lhe então a ideia do clássico. O processo era simples: escrevia do modo comum, com as palavras e o jeito de hoje, em seguida invertia as orações, picava o período com vírgulas e substituía *incomodar* por *molestar, ao redor* por *derredor, isto* por *esto, quão grande* ou *tão grande* por *quamanho*, sarapintava tudo de *ao invés*, *empós*, e assim obtinha o seu estilo clássico que começava a causar admiração aos seus pares e ao público em geral******.

Truc **(em francês): truque.**

*** Através de Armando, o narrador mostra como, para uma certa elite, era desprestigiado o papel do escritor, principalmente aquele que publicava em jornais.**

**** Além de denunciar a desonestidade intelectual do personagem, o narrador ridiculariza o emprego de palavras e construções desusadas ou consideradas "clássicas", como se isso significasse exprimir pensamentos profundos. Muita gente, porém, se deixava levar por esse truque e, quanto menos entendia, mais profundo achava o texto e admirava seu autor.**

Gostava muito da expressão ***às rebatinhas***; usava-a a todo momento e, quando a punha no branco do papel, imaginava que dera ao seu estilo uma força e um brilho **pascalianos** e às suas ideias uma suficiência transcendente. De noite, lia o **padre Vieira**, mas logo às primeiras linhas o sono lhe vinha e dormia sonhando-se ***físico***, tratado de mestre, em pleno seiscentos, prescrevendo **sangria** e água quente, tal e qual o doutor Sangrado.

A sua tradução estava quase no fim, já estava bastante prático, pois com o tempo adquirira um vocabulário suficiente e a versão era feita mentalmente, em quase metade, logo na primeira escrita. Recebeu o recado da mulher, anunciando-lhe a visita, com um pequeno aborrecimento, mas, como teimasse em não encontrar um equivalente clássico para *orifício*, julgou útil a interrupção. Queria pôr *buraco*, mas era plebeu; *orifício*, se bem que muito usado, era, entretanto, mais digno. Na volta talvez encontrasse, pensou; e subiu à sala de jantar. Ele entrou **prazenteiro**, com o seu grande bigode esfarelado, o seu rosto redondo e encontrou padrinho e afilhada empenhados em uma discussão sobre autoridade.

Dizia ela:

— Eu não posso compreender esse tom divino com que os senhores falam da autoridade. Não se governa mais em nome de Deus, por que então esse respeito, essa veneração de que querem cercar os governantes?

O doutor, que ouvira toda a frase, não pôde deixar de objetar:

— Mas é preciso, indispensável... Nós sabemos bem que eles são homens como nós, mas, se não for assim tudo vai por água abaixo.

Quaresma acrescentou:

— É em virtude das próprias necessidades internas e externas da nossa sociedade que ela existe... Nas formigas, nas abelhas...

— Admito. Mas há revoltas entre as abelhas e formigas, e a autoridade se mantém lá à custa de assassínios, exações e violências?

Às rebatinhas: expressão antiga que significa "em disputa".

Pascalianos: referente ao famoso filósofo e matemático francês Blaise Pascal (1632-1662).

Padre Antônio Vieira (1608-1697): famoso orador barroco.

Físico: antiga denominação dada aos médicos.

Sangria: tratamento antigo para abaixar a pressão através da perda do sangue.

Prazenteiro: alegre, jovial.

— Não se sabe... Quem sabe? Talvez... — fez evasivamente Quaresma.

O doutor não teve dúvidas e foi logo dizendo:

— Que temos nós com as abelhas? Então nós, os homens, o **pináculo** da escala zoológica, iremos buscar normas de vida entre insetos?

— Não é isso, meu caro doutor; buscamos nos exemplos deles a certeza da generalidade do fenômeno, da sua **imanência**, por assim dizer — disse Quaresma com doçura.

Ele não tinha acabado a explicação e já Olga refletia:

— Ainda se essa tal autoridade trouxesse felicidade, vá; mas não; de que vale?

— Há de trazer — afirmou categoricamente Quaresma. — A questão é consolidá-la.

Conversaram ainda muito tempo. O major contou a sua visita a Floriano, a sua próxima incorporação ao batalhão "Cruzeiro do Sul". O doutor teve uma ponta de inveja, quando ele se referiu ao modo familiar por que Floriano o tratara. Fizeram um pequeno ***lunch*** e Quaresma saiu.

Sentia necessidade de rever aquelas ruas estreitas, com as suas lojas profundas e escuras, onde os empregados se moviam como em um subterrâneo. A tortuosa Rua dos Ourives, a esburacada Rua da Assembleia, a **casquilha** Rua do Ouvidor davam-lhe saudades.

A vida continuava a mesma. Havia grupos parados e moças a passeio; no Café do Rio, uma multidão. Eram os avançados, os ***jacobinos***, a guarda abnegada da República, os intransigentes, a cujos olhos, a moderação, a tolerância e o respeito pela liberdade e a vida alheias eram crimes de lesa-pátria, sintomas de monarquismo criminoso e abdicação desonesta diante do estrangeiro. O estrangeiro era sobretudo o português, o que não impedia de haver jornais *jacobiníssimos* redigidos por portugueses da mais bela água.

A não ser esse grupo gesticulante e apaixonado, a Rua do Ouvidor era a mesma. Os namoros se faziam e as moças iam e vinham. Se uma bala zunia no alto céu

Pináculo: o ponto mais alto.

Imanência: essência.

***Lunch* (em inglês): lanche.**

Casquilha: elegante.

Jacobinos: radicais violentos.

azul, luminoso, as moças davam gritinhos de gata, corriam para dentro das lojas, esperavam um pouco e logo voltavam sorridentes, o sangue a subir às faces pouco e pouco, depois da palidez do medo.

Quaresma jantou num ***restaurant*** e dirigiu-se ao quartel, que funcionava provisoriamente num velho cortiço condenado pela higiene, lá pelos lados da Cidade Nova. Tinha o tal cortiço andar térreo e sobrado, ambos divididos em cubículos do tamanho de camarotes de navio. No sobrado, havia uma varanda de grade de pau e uma escada de madeira levava até lá, escada tosca e oscilante, que gemia à menor passada. A casa da ordem funcionava no primeiro quartinho do sobrado e o pátio, já sem as cordas de secar ao sol a roupa, mas com as pedras manchadas das **barrelas** e da água de sabão, servia para a instrução dos recrutas. O instrutor era um sargento reformado, um tanto coxo, e admitido no batalhão com o posto de alferes, que gritava com uma demora majestosa: *Ombrôoo... armas!*

O major entregou a sua quota ao coronel e este esteve a mostrar-lhe o modelo do fardamento.

Era muito singular essa fantasia de seringueiro*****: o **dólmã** era verde-garrafa e tinha uns vivos azul-ferrete, **alamares** dourados e quatro estrelas prateadas, em cruz na gola.

Uma gritaria fê-los vir até a varanda. Entre soldados entrava um homem, a se debater, a chorar e a implorar, ao mesmo tempo, levando de quando em quando uma **reflada**

— É o Ricardo! — exclamou Quaresma. — O senhor não o conhece, coronel? — continuou ele com interesse e piedade.

Bustamante estava impassível na varanda e só respondeu depois de algum tempo:

— Conheço... É um voluntário **recalcitrante**, um patriota rebelde.

Os soldados subiram com o *voluntário* e Ricardo logo que deu com o major, suplicou-lhe:

Restaurant **(em francês): restaurante.**

Barrelas: água em que se ferve cinza e que se usa para lavar roupa.

*** Com essa expressão o narrador ridiculariza a farda militar. Além disso, o próprio local onde estava instalado o quartel – um cortiço abandonado e condenado por falta de higiene –, denuncia a falta de organização do governo e expõe a precariedade das forças que estavam "protegendo" o país.**

Dólmã: casaco curto e justo, usado pelos militares.

Alamares: são cordões de seda, lã ou metal que guarnecem e abotoam a frente de uma peça de vestuário; também usados pendentes do ombro em alguns uniformes de oficiais das Forças Armadas.

Reflada: golpe com rifle.

Recalcitrante: teimoso, que resiste.

— Salve-me, major!

Quaresma chamou de parte o coronel, rogou-lhe e suplicou-lhe, mas foi inútil... Há necessidade de gente... Enfim, fazia-o cabo.

Ricardo, de longe, seguia a conversa dos dois; adivinhou a recusa e exclamou:

— Eu sirvo sim, sim, mas deem-me o meu violão.

Bustamante perfilou-se e gritou aos soldados:

— Restituam o violão ao cabo Ricardo!

2. VOCÊ, QUARESMA, É UM VISIONÁRIO

Oito horas da manhã. A cerração ainda envolve tudo. Do lado da terra, mal se enxergam as partes baixas dos edifícios próximos; para o lado do mar, então, a vista é impotente contra aquela treva esbranquiçada e flutuante, contra aquela muralha de flocos e opaca, que se condensa ali e aqui em aparições, em semelhanças de coisas. O mar está silencioso: há grandes intervalos entre o seu fraco marulho. Vê-se da praia um pequeno trecho, sujo, coberto de algas, e o odor da maresia parece mais forte com a neblina. Para a esquerda e para a direita, é o desconhecido, o Mistério. Entretanto, aquela pasta espessa, de uma claridade difusa, está povoada de ruídos. O chiar das serras vizinhas, os apitos de fábricas e locomotivas, os guinchos de guindastes dos navios enchem aquela manhã indecifrável e taciturna; e ouve-se mesmo a bulha compassada de remos que ferem o mar. Acredita-se, dentro daquele decoro, que é Caronte que traz a sua barca para uma das margens do Estige...*

Atenção! Todos perscrutam a cortina de névoa pastosa. Os rostos estão alterados; parece que do seio da bruma vão surgir demônios...

*** Segundo a mitologia grega, Caronte é o barqueiro dos Infernos que, em sua barca, levava as almas dos mortos de uma para outra margem do rio Estige.**

Não se ouve mais a bulha: o **escaler** afastou-se. As fisionomias respiram aliviadas...

Não é noite, não é dia; não é o **dilúculo**, não é o crepúsculo; é a hora da angústia, é a luz da incerteza. No mar, não há estrelas nem sol que guiem; na terra, as aves morrem de encontro às paredes brancas das casas. A nossa miséria é mais completa e a falta daqueles mudos marcos da nossa atividade dá mais forte percepção do nosso isolamento no seio da natureza grandiosa.

Os ruídos continuam, e, como nada se vê, parece que vêm do fundo da terra ou são alucinações auditivas. A realidade só nos vem do pedaço de mar que se avista, marulhando com grandes intervalos, fracamente, tenuemente, a medo, de encontro à areia da praia, suja de **bodelhas**, algas e sargaços.

Aos grupos, após o rumor dos remos, os soldados deitaram-se pela relva que continua a praia. Alguns já cochilam; outros procuram com os olhos o céu através do nevoeiro que lhes umedece o rosto.

O cabo Ricardo Coração dos Outros, de r**efle** à cintura e gorro à cabeça, sentado numa pedra, está de parte, sozinho, e olha aquela manhã angustiosa*.

Era a primeira vez que via a cerração assim perto do mar, onde ela faz sentir toda a sua força de desesperar. Em geral, ele só tinha olhos para as alvoradas claras e purpurinas, macias e **fragrantes**; aquele amanhecer brumoso e feio era uma novidade para ele.

Sob o fardamento de cabo, o menestrel não se aborrece. Aquela vida solta da caserna vai-lhe bem n'alma; o violão está lá dentro e, em horas de folga, ele o experimenta, cantarolando em voz baixa. É preciso não enferrujar os dedos... O seu pequeno aborrecimento é não poder, de quando em quando, soltar o peito.

O comandante do destacamento é Quaresma, que talvez consentisse...

O major está no interior da casa que serve de quartel, lendo. O seu estudo predileto é agora artilharia. Comprou compêndios; mas, como sua instrução é

Escaler: pequeno barco.

Dilúculo: alvorada, despontar do dia.

Bodelhas: plantas da família das algas.

Refle: espada curta.

*** Repare nessa descrição: a neblina esconde demônios, Caronte surge para levar os mortos, a luz é incerta, aves morrem — esses detalhes criam uma atmosfera de angústia e incerteza, associada ao período em que durou a Revolta da Armada.**

Fragrantes: perfumadas.

insuficiente, da artilharia vai à balística, da balística à mecânica, da mecânica ao cálculo e à geometria analítica; desce mais a escada; vai à trigonometria, à geometria e à álgebra e à aritmética. Ele percorre essa cadeia de ciências entrelaçadas com uma fé de inventor. Aprende uma noção elementaríssima após um rosário de consultas, de compêndio em compêndio e leva assim aqueles dias de ócio guerreiro enfronhado na matemática, nessa matemática rebarbativa e hostil aos cérebros que já não são mais moços.

Há no destacamento um canhão **Krupp**, mas ele nada tem a ver com o mortífero aparelho; contudo, estuda artilharia. É encarregado dele o tenente Fontes, que não dá obediência alguma ao patriota major. Quaresma não se incomoda com isso; vai aprendendo lentamente a servir-se da boca de fogo e submete-se à arrogância do subalterno.

O comandante do "Cruzeiro do Sul", o Bustamante da barba mosaica, continua no quartel, superintendendo a vida do batalhão. A unidade tem poucos oficiais e muito poucas praças; mas o Estado paga o **pré** de quatrocentas. Há falta de capitães, o número de alferes está justo, o de tenentes quase, mas já há um major, que é Quaresma, e o comandante, Bustamante, que, por modéstia, se fez simplesmente tenente-coronel.

Tem quarenta praças o destacamento que Quaresma comanda, três alferes, dois tenentes; mas os oficiais pouco aparecem. Estão doentes ou licenciados e só ele, o antigo agricultor do "Sossego", e um alferes, Polidoro, este mesmo só à noite, estão a postos. Um soldado entrou:

— Senhor comandante, posso ir almoçar?

— Pode. Chama-me o cabo Ricardo.

A praça saiu capengando em cima de grandes botinas; o pobre homem usava aquela peça protetora como um castigo. Assim que se viu no mato, que levava à sua casa, tirou-as e sentiu pelo rosto o sopro da liberdade.

O comandante chegou à janela. A cerração se ia dissipando. Já se via o sol que brilhava como um disco de ouro fosco.

Krupp: fábrica alemã da família Krupp que, no século XIX, aperfeiçoou um método para fundir canhões de aço, tornando-os muito mais destrutivos.

Pré: vencimento diário de um soldado.

Ricardo Coração dos Outros apareceu. Estava engraçado dentro do seu fardamento de **caporal**. A blusa era curtíssima, **sungada**; os punhos lhe apareciam inteiramente; e as calças eram compridíssimas e arrastavam no chão*.

— Como vais, Ricardo?

— Bem. E o senhor, major?

— Assim.

Quaresma deitou sobre o inferior e amigo aquele seu olhar agudo e demorado:

— Andas aborrecido, não é?

O trovador sentiu-se alegre com o interesse do comandante:

— Não... Para que dizer, major, que sim... Se a coisa for assim até ao fim não é mau... O diabo é quando há tiro... Uma coisa, major; não se poderia, assim, aí pelas horas em que não há que fazer, ir nas mangueiras, cantar um pouco...

O major coçou a cabeça, alisou o cavanhaque e disse:

— Eu, não sei... É...

— O senhor sabe que isto de cantar baixo é remar em seco... Dizem que no Paraguai...

— Bem. Cante lá; mas não grite, hein?

Calaram-se um pouco; Ricardo ia partir, quando o major recomendou:

— Manda-me trazer o almoço.

Quaresma jantava e almoçava ali mesmo. Não era raro também dormir. As refeições eram-lhe fornecidas por um ***frege*** próximo e ele dormia em um quarto daquela edificação imperial. Porque a casa em que se acantonara o destacamento era o pavilhão do imperador, situado na antiga Quinta da Ponta do Caju. Ficavam nela também a estação da estrada de ferro do Rio Douro e uma grande e bulhenta serraria. Quaresma veio até a porta, olhou a praia suja e ficou admirado que o imperador a quisesse para banhos. A cerração se ia dissipando inteiramente.

As formas das coisas saíam modeladas do seio daquela massa de névoa pesada; e, satisfeitas, como se o

Caporal: de cabo.

Sungada: puxada para cima.

*** Observe que, ao descrever esse fardamento ridículo, o narrador não apenas zomba como também critica, por extensão, o governo militar de Floriano Peixoto, feito de improvisos e comandantes corruptos e incompetentes.**

Frege: taberna de baixa categoria.

pesadelo tivesse passado. Primeiro surgiam as partes baixas, lentamente; e por fim, quase repentinamente, as altas.

À direita, havia a Saúde, a Gamboa, os navios de comércio: galeras de três mastros, cargueiros a vapor, altaneiros barcos à vela — que iam saindo da bruma, e, por instantes aquilo tudo tinha um ar de paisagem holandesa; à esquerda, era o saco da Raposa, o Retiro Saudoso, a Sapucaia horrenda, a Ilha do Governador, os Órgãos azuis, altos de tocar no céu; em frente, a Ilha dos Ferreiros, com os seus depósitos de carvão; e alongando a vista pelo mar sossegado, Niterói, cujas montanhas acabavam de recortar-se no céu azul, à luz daquela manhã atrasada.

A neblina foi-se e um galo cantou. Era como se a alegria voltasse à terra; era uma aleluia. Aqueles chiados, aqueles apitos, os guinchos tinham um acento festivo de contentamento.

Chegou o almoço e o sargento veio dizer a Quaresma que havia duas deserções.

— Mais duas? — fez admirado o major.

— Sim, senhor. O cento e vinte e cinco e o trezentos e vinte não responderam hoje a revista.

— Faça a parte.

Quaresma almoçava. O tenente Fontes, o homem do canhão, chegou. Quase nunca dormia ali; pernoitava em casa, e, durante o dia, vinha ver as coisas como iam.

Uma madrugada, ele não estava. A treva ainda era profunda. O soldado de vigia viu lá, ao longe, um vulto que se movia dentro da sombra, resvalando sobre as águas do mar. Não trazia luz alguma; só o movimento daquela mancha escura revelava uma embarcação e também a ligeira fosforescência das águas. O soldado deu rebate; o pequeno destacamento pôs-se a postos e Quaresma apareceu.

— O canhão! Já! Avante! — ordenou o comandante. E, em seguida, nervoso, recomendou: — Esperem um pouco.

Correu a casa e foi consultar os seus compêndios e tabelas. Demorou-se e a lancha avançava, os soldados estavam tontos e um deles tomou a iniciativa: carregou a peça e disparou-a.

Quaresma reapareceu correndo, assustado, e disse, entrecortado pelo resfolegar:

— Viram bem... a distância... a alça... o ângulo... É preciso ter sempre em vista a eficiência do fogo.

Fontes veio e sabendo do caso no dia seguinte riu-se muito:

— Ora, major, você pensa que está em um **polígono**, fazendo estudos práticos... Fogo para diante!

E assim era. Quase todas as tardes havia bombardeio, do mar para as fortalezas, e das fortalezas para o mar; e tanto os navios como os fortes saíam incólumes de tão terríveis provas*.

Lá vinha uma ocasião, porém, que acertavam, então os jornais noticiavam: "Ontem, o forte Acadêmico fez um maravilhoso disparo. Com o canhão tal, meteu uma bala no 'Guanabara'". No dia seguinte, o mesmo jornal retificava, a pedido da bateria do cais Pharoux, que era a que tinha feito o disparo certeiro. Passavam-se dias e a coisa já estava esquecida, quando aparecia uma carta de Niterói, reclamando as honras do tiro para a fortaleza de Santa Cruz.

O tenente Fontes chegou e esteve examinando o canhão com o faro de entendedor. Havia uma trincheira de fardos de alfafa e a boca da peça saía por entre os fiapos da palha, como as goelas de um animal feroz oculto entre ervas.

Olhava o horizonte, depois de exame atento ao canhão, e considerava a Ilha das Cobras, quando ouviu o gemer do violão e uma voz que dizia:

Prometo pelo Santíssimo Sacramento...

Dirigiu-se para o local donde partiam os sons e se lhe deparou este lindíssimo quadro: à sombra de uma grande árvore, os soldados deitados ou sentados em círculo, em torno de Ricardo Coração dos Outros, que entoava **endechas** magoadas.

As praças tinham acabado de almoçar e beber a pinga, e estavam tão embevecidas na canção de Ricardo que não deram pela chegada do jovem oficial.

— Que é isto? — disse ele severamente.

Os soldados levantaram-se todos, em continência; e Ricardo, com a mão direita no gorro, perfilado, e a esquerda segurando o violão, que repousava no chão, desculpou-se:

Polígono: local destinado a experiências com explosivos.

*** Perceba a ironia do narrador ao comentar os ataques de ambas as partes. Se nem os navios nem os fortes sofriam danos, quais seriam essas "terríveis provas"?**

Endechas: canções sentimentais.

— *Seu* tenente, foi o major quem permitiu. Vossa Senhoria sabe que, se nós não tivéssemos ordem, não iríamos brincar.

— Bem. Não quero mais isto — disse o oficial.

— Mas — objetou Ricardo — o senhor major Quaresma...

— Não temos aqui major Quaresma. Não quero, já disse!

Os soldados debandaram e o tenente Fontes seguiu para a velha casa imperial, ao encontro do major do "Cruzeiro do Sul". Quaresma continuava no seu estudo, um rolar de **Sísifo**, mas voluntário, para a grandeza da pátria. Fontes foi entrando e dizendo:

— Que é isto, *Seu* Quaresma! Então o senhor permite cantorias no destacamento?

O major não se lembrava mais da coisa e ficou espantado com o ar severo e ríspido do moço. Ele repetiu:

— Então o senhor permite que os inferiores cantem modinhas e toquem violão, em pleno serviço?

— Mas que mal faz? Ouvi dizer que em campanha...

— E a disciplina? E o respeito?

— Bem, vou proibir — disse Quaresma.

— Não é preciso. Já proibi.

Quaresma não se deu por agastado, não percebeu motivo para agastamento e disse com doçura:

— Fez bem.

Em seguida perguntou ao oficial o modo de extrair a raiz quadrada de uma fração decimal; o rapaz ensinou-lhe e eles estiveram cordialmente conversando sobre coisas vulgares. Fontes era noivo de Lalá, a terceira filha do general Albernaz, e esperava acabar a revolta para efetuar o casamento. Durante uma hora a conversa entre os dois versou sobre este pequenino fato familiar a que estavam ligados aqueles estrondos, aqueles tiros, aquela solene disputa entre duas ambições. Subitamente, a corneta feriu o ar com a sua voz metálica. Fontes assestou o ouvido; o major perguntou:

— Que toque é?

Sísifo: personagem da mitologia grega que foi condenado, por toda a eternidade, a rolar com as mãos uma imensa pedra até o alto de uma montanha. Mas, perto do topo, a pedra escorregava montanha abaixo e Sísifo era obrigado a descer para empurrá-la novamente para cima.

— Sentido.

Os dois saíram. Fontes perfeitamente fardado; e o major apertando o talim, sem encontrar jeito, tropeçando na espada venerável que teimava em se lhe meter entre as pernas curtas. Os soldados já estavam nas trincheiras, armas à mão; o canhão tinha ao lado a munição necessária. Uma lancha avançava lentamente, com a proa alta assestada para o posto. De repente, saiu de sua borda um golfão de fumaça espessa: Queimou! — gritou uma voz. Todos se abaixaram, a bala passou alto, zunindo, cantando, inofensiva. A lancha continuava a avançar impávida. Além dos soldados, havia curiosos, garotos, a assistir o tiroteio, e fora um destes que gritara: queimou!

E assim sempre. Às vezes eles chegavam bem perto à tropa, às trincheiras, atrapalhando o serviço; em outras, um cidadão qualquer chegava ao oficial e muito delicadamente pedia: O senhor dá licença que dê um tiro? O oficial acedia, os serventes carregavam a peça e o homem fazia a pontaria e um tiro partia.

Com o tempo, a revolta passou a ser uma festa, um divertimento da cidade... Quando se anunciava um bombardeio, num segundo o terraço do Passeio Público se enchia. Era como se fosse uma noite de luar, no tempo em que era do tom apreciá-las no velho jardim de **Dom Luís de Vasconcelos**, vendo o astro solitário pratear a água e encher o céu.

Alugavam-se binóculos e tanto os velhos como as moças, os rapazes como as velhas, seguiam o bombardeio como uma representação de teatro: "Queimou Santa Cruz! Agora é o 'Aquidabã'! Lá vai". E dessa maneira a revolta ia correndo familiarmente, entrando nos hábitos e nos costumes da cidade.

No cais Pharoux, os pequenos garotos, vendedores de jornais, engraxates, quitandeiros ficavam atrás das portadas, dos urinários, das árvores, a ver, a esperar a queda das balas; e quando acontecia cair uma, corriam todos em bolo, a apanhá-la como se fosse uma moeda ou guloseima.

Dom Luís de Vasconcelos: vice-rei do Brasil de 1779 a 1790.

As balas ficaram na moda. Eram alfinetes de gravata, berloques de relógio, lapiseiras, feitas com as pequenas balas de fuzis: faziam-se também coleções das médias e com os seus estojos de metal, areados, polidos, lixados, ornavam os consolos, os *dunkerques* das casas médias; as grandes, os *melões* e as *abóboras*, como chamavam, guarneciam os jardins, como vasos de faiança ou estátuas.

A lancha continuava a atirar; Fontes fez um disparo. O canhão vomitou o projétil, recuou um pouco e logo foi posto em posição. A embarcação respondeu e o rapazote gritou: queimou!

Eram sempre esses garotos que anunciavam os tiros do inimigo. Mal viam o fuzilar breve e a fumaça, lá longe, no navio, jorrar devagar, muito pesada, gritavam: — queimou!

Houve um em Niterói que teve o seu quarto de hora de celebridade. Chamavam-no *Trinta-Réis*; os jornais do tempo ocuparam-se com ele, fizeram-se subscrições a seu favor. Um herói! Passou a revolta e foi esquecido, tanto ele como a *Luci*, uma bela lancha que chegou fazer-se entidade na imaginação da ***urbs***, a interessá-la, a criar inimigos e admiradores.

A embarcação deixou de provocar a fúria do posto do Caju, e Fontes deu instruções ao seu chefe da peça, e foi-se embora.

Quaresma recolheu-se no seu quarto e continuou os seus estudos guerreiros. Os mais dias que passou naquele extremo da cidade não eram diferentes deste. Os acontecimentos eram os mesmos e a guerra caía na banalidade da repetição dos mesmos episódios.

A espaços, quando o aborrecimento lhe vinha, saía. Descia a cidade e deixava o posto entregue a Polidoro ou a Fontes, se estava.

Raras vezes o fazia de dia, porque Polidoro, o mais assíduo, marceneiro de profissão e em atividade numa fábrica de móveis só vinha à noite.

No centro da cidade, a noite era alegre e jovial. Havia muito dinheiro, o governo pagava soldos dobrados, e, às vezes, gratificações, além do que havia também a

Urbs **(em latim): cidade.**

morte sempre presente; e tudo isso estimulava o divertir-se*. Os teatros eram frequentados e os *restaurants* noturnos também.

Quaresma, porém, não se metia naquele ruído de praça semissitiada. Ia às vezes ao teatro, à paisana, e, logo acabado o espetáculo, voltava para o quarto da cidade ou para o posto.

Em outras tardes, logo que Polidoro chegava, saía a pé, pelas ruas dos arredores, pelas praias até o Campo de São Cristóvão.

Ia vendo aquela sucessão de cemitérios, com as suas campas alvas que sobem montanhas, como carneiros tosquiados e limpos a pastar; aqueles ciprestes meditativos que as vigiam; e como que se lhe representava que aquela parte da cidade era feudo e senhorio da morte.

As casas tinham um aspecto fúnebre, recolhidas e concentradas; o mar marulhava **lugubremente** na ribanceira lodosa; as palmeiras ciciavam **doridas**; e até o tilintar da campainha dos bondes era triste e lúgubre.

A paisagem se impregnava da Morte e o pensamento de quem passava ali mais ainda, para fazer sentir nela tão forte aspecto funéreo.

Foi vindo até ao campo; aí deu-lhe vontade de ver a sua antiga casa e afinal entrou na residência do general Albernaz. Devia-lhe aquela visita e aproveitou o ensejo.

Acabavam de jantar e jantara com o general, além do tenente Fontes e o almirante Caldas, o comandante de Quaresma, o tenente-coronel Inocêncio Bustamante.

Bustamante era um comandante ativo, mas dentro do quartel. Não havia quem como ele se interessasse pelos livros, pela boa caligrafia, com que eram escritos os livros mestres, as relações de mostra, os mapas de companhia e outros documentos. Com auxílio deles, a organização do seu batalhão era irrepreensível; e, para não deixar de vigiar a escrituração, aparecia de onde em onde nos destacamentos do seu corpo**.

Havia dez dias que Quaresma o não via. Após os cumprimentos, ele logo perguntou ao major:

*** A presença da morte estimula a diversão: todos se preocupam em aproveitar o "hoje", pois correm o risco de morrer no dia seguinte.**

Lugubremente: tristemente.

Doridas: gementes.

**** Repare como Bustamante se preocupa com coisas absolutamente secundárias, desprezando o principal.**

— Quantas deserções?

— Até hoje, nove — disse Quaresma.

Bustamante coçou a cabeça desesperado e refletiu:

— Eu não sei o que tem essa gente... É um desertar sem nome... Falta-lhes patriotismo!

— Fazem muito bem... Ora! — disse o almirante.

Caldas andava aborrecido, pessimista. O seu processo ia mal e até agora o governo não lhe tinha dado coisa alguma. O seu patriotismo se enfraquecia com o diluir-se da esperança de ser algum dia vice-almirante. É verdade que o governo ainda não organizara a sua esquadra; entretanto, pelo rumor que corria, ele não comandaria nem uma divisão. Uma **iniquidade**! Era velho um pouco, é verdade; mas, por não ter nunca comandado, nessa matéria ele podia despender toda uma energia moça.

— O almirante não deve falar assim... A pátria está logo abaixo da humanidade.

— Meu caro tenente, o senhor é moço... Eu sei o que são essas coisas...

— Não se deve desesperar... Não trabalhamos para nós, mas para os outros e para os vindouros — continuou Fontes persuasivo.

— Que tenho eu com eles? — fez agastado Caldas.

Bustamante, o general e Quaresma assistiam à pequena discussão calados e os dois primeiros um tanto sorridentes com a fúria de Caldas, que não se cansava de dançar a perna e alisar os longos favoritos brancos. O tenente respondeu:

— Muito, almirante. Nós todos devemos trabalhar para que surjam épocas melhores, de ordem, de felicidade e elevação moral.

— Nunca houve e nunca haverá! — disse de um jato Caldas.

— Eu também penso assim — acrescentou Albernaz.

— Isto há de sempre ser o mesmo — aduziu **cética-mente** Bustamante.

Iniquidade: grave injustiça.

Ceticamente: de forma pessimista.

O major nada disse; parecia desinteressado da conversa. Fontes, em face daquelas contestações, ao contrário dos seus congêneres de seita, não se agastou. Ele era magro e chupado, moreno carregado e a oval do seu rosto estava amassada aqui e ali.

Com a sua voz arrastada e nasal, agitando a mão direita no jeito favorito dos **sermonários**, depois de ouvir todos, falou com **unção**:

— Houve já um esboço: a Idade Média.

Ninguém ali lhe podia contestar. Quaresma só sabia História do Brasil e os outros nenhuma.

E a sua afirmação fez calar todos, embora no íntimo duvidosos. É uma curiosa Idade Média, essa de elevação moral, que a gente não sabe onde fica, em que ano? Se a gente diz: "No tempo de **Clotário**, ele próprio, com suas mãos, atacou fogo na palhoça em que encerrava o seu filho Crame mais a mulher deste e filhos", o positivista objeta: "Ainda não estava perfeitamente estabelecido o ascendente da Igreja". "**São Luís**", diremos logo nós, "quis executar um senhor feudal porque mandou enforcar três crianças que tinham morto um coelho nas suas matas". Objeta o fiel: "Você não sabe que a nossa Idade Média vai até o aparecimento da ***Divina comédia***? São Luís já era a decadência"... Citam-se as epidemias de moléstias nervosas, a miséria dos campônios, as ladroagens à mão armada dos barões, as alucinações do milênio, as cruéis matanças que **Carlos Magno** fez aos saxões; eles respondem: uma hora que ainda não estava perfeitamente estabelecido o ascendente moral da Igreja; outra que ele já tinha desaparecido.

Nada disso foi objetado ao positivista e a conversa resvalou para a revolta. O almirante criticava severamente o governo.

Não tinha plano algum, levava a dar tiros à toa; na sua opinião, já devia ter feito todo o esforço para ocupar a Ilha das Cobras, embora isso custasse rios de sangue. Bustamante não tinha opinião assentada; mas Quaresma e Fontes julgavam que não: seria uma aventura

Sermonários: aqueles que fazem sermões.

Unção: devoção, sentimento piedoso.

Clotário (497-561): rei dos francos, cujo reinado foi marcado pela violência.

São Luís: Luís IX (1214-1270), rei da França, destacou-se por sua religiosidade, tendo sido canonizado em 1297.

***A divina comédia*: poema de fundo religioso escrito pelo italiano Dante Alighieri (1265-1321). Narra uma viagem simbólica do poeta através do Inferno, Purgatório e Paraíso. É considerado o poema mais importante da Idade Média.**

Carlos Magno (742-814): rei dos francos, conquistou um vasto império, não hesitando em empregar uma grande violência e crueldade.

arriscada e de uma **improficuidade patente**. Albernaz ainda não tinha dado o seu aviso, e veio a fazê-lo assim:

— Mas nós reconhecemos Humaitá, e por pouco!

— Entretanto, não a tomaram — disse Fontes. — As condições naturais eram outras e assim mesmo o reconhecimento foi perfeitamente inútil... O senhor sabe, esteve lá!

— Isto é... Adoeci e vim um pouco antes para o Brasil, mas o Camisão disse-me que foi arriscado.

Quaresma voltara ao silêncio. Ele procurava ver Ismênia. Fontes lhe tinha inteirado do seu estado e o major se sentia por qualquer coisa preso à moléstia da moça. Viu todos: dona Maricota, sempre ativa e diligente; Lalá, a arrancar, com o olhar, o noivo da conversa interminável, e as outras que vinham, de quando em quando, da sala de visitas à sala de jantar onde ele estava. Por fim, não se conteve, perguntou. Soube que estava em casa da irmã casada e ia pior, cada vez mais abismada na sua mania, enfraquecendo-se de corpo. O general contou tudo com franqueza a Quaresma e quando acabou de narrar aquela sua desgraça íntima, disse com um longo suspiro:

— Não sei, Quaresma... Não sei.

Eram dez horas quando o major se despediu. Voltou de bonde para a Ponta do Caju. Saltou e recolheu-se logo a seu quarto. Vinha cheio da perturbação especial que põe em nós o luar que estava lindo, terno e leitoso, naquela noite. É uma emoção de desafogo do corpo, de **delíquio**; parece que nos tiram o envoltório material e ficamos só alma, envolvidos numa branda atmosfera de sonhos e quimeras. O major não colhia bem a sensação transcendente, mas sofria sem perceber o efeito da luz pálida e fria do luar. Deitou-se um pouco, vestido, não por sono, mas em virtude daquela doce embriaguez que o astro lhe tinha posto nos sentidos.

Dentro em pouco Ricardo veio chamá-lo: o marechal estava aí. Era seu hábito sair à noite, às vezes, de madrugada, e ir de posto em posto. O fato se espalhou pelo público que o apreciava extraordinariamente, e o

Improficuidade: inutilidade.

Patente: evidente.

Delíquio: desfalecimento.

presidente teve mais esse documento para firmar a sua fama de estadista consumado.

Quaresma veio ao seu encontro. Floriano vestia chapéu de feltro mole, abas largas, e uma curta sobrecasaca surrada. Tinha um ar de malfeitor ou de exemplar chefe de família em aventuras extraconjugais.

O major cumprimentou-o e esteve a dar-lhe notícias do ataque que fora feito ao seu posto, há dias passados. O marechal respondia por monossílabos preguiçosos e olhava ao redor. Quase ao despedir-se, falou mais, dizendo vagarosamente, lentamente:

— Hei de mandar pôr um holofote aqui.

Quaresma veio acompanhá-lo até o bonde. Atravessaram o velho sítio de recreio dos imperadores. Um pouco afastada da estação uma locomotiva, semiacesa, resfolegava. Semelhava roncar, dormindo; os carros, pequenos, banhados pelo luar, muito quietos, sossegados como que dormiam. As **anosas** mangueiras, com falta de galhos aqui e ali, pareciam polvilhadas preciosamente de prata. O luar estava magnífico. Os dois andavam, o marechal perguntou:

— Quantos homens tem você?

— Quarenta.

O marechal mastigou um: "não é muito"; e voltou ao mutismo. Num dado momento, Quaresma viu-lhe o rosto inundado pela luz da lua. Pareceu-lhe mais simpática a fisionomia do ditador. Se lhe falasse...

Preparou a pergunta; mas não teve coragem de pronunciá-la. Continuaram a andar. O major pensou: "Que é que tem? Não há desrespeito algum." Aproximavam-se do portão. Num dado momento como que houve uma bulha atrás. Quaresma voltou-se, mas Floriano quase não o fez.

Os edifícios da serraria pareciam cobertos de neve, tanto era o branco luar. O major continuou a mastigar a sua pergunta; urgia, era indispensável; o portão estava a dois passos. Tomou coragem, ousou e falou:

— Vossa Excelência já leu o meu memorial, marechal?

Floriano respondeu lentamente, quase sem levantar o lábio pendente:

Anosas: velhas.

— Li.

Quaresma entusiasmou-se:

— Vê Vossa Excelência como é fácil erguer este país. Desde que se cortem todos aqueles empecilhos que eu apontei, no memorial que Vossa Excelência teve a bondade de ler; desde que se corrijam os erros de uma legislação defeituosa e inadaptável às condições do país, Vossa Excelência verá que tudo isto muda, que, em vez de tributários, ficaremos com a nossa independência feita... Se Vossa Excelência quisesse...

À proporção que falava, mais Quaresma se entusiasmava. Ele não podia ver bem a fisionomia do ditador, encoberto agora como lhe estava o rosto pelas abas do chapéu de feltro; mas, se a visse, teria de esfriar, pois havia na sua máscara sinais do aborrecimento mais mortal. Aquele falatório de Quaresma, aquele apelo à legislação, a medidas governamentais, iam mover-lhe o pensamento, por mais que não quisesse. O presidente aborrecia-se. Num dado momento, disse:

— Mas, pensa você, Quaresma, que eu hei de pôr a enxada na mão de cada um desses vadios?! Não havia exército que chegasse...

Quaresma espantou-se, titubeou, mas retorquiu:

— Mas, não é isso, marechal. Vossa Excelência com o seu prestígio e poder, está capaz de favorecer, com medidas enérgicas e adequadas, o aparecimento de iniciativas, de encaminhar o trabalho, de favorecê-lo e torná-lo remunerador... Bastava, por exemplo...

Atravessavam o portão da velha quinta de Pedro I. O luar continuava lindo, plástico e opalescente. Um grande edifício inacabado que havia na rua parecia terminado, com vidraças e portas feitas com a luz da lua. Era um palácio de sonho.

Floriano já ouvia Quaresma muito aborrecido. O bonde chegou; ele se despediu do major, dizendo com aquela sua placidez de voz:

— Você, Quaresma, é um visionário...*

*** O comentário de Floriano expõe de forma crua a realidade política: o governo não está preocupado com projetos de desenvolvimento e justiça social. Pensar em melhorar o país é coisa de visionário, de homem que não tem os pés no chão, que vive no mundo dos sonhos...**

O bonde partiu. A lua povoava os espaços, dava fisionomia às coisas, fazia nascer sonhos em nossa alma, enchia a vida, enfim, com a sua luz emprestada...

3. ...E TORNARAM LOGO SILENCIOSOS...

— Eu tenho experimentado tudo, Quaresma, mas não sei... não há meio!

— Já a levou a um médico especialista?

— Já. Tenho corrido médicos, espíritas, até feiticeiros, Quaresma!

E os olhos do velho se orvalhavam por baixo do *pince-nez*. Os dois se haviam encontrado na **pagadoria** da Guerra e vinham pelo campo de Sant'Ana, a pé, andando a pequenos passos e conversando. O general era mais alto que Quaresma, e enquanto este tinha a cabeça sobre um pescoço alto, aquele a tinha metida entre os ombros proeminentes, como cotos de asas. Albernaz reatou:

— E remédios! Cada médico receita uma coisa; os espíritas são os melhores, dão homeopatia; os feiticeiros, **tisanas**, rezas e defumações... Eu não sei, Quaresma!

E levantou os olhos para o céu, que estava um tanto **plúmbeo**. Não se demorou, porém, muito nessa postura; o *pince-nez* não permitia, já começava a cair.

Quaresma abaixou a cabeça e andou assim um pouco olhando as granulações do granito do passeio. Levantou o olhar ao fim de algum tempo, e disse:

— Por que não a recolhe a uma casa de saúde, general?

— Meu médico já me aconselhou isso... A mulher não quer e agora mesmo, no estado em que a menina está, não vale a pena...

Falava da filha, da Ismênia, que, naqueles últimos meses, piorara sensivelmente, não tanto da sua

Pagadoria: seção de uma repartição onde se fazem pagamentos.

Tisanas: medicamentos líquidos, geralmente preparados com ervas.

Plúmbeo: cor de chumbo.

moléstia mental, mais da saúde comum, vivendo de cama, sempre febril, **enlanguescendo**, definhando, marchando a passos largos para o abraço frio da morte.

Albernaz dizia a verdade; para curá-la tanto de sua loucura como da atual moléstia intercorrente, lançara mão de todos os recursos, de todos os conselhos apontados por quem quer que fosse.

Era de fazer refletir ver aquele homem, general, marcado com um curso governamental, procurar médiuns e feiticeiros, para sarar a filha.

Às vezes até levava-os em casa. Os médiuns chegavam perto da moça, davam um estremeção, ficavam com uns olhos desvairados, fixos, gritavam: "Sai, irmão!" — e sacudiam as mãos, do peito para a moça, de lá para cá, rapidamente, nervosamente, no intuito de descarregar sobre ela os fluidos milagrosos.

Os feiticeiros tinham outros passes e as cerimônias para entrar no conhecimento das forças ocultas que nos cercam eram demoradas, lentas e acabadas. Em geral, eram pretos africanos. Chegavam, acendiam um fogareiro no quarto, tiravam de um cesto um sapo empalhado ou outra coisa esquisita, batiam com feixes de ervas, ensaiavam passos de dança e pronunciavam palavras **ininteligíveis**. O ritual era complicado e tinha a sua demora.

Na saída, a pobre dona Maricota, um tanto já diminuída da sua atividade e diligência, olhando ternamente aquele grande rosto negro do mandingueiro, onde a barba branca punha mais veneração e certa grandeza, perguntava:

— Então, titio?

O preto considerava um instante, como se estivesse recebendo as últimas comunicações do que não se vê nem se percebe, e dizia com a sua majestade de africano:

— Vô vê, nhãnhã... **Tô crotando mandinga**...

Ela e o general tinham assistido a cerimônia, e o amor de pais e também esse fundo de superstição que há em todos nós levavam a olhá-la com respeito, quase com fé.

Enlanguescendo: **enfraquecendo.**

Ininteligíveis: **incompreensíveis.**

Tô crotando mandinga: **estou cortando mandinga.**

— Então foi feitiço que fizeram à minha filha? — perguntava a senhora.

— Foi, sim, nhãnhã.

— Quem?

— Santo não qué dizê.

E o preto obscuro, velho escravo, arrancado há um meio século dos confins da África, saía arrastando a sua velhice e deixando naqueles dois corações uma esperança fugaz.

Era uma singular situação, a daquele preto africano, ainda certamente pouco esquecido das dores do seu longo cativeiro, lançando mão dos resíduos de suas ingênuas crenças tribais, resíduos que tão a custo tinham resistido ao seu transplante forçado para terras de outros deuses, e empregando-os na consolação dos seus senhores de outro tempo. Como que os deuses de sua infância e de sua raça, aqueles sanguinários **manipansos** da África indecifrável, quisessem vingá-lo à legendária maneira do Cristo dos Evangelhos...*

A doente assistia tudo aquilo sem compreender e se interessar por aqueles trejeitos e passes de tão poderosos homens que se comunicavam, que tinham às suas ordens os seres imateriais, as existências fora e acima da nossa.

Andando, ao lado de Quaresma, o general lembrava-se de tudo isso e teve um pensamento amargo contra a ciência, contra os espíritos, contra os feitiços, contra Deus que lhe ia tirando a filha aos poucos, sem piedade e comiseração.

O major não sabia o que dizer diante daquela imensa dor de pai e parecia-lhe toda e qualquer palavra de consolo parva e idiota. Afinal disse:

— General, o senhor permite que eu a faça ver por um médico?

— Quem é?

— É o marido de minha afilhada... o senhor conhece... É moço, quem sabe lá! Não acha? Pode ser, não é?

O general consentiu e a esperança de ver curada a filha lhe afagou as faces enrugadas. Cada médico que

Manipansos: ídolos africanos.

*** O narrador inclui a figura do feiticeiro e negro recém-liberto na galeria de personagens populares do livro; a abolição da escravatura tinha ocorrido há apenas cinco anos.**

consultava, cada espírita, cada feiticeiro reanimava-o, pois de todos ele esperava o milagre. Nesse mesmo dia, Quaresma foi procurar o doutor Armando.

A revolta já tinha mais de quatro meses de vida e as vantagens do governo eram problemáticas. No Sul, a insurreição chegava às portas de São Paulo, e só a Lapa* resistia tenazmente, uma das poucas páginas dignas e limpas de todo aquele **enxurro** de paixões. A pequena cidade tinha dentro de suas trincheiras o coronel Gomes Carneiro, uma energia, uma vontade, verdadeiramente isso, porque era sereno, confiante e justo. Não se desmanchou em violências de apavorado e soube tornar verdade a gasta frase grandiloquente: resistir até a morte.

A Ilha do Governador tinha sido ocupada e Majé tomado; os revoltosos, porém, tinham a vasta baía e a barra apertada, por onde saíam e entravam, sem temer o estorvo das fortalezas.

As violências, os crimes que tinham assinalado esses dois marcos de atividade guerreira do governo, chegavam ao ouvido de Quaresma e ele sofria.

Da Ilha do Governador fez-se uma verdadeira mudança de móveis, roupas e outros haveres. O que não podia ser transportado era destruído pelo fogo e pelo machado.

A ocupação deixou lá a mais **execranda** memória e até hoje os seus habitantes ainda se recordam dolorosamente de um capitão, patriótico ou da guarda nacional, Ortiz, pela sua ferocidade e **insofrido** gosto pelo saque e outras **vexações**. Passava um pescador, com uma tampa de peixe, e o capitão chamava o pobre homem:

— Venha cá!

O homem aproximava-se amedrontado e Ortiz perguntava:

— Quanto quer por isso?

— Três mil-réis, capitão.

Ele sorria diabolicamente e familiarmente regateava:

*** Durante a Revolução Federalista em 1894, na cidade da Lapa, no estado do Paraná, ocorreu um sangrento confronto entre as tropas republicanas e os federalistas, que eram contrários ao sistema presidencialista de governo. Os federalistas resistiram ao cerco por 26 dias, mas acabaram vencidos. Nessa batalha, faleceu o coronel Gomes Carneiro.**

Enxurro: enxurrada.

Execranda: detestável.

Insofrido: incontrolável.

Vexações: opressões.

— Você não deixa por menos?... Está caro... Isso é peixe ordinário... **Carapebas**! Ora!

— Bem, capitão, vá lá por dois e quinhentos.

— Leve isso lá dentro.

Ele falava na porta de casa. O pescador voltava e ficava um tempo em pé, demonstrando que esperava o dinheiro. Ortiz balançava a cabeça e dizia **escarninho**:

— Dinheiro! Hein? Vá cobrar ao Floriano*.

Entretanto, Moreira César deixou boas recordações de si e ainda hoje há lá quem se lembre dele, agradecido por este ou aquele benefício que o famoso coronel lhe prestou.

As forças revoltosas pareciam não ter enfraquecido; tinham, porém, perdido dois navios, sendo um destes o *Javari*, cuja reputação na revolta era das mais altas e consideradas. As forças de terra detestavam-no particularmente. Era um monitor, chato, raso com a água, uma espécie de **sáurio ou quelônio** de ferro, de construção francesa. A sua artilharia era temida; mas o que sobremodo enraivecia os adversários era ele não ter quase borda acima d'água, ficar quase ao nível do mar e fugir assim aos tiros incertos de terra. As suas máquinas não funcionavam, e a grande tartaruga vinha colocar-se em posição de combate com auxílio de um rebocador.

Um dia em que estava nas proximidades de Villegagnon, foi a pique. Não se soube e até hoje não foi esclarecido por que foi. Os legalistas afirmaram que foi uma bala de Gragoatá; mas os revoltosos asseguraram que foi a abertura de uma válvula ou um outro acidente qualquer.

Como o do seu irmão, o *Solimões*, que desapareceu nas costas do Cabo Polônio, o fim do *Javari* ainda está envolvido no mistério.

Quaresma permanecia de guarnição no Caju, e viera receber dinheiro. Deixara lá Polidoro, pois os outros oficiais estavam doentes ou licenciados, e Fontes, que, sendo uma espécie de inspetor geral, ao contrário de seus hábitos, dormira aquela noite no pequeno pavilhão imperial e ia ficar até à tarde.

Carapebas: **um tipo de peixe.**

Escarninho: **zombeteiro.**

*** O narrador seleciona um episódio para captar, no detalhe, a crueldade da guerra e a arrogância dos oficiais.**

Sáurio ou quelônio: **lagarto ou tartaruga.**

Ricardo Coração dos Outros, desde o dia da proibição de tocar violão, andava **macambúzio**. Tinham-lhe tirado o sangue, o motivo de viver, e passava os dias taciturno, encostado a um tronco de árvore, maldizendo no fundo de si a incompreensão dos homens e os caprichos do destino. Fontes notara a sua tristeza; e, para minorar-lhe o desgosto, obrigara a Bustamante a fazê-lo sargento. Não foi sem custo, porque o antigo veterano do Paraguai encarecia muito essa graduação e só a dava como recompensa excepcional ou quando requerida por pessoas importantes.

A vida do pobre menestrel era assim a de um melro engaiolado; e, de quando em quando, ele se afastava um pouco e ensaiava a voz, para ver se ainda a tinha e não fugira com o fumo dos disparos.

Quaresma sabendo que dessa maneira o posto estava bem entregue, resolveu demorar-se mais, e, após despedir-se de Albernaz, encaminhou-se para a casa do seu compadre, a fim de cumprir a promessa que fizera ao general.

Coleoni ainda não decidira a sua viagem à Europa. Hesitava, esperando o fim da rebelião que não parecia estar próximo. Ele nada tinha com ela; até ali, não dissera a ninguém a sua opinião; e, **se era muito instado**, apelava para a sua condição de estrangeiro e metia-se numa reserva prudente. Mas, aquela exigência de passaporte, tirado na chefatura de polícia, dava-lhe susto. Naqueles tempos, toda a gente tinha medo de tratar com autoridades. Havia tanta má vontade com os estrangeiros, tanta arrogância nos funcionários que ele não se animava a ir obter o documento, temendo que uma palavra, que um olhar, que um gesto, interpretados por qualquer funcionário zeloso e dedicado, não o levassem a sofrer maus quartos de hora.

Verdade é que ele era italiano e a Itália já fizera ver ao ditador que era uma grande potência, mas no caso de que se lembrava, tratava-se de um marinheiro, por cuja vida, extinta por uma descarga das forças legais,

Macambúzio: entristecido, melancólico.

Se era muito instado: se alguém insistisse muito.

Floriano pagara a quantia de cem contos. Ele, Coleoni, porém, não era marinheiro, e não sabia, caso fosse preso, se os representantes diplomáticos de seu país tomariam interesse pela sua liberdade.

De resto, não tendo protestado manter a sua nacionalidade, quando o governo provisório expediu o famoso decreto de naturalização, era bem possível que uma ou outra parte se ativessem a isso, para desinteressar-se dele ou mantê-lo na famosa galeria número 7, da Casa de Correição, transformada, por uma **penada** mágica, em prisão de Estado.

A época era de susto e temor, e todos esses que ele sentia, só os comunicava à filha, porque o genro cada vez mais se fazia florianista e jacobino, de cuja boca muita vez ouvia duras **invectivas** aos estrangeiros.

E o doutor tinha razão; já obtivera uma graça governamental. Fora nomeado médico do Hospital de Santa Bárbara, na vaga de um colega, demitido a bem do serviço público como suspeito por ter ido visitar um amigo na prisão. Como o hospital, porém, ficasse no ilhéu do mesmo nome, dentro da baía, em frente à Saúde, e a Guanabara ainda estivesse em mão dos revoltosos, ele nada tinha que fazer, pois até agora o governo não aceitara os seus oferecimentos de auxiliar o tratamento dos feridos.

O major foi encontrar pai e filha em casa; o doutor tinha saído, ido dar uma volta pela cidade, dar **arras** de sua dedicação à causa legal, conversando com os mais exaltados jacobinos do Café do Rio, não esquecendo também de passear pelos corredores do Itamarati, fazendo-se ver pelos ajudantes de ordens, secretários e outras pessoas influentes no ânimo de Floriano.

A moça viu entrar Quaresma com aquele sentimento estranho que o seu padrinho lhe causava ultimamente, e esse sentimento mais agudo se tornava quando o via contar os casos guerreiros do seu destacamento, a passagem de balas, as descargas das lanchas, naturalmente, simplesmente, como se fossem feições de uma

Penada: canetada. Isto é, com uma simples assinatura, o governo militar autoritário expedia seus decretos e fazia valer sua vontade.

Invectivas: injúrias, ofensas.

Arras: provas, garantias.

festa, de uma **justa**, de um divertimento qualquer em que a morte não estivesse presente.

Tanto mais que o via apreensivo, deixando perceber numa frase e noutra desânimo e desesperança.

Na verdade o major tinha um espinho n'alma. Aquela recepção de Floriano às suas lembranças de reformas não esperavam nem o seu entusiasmo e sinceridade nem tampouco a ideia que ele fazia do ditador. Saíra ao encontro de Henrique IV e de Sully e vinha esbarrar com um presidente que o chamava de visionário, que não avaliava o alcance dos seus projetos, que os não examinava sequer, desinteressado daquelas altas coisas de governo como se não o fosse!... Era pois para sustentar tal homem que deixara o sossego de sua casa e se arriscava nas trincheiras? Era, pois, por esse homem que tanta gente morria? Que direito tinha ele de vida e de morte sobre os seus concidadãos, se não se interessava pela sorte deles, pela sua vida feliz e abundante, pelo enriquecimento do país, o progresso de sua lavoura e o bem-estar de sua população rural?*

Pensando assim, havia instantes que lhe vinha um mortal desespero, uma raiva de si mesmo; mas em seguida considerava: o homem está atrapalhado, não pode agora; mais tarde com certeza ele fará a coisa...

Vivia nessa alternativa dolorosa e era ela que lhe trazia apreensões, desânimo e desesperança, notados por sua afilhada na sua fisionomia já um pouco acabrunhada.

Não tardou, porém, que, abandonando os episódios da sua vida militar, Quaresma explicasse o motivo de sua visita.

— Mas qual delas? — perguntou a afilhada.

— A segunda, a Ismênia.

— Aquela que estava para casar com o dentista?

— Esta mesmo.

— Ahn!...

Ela pronunciou este *ahn* muito longo e profundo, como se pusesse nele tudo que queria dizer sobre o

Justa: competição, na Idade Média, em que dois cavaleiros combatiam à lança por um prêmio.

*** Repare como o tom da narrativa fica cada vez mais amargo. A decepção de Quaresma, que não encontra em Floriano nenhum interesse por suas propostas, marca agora o relato.**

caso. Via bem o que fazia o desespero da moça, mas via melhor a causa, naquela obrigação que incrustam no espírito das meninas, que elas se devem casar a todo custo, fazendo do casamento o polo e fim da vida, a ponto de parecer uma desonra, uma injúria ficar solteira.

O casamento já não é mais amor, não é maternidade, não é nada disso: é simplesmente casamento, uma coisa vazia, sem fundamento nem na nossa natureza nem nas nossas necessidades.

Graças à frouxidão, à pobreza intelectual e fraqueza de energia vital de Ismênia, aquela fuga do noivo se transformou em certeza de não casar mais e tudo nela se abismou nessa ideia desesperada.

Coleoni enterneceu-se muito e interessou-se. Sendo bom de fundo, quando lutava pela fortuna se fez duro e áspero, mas logo que se viu rico, perdeu a dureza de que se revestira, pois percebia bem que só se pode ser bom quando se é forte de algum modo.

Ultimamente o major tinha diminuído um pouco o interesse pela moça; andava atormentado com o seu caso de consciência; entretanto, se não tinha um constante e particular pensamento pela **desdita** da filha de Albernaz, abrangia-a ainda na sua bondade geral, larga e humana.

Não se demorou muito na casa do compadre; ele queria, antes de voltar ao Caju, passar pelo quartel do seu batalhão. Ia ver se arranjava uma pequena licença, para visitar a irmã que deixara lá, no "Sossego", e de quem tinha notícias por carta, três vezes por semana. Eram elas satisfatórias, contudo ele tinha necessidade de ver tanto ela como o Anastácio, fisionomias com quem se encontrava diariamente há tantos anos e cuja contemplação lhe fazia falta e talvez lhe restituísse a calma e a paz de espírito.

Na última carta que recebera de dona Adelaide, havia uma frase de que, no momento, se lembrava sorrindo: "Não te exponhas muito, Policarpo. Toma muita cautela". Pobre Adelaide! Estava a pensar que esse

Desdita: **infelicidade.**

negócio de balas é assim como a chuva?!...

O quartel ainda ficava no velho cortiço condenado pela higiene, lá para as bandas da Cidade Nova. Assim que Quaresma apontou na esquina, a sentinela deu um grande berro, fez uma imensa bulha com a arma e ele entrou, tirando o chapéu da cabeça baixa, pois estava à paisana e tinha abandonado a cartola com medo de que esse traje fosse ferir as suscetibilidades republicanas dos jacobinos.

No pátio, o instrutor coxo adestrava novos voluntários e os seus majestosos e demorados gritos: *Om-brôoo... armas! Mei-ããã-volta... volver!* subiam ao céu e ecoavam longamente pelos muros da antiga estalagem.

Bustamante estava no seu cubículo, mais conhecido por gabinete, irrepreensível no seu uniforme verde-garrafa, alamares dourados e vivos azul-ferrete. Com auxílio de um sargento, examinava a escrita de um livro quarteleiro.

— Tinta vermelha, sargento! é como mandam as instruções de 1864*****.

Tratava-se de uma emenda ou de coisa semelhante.

Logo que viu Quaresma entrar, o comandante exclamou radiante:

— O major adivinhou!

Quaresma descansou placidamente o chapéu, bebeu um pouco d'água, e o coronel Inocêncio explicou a alegria:

— Sabe que temos de marchar?

— Para onde?

— Não sei... Recebi ordem do Itamarati.

Ele não dizia nunca do quartel-general, nem mesmo do ministro da Guerra; era do Itamarati, do presidente, do chefe supremo. Parecia que assim dava mais importância a si mesmo e ao seu batalhão, fazia-o uma espécie de batalhão da guarda, favorito e amado do ditador.

Quaresma não se espantou, nem se aborreceu. Percebeu que era impossível obter a licença e também

*** O narrador destaca, mais uma vez, a mediocridade de Bustamente: com tantos problemas à sua volta, ele se preocupa com a cor da tinta que devia ser usada na escrita de um certo livro.**

necessário mudar os seus estudos: da artilharia, tinha que passar para a infantaria.

— O major é que vai comandar o corpo, sabia?

— Não, coronel. E o senhor não vai?

— Não — disse Bustamante, alisando o cavanhaque mosaico e abrindo a boca para o lado esquerdo. — Tenho que acabar a organização da unidade e não posso... Não se assuste, mais tarde irei lá ter...

Começava a tarde, quando Quaresma saiu do quartel. O instrutor coxo continuava, com força, majestade e demora, a gritar: *Om-brôoo... armas!* A sentinela não pôde fazer a bulha da entrada, porque só viu o major quando já ia longe. Ele desceu até a cidade e foi ao correio. Havia alguns tiros espaçados; no Café do Rio, os **levitas** continuavam a trocar ideias para a consolidação definitiva da República.

Antes de chegar ao correio, Quaresma lembrou-se de sua partida. Correu a uma livraria e comprou livros sobre infantaria; precisava também dos regulamentos: arranjaria no quartel-general.

Para onde ia? Para o Sul, para Majé, para Niterói? Não sabia... Não sabia... Ah! se isso fosse para realização dos seus desejos e sonhos! Mas quem sabe?... Podia ser... talvez... Mais tarde...

E passou o dia atormentado pela dúvida do bom emprego de sua vida e de suas energias.

O marido de Olga não fez nenhuma questão em ir ver a filha do general. Ele levava a íntima convicção de que a sua ciência toda nova pudesse fazer alguma coisa; mas assim não se deu.

A moça continuou a definhar e, se a mania parecia um pouco atenuada, o seu organismo caía. Estava magra e fraca, a ponto de quase não poder sentar-se na cama. Era sua mãe quem mais junto a ela vivia; as irmãs se desinteressavam um pouco, pois as exigências de sua mocidade levavam-nas para outros lados.

Dona Maricota, tendo perdido todo aquele antigo fervor pelas festas e bailes, estava sempre no quarto da filha,

Levitas: sacerdotes hebreus encarregados do culto sagrado. Nesta passagem, é uma maneira irônica de designar os radicais defensores dos republicanos e, portanto, do marechal Floriano.

a consolá-la, animá-la e, às vezes, quando a olhava muito, como que se sentia um tanto culpada pela sua infelicidade.

A moléstia tinha posto mais firmeza nos traços de Ismênia, tinha-lhe diminuído a lassidão, tirado o mortiço dos olhos e os seus lindos cabelos castanhos, com reflexos de ouro, mais belos se faziam quando cercavam a palidez de sua face.

Raro era falar muito; e assim foi que, naquele dia, se espantou muito dona Maricota com a **loquacidade** da filha.

— Mamãe, quando se casa Lalá?

— Quando se acabar a revolta.

— A revolta ainda não acabou?

A mãe respondeu-lhe e ela esteve um instante calada, olhando o teto, e, após essa contemplação disse à mãe:

— Mamãe... Eu vou morrer...

As palavras saíram-lhe dos lábios, seguras, doces e naturais.

— Não diga isso, minha filha — adiantou-se dona Maricota. — Qual morrer! Você vai ficar boa; seu pai vai levar você para Minas; você engorda, toma forças...

A mãe dizia-lhe tudo isso devagar, alisando-lhe a face com a mão, como se se tratasse de uma criança. Ela ouvia tudo com paciência e voltou por sua vez serenamente:

— Qual, mamãe! Eu sei: vou morrer e peço uma coisa à senhora...

A mãe ficou espantada com a seriedade e firmeza da filha. Olhou em redor, deu com a porta semicerrada e levantou-se para fechá-la. Quis ainda ver se a **dissuadia** daquele pensamento; Ismênia, porém, continuava a repeti-lo pacientemente, docemente, serenamente:

— Eu sei, mamãe.

— Bem. Supondo que é verdade: o que é que você quer?

— Eu quero, mamãe, ir vestida de noiva.

Dona Maricota ainda quis brincar, troçar; a filha, porém, voltou-se para o outro lado, pôs-se a dormir, com

Loquacidade: **disposição de falar, de conversar.**

Dissuadia: **fazia mudar de opinião ou de pensamento.**

um leve respirar espaçado. A mãe saiu do quarto, comovida, com lágrimas nos olhos e a secreta certeza de que a filha falava a verdade.

Não tardou muito a se verificar. O doutor Armando a tinha visitado naquela manhã pela quarta vez; ela parecia melhor, desde alguns dias, falava com discernimento, sentava-se à cama e conversava com prazer.

Dona Maricota teve que fazer uma visita e deixou a doente entregue às irmãs. Elas foram lá ao quarto várias vezes e parecia dormir. Distraíram-se.

Ismênia despertou: viu, por entre a porta do guarda-vestidos meio aberto, o seu traje de noiva. Teve vontade de vê-lo mais de perto. Levantou-se descalça e estendeu-o na cama para contemplá-lo. Chegou-lhe o desejo de vesti-lo. Pôs a saia; e, por aí, vieram recordações do seu casamento falhado. Lembrou-se do seu noivo, do nariz fortemente ósseo e dos olhos esgazeados de Cavalcânti; mas não se recordou com ódio, antes como se fosse um lugar visto há muito tempo, e que a tivesse impressionado.

De quem ela se lembrava com raiva era da cartomante. Iludindo sua mãe, acompanhada por uma criada, tinha conseguido consultar madame Sinhá. Com que indiferença ela lhe respondeu: não volta! Aquilo doeu-lhe... Que mulher má! Desde esse dia... Ah! Acabou de abotoar a saia em cima do corpinho, pois não encontrara colete; e foi ao espelho. Viu os seus ombros nus, o seu colo muito branco... Surpreendeu-se. Era dela aquilo tudo? Apalpou-se um pouco e depois colocou a coroa. O véu afagou-lhe as espáduas carinhosamente, como um **adejo** de borboleta. Teve uma fraqueza, uma coisa, deu um ai e caiu de costas na cama, com as pernas para fora.... Quando a vieram ver, estava morta. Tinha ainda a coroa na cabeça e um seio, muito branco e redondo, saltava-lhe do corpinho.

O enterro foi feito no dia imediato e a casa de Albernaz esteve os dois dias cheia, como nos dias de suas melhores festas.

Adejo: rápido bater de asas.

Quaresma foi ao enterro; ele não gostava muito dessa cerimônia; mas veio, e foi ver a pobre moça, no caixão, coberta de flores, vestida de noiva, com um ar imaculado de imagem. Pouco mudara, entretanto. Era ela mesma ali; era a Ismênia dolente e pobre de nervos, com os seus traços miúdos e os seus lindos cabelos, que estava dentro daquelas quatro tábuas. A morte tinha fixado a sua pequena beleza e o seu aspecto pueril; e ela ia para a cova com a insignificância, com a inocência e a falta de acento próprio que tinha tido em vida.

Contemplando aqueles tristes restos, Quaresma viu o caixão do coche parar na porta do cemitério, atravessar pelas ruas de túmulos — uma multidão que trepava, se tocava, lutava por espaço, na estreiteza da várzea e nas encostas das colinas. Algumas sepulturas como se olhavam com afeto e se queriam aproximar; em outras, transparecia repugnância por estarem perto. Havia ali, naquele mudo laboratório de decomposições, solicitações incompreensíveis, repulsões, simpatias e antipatias; havia túmulos arrogantes, vaidosos, orgulhosos, humildes, alegres e tristes; e de muitos, **ressumava** o esforço, um esforço extraordinário, para escapar ao nivelamento da morte, ao apagamento que ela traz às condições e às fortunas.

Quaresma ainda contemplava o cadáver da moça e o cemitério surgia aos seus olhos com as esculturas que se amontoavam, com vasos, cruzes e inscrições, em alguns túmulos; noutros, eram pirâmides de pedra tosca, retratos, caramanchões extravagantes, complicações de ornatos, coisas barrocas e delirantes, para fugir ao anonimato do túmulo, ao fim dos fins.

As inscrições **exuberam**: são longas, são breves; têm nomes, têm datas, sobrenomes, filiações, toda a certidão de idade do morto que, lá embaixo, não se pode mais conhecer e é lama **pútrida**.

E se sente um desespero em não se deparar com um nome conhecido, nem uma celebridade, uma notabilidade, um desses nomes que enchem décadas e, às

Ressumava: revelava-se, manifestava-se.

Exuberam: são muitas.

Pútrida: podre.

vezes, mesmo já mortos, parece que continuam a viver. Tudo é desconhecido; todos aqueles que querem fugir do túmulo para a memória dos vivos, são **anódinos** felizes e medíocres existências que passaram pelo mundo sem ser notadas*.

E lá ia aquela moça por ali afora para o buraco escuro, para o fim, sem deixar na vida um traço mais fundo de sua pessoa, de seus sentimentos, de sua alma!

Quaresma quis afastar essa visão triste e encaminhou-se para o interior da casa. Ele estivera na sala de visitas, onde dona Maricota também estava, cercada de outras senhoras amigas que nada lhe diziam. O Lulu, fardado do colégio, com fumo no braço, cochilava a uma cadeira. As irmãs iam e vinham. Na sala de jantar, estava o general silencioso, tendo ao lado Fontes e outros amigos.

Caldas e Bustamante conversavam baixo, afastados; e quando Quaresma passou, pôde ouvir o almirante dizer:

— Qual! Os homens estão dentro em pouco aqui... O governo está exausto.

O major ficou na janela que dava para o quintal. O tecido do céu se tinha adelgaçado: o azul estava sedoso e fino; e tudo tranquilo, sereno e calmo.

A Estefânia, a doutora, a de olhos maliciosos e quentes, passou, tendo ao lado Lalá, que levava, de quando em quando, o lenço aos olhos já secos, a quem aquela dizia:

— Eu, se fosse você, não comprava lá... É caro! Vai ao ***Bonheur des Dames***... Dizem que tem coisas boas e é pechincheiro.

O major voltou de novo a contemplar o céu que cobria o quintal. Tinha uma tranquilidade quase indiferente. Genelício apareceu demasiadamente fúnebre. Todo de preto, ele tinha afivelado ao rosto a mais profunda máscara de tristeza. O seu *pince-nez* azulado também parecia de luto.

Não lhe fora possível deixar de ir trabalhar; um serviço urgente fizera-o indispensável na repartição.

— É isto, general — disse ele —, não está lá o dou-

Anódinos: insignificantes, sem importância.

*** Veja como as reflexões de Quaresma sobre a morte acentuam a amargura com que vem pensando sobre as causas a que dedicou sua vida e energia.**

Bonheur des Dames (em francês): **Felicidade das Damas. Observe que a morte de Ismênia não comove muito. As pessoas estão presentes por uma questão de respeito, mas ficam entretidas conversando sobre coisas do dia a dia.**

tor Genelício, nada se faz... Não há meio da Marinha mandar os processos certos... É um relaxamento...

O general não respondeu; estava deveras **combalido**. Bustamante e Caldas continuavam a conversar baixo. Ouviu-se o rodar de uma carruagem na rua. Quinota chegou à sala de jantar:

— Papai, está aí o coche.

O velho levantou-se a custo e foi para a sala de visitas. Falou à mulher que se ergueu com a face contraída, exprimindo uma grande contensão. Os seus cabelos já tinham muitos fios de prata. Não deu um passo; esteve um instante parada e logo caiu na cadeira, chorando. Todos estavam vendo sem saber o que fazer; alguns choravam; Genelício tomou um partido: foi retirando os **círios** de ao redor do caixão. A mãe levantou-se, veio até o esquife, beijou o cadáver: minha filha!

Quaresma adiantou-se, foi saindo com o chapéu na mão. No corredor, ainda ouviu Estefânia dizer a alguém: o coche é bonito.

Saiu. Na rua parecia que havia festa. As crianças da vizinhança cercavam o carro fúnebre e faziam inocentes comentários sobre os dourados e enfeites. As grinaldas foram aparecendo e sendo dependuradas nas extremidades das colunas do coche: "À minha querida filha", "À minha irmã". As fitas roxas e pretas, com letras douradas, moviam-se lentamente ao leve vento que soprava.

Apareceu o caixão, todo roxo, com guarnições de galões dourados, muito brilhantes. Tudo aquilo ia pra terra. As janelas se povoaram, de um lado e doutro da rua; um menino na casa próxima gritou da rua para o interior: "Mamãe, lá vai o enterro da moça!"

O caixão foi afinal amarrado fortemente no carro mortuário, cujos cavalos, **ruços**, cobertos com uma rede preta, **escarvavam o chão** cheios de impaciência.

Aqueles que iam acompanhar até o cemitério, procuravam os seus carros. Embarcaram todos, e o enterro rodou.

Combalido: abalado.

Círios: velas.

Ruços: castanho-claros.

Escarvavam o chão: batiam com as patas no chão.

A esse tempo, na vizinhança, alguns pombos imaculadamente brancos, as **aves de Vênus**, ergueram o voo, **ruflando estrepitosamente**; deram volta por cima do coche e tornaram logo silenciosos, quase sem bater asas, para o pombal que se ocultava nos quintais burgueses...

4. O BOQUEIRÃO

O sítio de Quaresma, em Curuzu, voltava aos poucos ao estado de abandono em que ele o encontrara. A erva daninha crescia e cobria tudo. As plantações que fizera tinham desaparecido na invasão do capim, do carrapicho, das urtigas e outros arbustos. Os arredores da casa ofereciam um aspecto desolador, apesar dos esforços de Anastácio, sempre vigoroso e trabalhador na sua forte velhice africana, mas **baldo** de iniciativa, de método, de continuidade no esforço*.

Um dia capinava aqui, outro dia ali, outro pedaço, e assim ia saltando de trecho em trecho, sem fazer trabalho que se visse, permitindo que as terras e os arredores da casa adquirissem um aspecto de desleixo que não condizia com o seu trabalho efetivo.

As formigas voltaram também, mais terríveis e depredadoras, vencendo obstáculos, devastando tudo, restos de **seara**, brotos de fruteiras, até os araçazeiros depenavam com uma energia e bravura que sorriam aos fracos expedientes da inteligência crestada do antigo escravo, incapaz de achar meios eficazes de batê-las ou afugentá-las.

Entretanto ele cultivava. Era a sua mania, o seu vício, uma teimosia de caduco. Tinha uma horta que disputava diariamente às saúvas; e, como os animais da vizinhança a tivessem um dia invadido, ele a protegeu pacientemente com uma cerca de materiais mais

Aves de Vênus: na mitologia grega, os pombos eram símbolos de Vênus, deusa do amor. Nessa passagem, o narrador sugere uma espécie de adeus dos pombos a Ismênia, aquela que não viveu o amor.

Ruflando: agitando as asas.

Estrepitosamente: com barulho.

Baldo: falho.

* Observe que a decadência do sítio, além de ser consequência da ausência de Quaresma, coincide com a sua crise existencial, cada vez mais profunda.

Seara: terra semeada.

inconcebíveis: latas de querosene desdobradas, **caibros** bons, folhas de coqueiros, tábuas de caixão, não obstante ter à mão bambus à vontade.

Na sua inteligência havia uma necessidade do tortuoso, do aparentemente fácil; e, em tudo ele punha esse jeito de sua psique, tanto no falar, com grandes rodeios, como nos canteiros que traçava, irregulares, maiores aqui, menores ali, fugindo à regularidade, ao paralelismo, à simetria, com um horror artístico.

A revolta tinha tido sobre a política local efeito pacificador. Todos os partidos se fizeram dedicadamente governistas, de forma que, entre os dois poderosos contendores, o doutor Campos e o tenente Antonino, houve um traço de união que os reconciliou e os fez entenderem-se. Ao osso que ambos disputavam encarniçadamente, chegou um outro mais forte que pôs em perigo a segurança de ambos e eles se puseram em expectativa, um instante unidos.

O candidato foi imposto pelo governo central e as eleições chegaram. É um momento bem curioso esse das eleições na roça. Não se sabe bem donde saem tantos tipos exóticos. De tal forma são eles esquisitos que se pode mesmo esperar que apareçam calções e **bofes de renda**, espadins e gibão. Há sobrecasacas de cintura, há calças boca de sino, há chapéus de seda — todo um museu de indumentária que aqueles roceiros vestem e por um instante fazem viver por entre as ruas esburacadas e estradas poeirentas das vilas e lugarejos. Não faltam também os valentões, com calças bombachas e grandes bengalões de **pequiá**, à espera do que der e vier*.

Para a monótona vida que levava dona Adelaide, esse desfile de manequins de museu, por sua porteira, em direção à seção eleitoral que lhe ficava nas proximidades, foi um divertimento. Ela passava longos e tristes dias naquele isolamento. Fazia-lhe companhia desde muito a mulher de Felizardo, a sinhá Chica, uma velha cafuza, espécie de **Medeia** esquelética, cuja fama

Caibros: peças longas de madeira, usadas em construção.

Bofes de renda: renda ou pano franzido usado antigamente como ornamento e acabamento em peças de vestuário.

Pequiá: um tipo de árvore.

*** Para a população dos subúrbios, os dias de eleição são, antes de tudo, um evento social, e o desfile de roupas antigas e vestimentas exóticas lembram, segundo o narrador, um espetáculo cômico e anacrônico, uma viagem ao passado.**

Medeia: personagem de uma tragédia grega escrita por Eurípedes, no século V a.C., e apresentada como uma espécie de feiticeira. Nessa passagem, a curandeira sinhá Chica, por seus conhecimentos de ervas e benzeduras, é ironicamente associada a Medeia.

de rezadeira pairava por sobre todo o município. Não havia quem como ela soubesse rezar dores, cortar febres, curar **cobreiros** e conhecesse os efeitos das ervas medicinais: a língua-de-vaca, a silvina, o cipó-chumbo — toda aquela drogaria que crescia pelos campos, pelas capoeiras, e pelos troncos de árvores.

Além desse saber que a fazia estimada e respeitável, tinha também a habilidade de assistir partos. Na redondeza, entre a gente pobre e mesmo remediada, todos os nascimentos se faziam aos cuidados de suas luzes.

Era de ver como pegava uma faca e agitava o pequeno instrumento doméstico em cruz, repetidas vezes, sobre a **sede** da dor ou da tarefa, rezando em voz baixa, balbuciando preces que afugentavam o espírito maligno que estava ali. Contavam-se dela milagres, vitórias extraordinárias, denunciadoras do seu estranho poder quase mágico, sobre as forças ocultas, que nos perseguem ou nos auxiliam.

Um dos mais curiosos, e era contado em toda a parte e a toda hora, consistia no afastamento das lagartas. Os vermes haviam dado num feijoal, aos milheiros, cobrindo as folhas e os colmos; o proprietário já desesperava e tinha tudo por perdido quando se lembrou dos maravilhosos poderes de sinhá Chica. A velha lá foi. Pôs cruzes de gravetos pelas bordas da roça, assim como se fizesse uma cerca de invisível material que nela se apoiasse: deixou uma extremidade aberta e colocou-se na oposta a rezar. Não tardou o milagre a verificar-se. Os vermes, num rebanho moroso e serpejante, como se fossem tocados pela vara de um pastor, foram saindo na sua frente, devagar, aos dois, aos quatro, aos cinco, aos dez, aos vinte, e um só não ficou.

O doutor Campos não tinha absolutamente nenhuma espécie de ciúme dessa rival. Armou-se de um pequeno desdém pelo poder sobre-humano da mulher, mas não apelou nunca para o arsenal de leis, que

Cobreiros: doenças de pele que, segundo a crença popular, são causadas pela passagem de algum bicho pela roupa.

Sede (é): ponto principal.

vedava o exercício de sua transcendente medicina. Seria a impopularidade; ele era político...

No interior, e não é preciso afastar-se muito do Rio de Janeiro, as duas medicinas coexistem sem raiva e ambas atendem às necessidades mentais e econômicas da população.

A da sinhá Chica, quase grátis, ia ao encontro da população pobre, daquela em cujos cérebros, por contágio ou herança, ainda vivem os **manitus** e manipansos, sujeitos a fugirem aos exorcismos, benzeduras e **fumigações**. A sua clientela, entretanto, não se resumia só na gente pobre da terra, ali nascida ou criada; havia mesmo recém-chegados de outros ares, italianos, portugueses e espanhóis, que se socorriam da sua força sobrenatural, não tanto pelo preço ou contágio das crenças ambientes, mas também por aquela estranha superstição europeia de que todo negro ou gente colorida penetra e é sagaz para descobrir as coisas malignas e exercer a feitiçaria*.

Enquanto a terapêutica **fluídica ou herbácea** de sinhá Chica atendia aos miseráveis, aos pobretões, a do doutor Campos era requerida pelos mais cultos e ricos, cuja evolução mental exigia a medicina regular e oficial.

Às vezes, um de um grupo passava para o outro; era nas moléstias graves, nas complicadas, nas incuráveis, quando as ervas e as rezas da milagrosa nada podiam ou os xaropes e pílulas do doutor eram impotentes**.

Sinhá Chica não era lá uma companheira muito agradável. Vivia sempre mergulhada no seu sonho divino, abismada nos misteriosos poderes dos feitiços, sentada sobre as pernas cruzadas, olhos baixos, fixos, de fraco brilho, parecendo esmalte de olhos de múmia, tanto ela era **encarquilhada** e seca.

Não esquecia também os santos, a santa madre igreja, os mandamentos, as orações ortodoxas; embora não soubesse ler, era forte no catecismo e conhecia a

Manitus: **divindades e ídolos.**

Fumigações: **aplicação de vapores e fumaças medicamentosas em partes do corpo.**

*** Registra-se aqui a visão um tanto folclorizada que o europeu tinha do negro, dessa "gente colorida".**

Fluídica e herbácea: **isto é, à base de líquidos e ervas.**

**** Observe como o narrador comenta ironicamente as aflições humanas: quando a situação é grave, o ser humano passa facilmente da ciência à crendice.**

Encarquilhada: **enrugada.**

história sagrada aos pedaços, aduzindo a eles interpretações suas e **interpolações** pitorescas.

Com o Apolinário, o famoso capelão das ladainhas, era ela o forte poder espiritual da terra. O vigário ficava relegado a um papel de funcionário, espécie de oficial de registro civil, encarregado dos batizados e casamentos, pois toda a comunicação com Deus e o Invisível se fazia por intermédio de sinhá Chica ou do Apolinário. É de dever falar em casamentos, mas bem podiam ser esquecidos, porque a nossa gente pobre faz uso reduzido de tal sacramento e a simples **mancebia**, por toda a parte, substitui a solene instituição católica*.

Felizardo, o marido dela, aparecia pouco em casa de Quaresma; e, se aparecia, era à noite, passando os dias pelos matos com medo do recrutamento e logo que chegava indagava da mulher se o barulho já tinha acabado.

Vivia num constante pavor; dormia vestido, galgando a janela e embrenhando-se na capoeira, à menor bulha ouvida.

Tinham dois filhos, mas que tristeza de gente! Ajuntavam à depressão moral dos pais uma pobreza de vigor físico e uma indolência repugnante. Eram dois rapazes: o mais velho, José, orçava pelos vinte anos; ambos inertes, moles, sem força e sem crenças, nem mesmo a da feitiçaria, das rezas e benzeduras, que fazia o encanto da mãe e merecia o respeito do pai.

Não houve quem os fizesse aprender qualquer coisa e os sujeitasse a um trabalho contínuo. De quando em quando, assim de quinze em quinze dias, faziam uma **talha** de lenha e vendiam ao primeiro taverneiro pela metade do valor; voltavam para casa alegres, satisfeitos, com um lenço de cores vivas, um vidro de água-de-colônia, um espelho, bugigangas que denunciavam ainda neles gostos bastante selvagens.

Passavam então uma semana em casa, a dormir ou a perambular pelas estradas e vendas; à noite, quase sempre nos dias de festas e domingos, saíam com a

Interpolações: comentários pessoais.

Mancebia: estado do casal que vive como marido e mulher, sem ser casado legalmente.

*** Observe o interesse do narrador em retratar os usos e costumes das populações pobres, que viviam fora da capital.**

Talha: feixe.

harmônica a tocar peças, no que eram exímios, sendo a presença deles muito **requestada** nos bailes da vizinhança.

Embora seus pais vivessem em casa de Quaresma, raramente lá apareciam; e, se o faziam, era porque de todo não tinham que comer. Levavam o descuido da vida, a imprevidência, a ponto de não terem medo do recrutamento. Eram, entretanto, capazes de dedicação, de lealdade e bondade, mas o trabalho continuado, todo o dia, **repugnava-lhes à natureza**, como uma pena ou um castigo.

Essa atonia da nossa população, essa espécie de desânimo doentio, de indiferença **nirvanesca** por tudo e todas as coisas, cerca de uma **caligem** de tristeza desesperada a nossa roça e tira-lhe o encanto, a poesia e o viço sedutor de plena natureza.

Parece que nem um dos grandes países oprimidos, a Polônia, a Irlanda, a Índia, apresentará o aspecto **cataléptico** do nosso interior. Tudo aí dorme, cochila, parece morto; naqueles há revolta, há fuga para o sonho; no nosso... Oh!... Dorme-se...*

A ausência de Quaresma trouxera para o seu sítio essa atmosfera geral da roça. O "Sossego" parecia dormir, dormir de encantamento, à espera que o príncipe o viesse despertar.

Máquinas agrícolas, que não haviam ainda servido, enferrujavam com a etiqueta da casa. Aqueles arados de ponta de aço, que tinham chegado com a relha reluzente, de um brilho azulado e doce, estavam hediondos e morriam de tédio no abandono em que jaziam, bracejando angustiosamente para o céu mudo. De manhã, não se ouvia mais o cacarejar das aves no galinheiro, o esvoaçar dos pombos — todo esse hino matinal de vida, de trabalho, de fartura não mais se casava com as auroras rosadas e com o chilreio **álacre** do passaredo; e ninguém sabia ver as paineiras em flor, com as suas lindas flores rosadas e brancas que, a espaços, caíam docemente como aves feridas.

Requestada: requisitada.

Repugnava-lhes à natureza: contrariava a natureza dos dois irmãos.

Nirvanesca: nessa passagem, tem o sentido de absoluta, total.

Caligem: névoa.

Cataléptico: insensível, apático, inerte.

*** A crítica irônica e aguda a essa apatia do homem do interior do Brasil coincide com a análise que Monteiro Lobato fazia do Jeca Tatu, também por volta de 1915, quando este romance de Lima Barreto foi lançado.**

Álacre: alegre.

Dona Adelaide não tinha nem gosto nem atividade para superintender aqueles serviços e fruir a poesia da roça. Sofria com a separação do irmão e vivia como se estivesse na cidade. Comprava os gêneros na venda e não se incomodava com as coisas do sítio.

Ansiava pela volta do irmão; escrevia-lhe cartas desesperadas, às quais ele respondia aconselhando calma, fazendo promessas. A última recebida, porém, tinha de supetão outro acento; não era mais confiante, entusiástica, traía desânimo, desalento, mesmo desespero.

"Querida Adelaide. Só agora posso responder-te a carta que recebi há quase duas semanas. Justamente quando ela me chegou às mãos, acabava de ser ferido, ferimento ligeiro é verdade, mas que me levou à cama e trar-me-á uma convalescença longa. Que combate, minha filha! Que horror! Quando me lembro dele, passo as mãos pelos olhos como para afastar uma visão má. Fiquei com horror à guerra que ninguém pode avaliar... Uma confusão, um infernal zunir de balas, clarões sinistros, i**mprecações** — e tudo isto no seio da treva profunda da noite... Houve momentos que se abandonaram as armas de fogo: batíamo-nos à baioneta, a coronhadas, a machado, facão. Filha: um combate de trogloditas, uma coisa pré-histórica... Eu duvido, eu duvido, duvido da justiça disso tudo, duvido da sua razão de ser, duvido que seja certo e necessário ir tirar do fundo de nós todos a ferocidade adormecida, aquela ferocidade que se fez e se depositou em nós nos milenários combates com as feras, quando disputávamos a terra a elas... Eu não vi homens de hoje; vi homens de **Cro--Magnon**, do **Neanderthal** armados com machados de **sílex**, sem piedade, sem amor, sem sonhos generosos, a matar, sempre a matar... Este teu irmão que estás vendo, também fez das suas, também foi descobrir dentro de si muita brutalidade, muita ferocidade, muita crueldade... eu matei, minha irmã; eu matei! E não contente de matar, ainda descarreguei um tiro quando o inimigo

Imprecações: fazer imprecação é praguejar, desejar o mal para outros.

Cro-Magnon e Neanderthal: regiões da Europa onde foram encontrados fósseis humanos pré-históricos.

Sílex: tipo de pedra usada pelos homens primitivos para fazer machados e facas.

arquejava a meus pés... Perdoa-me! Eu te peço perdão, porque preciso de perdão e não sei a quem pedir, a que Deus, a que homem, a alguém enfim... Não imaginas como isto faz-me sofrer... Quando caí embaixo de uma carreta, o que me doía não era a ferida, era a alma, era a consciência; e Ricardo, que foi ferido e caiu ao meu lado, a gemer e pedir 'capitão, meu gorro, meu gorro!', parecia que era o meu próprio pensamento que ironizava o meu destino...

Esta vida é absurda e ilógica; eu já tenho medo de viver, Adelaide. Tenho medo, porque não sabemos para onde vamos, o que faremos amanhã, de que maneira havemos de nos contradizer de sol para sol...

O melhor é não agir, Adelaide; e desde que o meu dever me livre destes encargos, irei viver na quietude, na quietude mais absoluta possível, para que do fundo de mim mesmo ou do mistério das coisas não provoque a minha ação o aparecimento de energias estranhas à minha vontade, que mais me façam sofrer e tirem o doce sabor de viver...

Além do que, penso que todo este meu sacrifício tem sido inútil. Tudo o que nele pus de pensamento não foi atingido, e o sangue que derramei, e o sofrimento que vou sofrer toda a vida, foram empregados, foram gastos, foram estragados, foram **vilipendiados** e desmoralizados em prol de uma tolice política qualquer...*

Ninguém compreende o que quero, ninguém deseja penetrar e sentir; passo por doido, tolo, maníaco e a vida se vai fazendo **inexoravelmente** com a sua brutalidade e fealdade."

....

Como Quaresma dizia na carta, o seu ferimento não era grave, era, porém, delicado e exigia tempo para uma cura completa e sem perigos. Ricardo, este, fora ferido mais gravemente. E se o sofrimento de Quaresma era profundamente moral, o de Coração dos Outros era físico e não se cansava de gemer e imprecar contra a sorte que o arrastara até a posição de combatente.

Vilipendiados: desprezados.

*** As palavras de Quaresma indicam uma tomada de consciência e a perda de sua ingenuidade. Sua visão de mundo aqui contrasta com a que apresentava no início do romance.**

Inexoravelmente: implacavelmente, inevitavelmente.

Os hospitais em que se tratavam estavam separados pela baía, agora intransponível, exigindo a viagem de uma margem à outra bem doze horas por estrada de ferro.

Tanto na ida como na volta, ferido como estava, Quaresma passara pela estação em que morava. O trem, porém, não parava, e ele se limitou a deitar pela portinhola um longo e saudoso olhar para aquele seu "Sossego", de terras pobres e árvores velhas, onde sonhara repousar calmamente por toda a vida; e, entretanto, o lançara na mais terrível das aventuras.

E ele perguntava de si para si, onde, na terra, estava o verdadeiro sossego, onde se poderia encontrar esse repouso de alma e corpo, pelo qual tanto ansiava, depois dos sacolejamentos por que vinha passando — onde? E o mapa dos continentes, as cartas dos países, as plantas das cidades, passavam-lhe pelos olhos e não viu, não encontrou um país, uma província, uma cidade, uma rua onde o houvesse.

A sua sensação era de fadiga, não física, mas moral e intelectual. Tinha vontade de não mais pensar, de não mais amar; queria, contudo, viver, por prazer físico, pela sensação material pura e simples de viver.

Assim, convalesceu longamente, demoradamente, melancolicamente, sem uma visita, sem ver uma face amiga.

Coleoni e família se haviam retirado para fora; o general, por preguiça e desleixo, não viera vê-lo. Vivia só, envolvido na suavidade da convalescença, a pensar no Destino, na sua vida, nas ideias e mais que tudo nas suas desilusões.

Entretanto, a revolta na baía chegava ao fim; toda gente já pressentia isso e queria esse alívio.

O almirante e Albernaz, ambos pelos mesmos motivos, observavam esse fim com tristeza. O primeiro via fugir o seu sonho de comandar uma esquadra e a consequente volta para o quadro; e o general sentia perder a sua comissão, cujos rendimentos faziam de forma tão notável melhorar a situação da família.

Naquela manhã, bem cedo, dona Maricota acordara o marido:

— Chico, levanta-te! Olha que tens que ir à missa do senador Clarimundo...

Ouvindo a recomendação da mulher, Albernaz ergueu-se logo do leito. Era preciso não faltar. A sua presença se impunha e significava muito. Clarimundo fora um republicano histórico, agitador, tribuno temido, no tempo do Império; após a República, porém, não apresentara aos seus pares do Senado nada de útil e benfazejo. Embora assim, a sua influência ficara sendo grande; e, com diversos outros, era chamado patriarca da República. Há nos **próceres** republicanos uma necessidade extraordinária de serem gloriosos e não esquecidos pelo futuro, a que eles se recomendam com teimoso interesse.

Clarimundo era um desses próceres e, durante a comoção, não se sabia bem por que, o seu prestígio cresceu e já se falava nele para substituir o marechal. Albernaz conhecera-o vagamente, mas assistir a sua missa era quase uma afirmação política.

A dor da morte da filha já se esvaíra muito na sua memória. O que o fazia sofrer era aquela semivida da moça, mergulhada na loucura e na moléstia. A morte tem a virtude de ser brusca, de chocar, mas não corroer, como essas moléstias duradouras nas pessoas amadas; passado que é o choque, vai ficando em nós uma suave recordação do ente querido, uma boa fisionomia sempre presente aos nossos olhos.

Dava-se isso com Albernaz e a sua satisfação de viver e a sua jovialidade natural foram voltando insensivelmente.

Obediente à mulher, preparou-se, vestiu-se e saiu. Conquanto se estivesse ainda em plena revolta, esses ofícios fúnebres se faziam nas igrejas do centro da cidade. O general chegou a tempo e à hora. Havia uniformes e cartolas e todos se comprimiam para assinar as listas de presença. Não tanto que quisessem atestar à família do morto esse ato delicado; dominava-os, além disso, a esperança de ter os nomes nos jornais.

Albernaz não deixou de atirar-se também a uma das listas que andavam pelas mesas da sacristia; e quando ia assinar, alguém lhe falou. Era o almirante. A missa ia começar, mas ambos evitaram entrar na nave cheia, e ficaram a um vão de janela, na sacristia, conversando.

— Então acaba breve, hein?

— Dizem que a esquadra já saiu de Pernambuco.

Fora Caldas quem falara primeiro e a resposta do general fê-lo sorrir irônico dizendo:

Próceres: **homens importantes.**

— Enfim...

— A baía está cercada de canhões — continuou o general, após uma pausa — e o marechal vai intimá-los a renderem-se.

— Já era tempo... — fez Caldas. — Comigo, a coisa já estava acabada... Levar quase sete meses para dar cabo de uns calhambeques!...

— Você exagera, Caldas; a coisa não era tão fácil assim... E o mar?

— Que fez a esquadra tanto tempo no Recife, você não me dirá? Ah! Se fosse com este seu criado, tinha logo partido e atacado... Sou pelas decisões prontas...

O padre, no interior da igreja, continuava a pedir a Deus repouso para a alma do senador Clarimundo. O místico cheiro de incenso vinha até eles e o **votivo perfume**, votivo ao Deus da paz e da bondade, não os demovia dos seus pensamentos guerreiros.

— Entre nós — aduziu Caldas — não há mais gente que preste... Isto é um país perdido, acaba colônia inglesa...

Coçou nervoso um dos favoritos e esteve um instante a olhar o ladrilho do chão. Albernaz avançou, meio sarcástico:

— Agora não; agora a autoridade está prestigiada, consolidada, e uma era de progresso vai abrir-se para o Brasil.

— Qual o quê! Onde é que você viu um governo...

— Mais baixo, Caldas!

— ... onde é que se viu um governo que não aproveita as aptidões, abandona-as, deixa-as por aí vegetar?... Dá-se o mesmo com as nossas riquezas naturais: jazem por aí à toa!

A sineta soou e olharam um pouco a nave cheia. Pela porta, via-se uma porção de homens, todos de negro, ajoelhados, contritos, batendo nos peitos, a confessar de si para si: *mea culpa, mea maxima culpa...*

Uma réstia de sol coava-se por uma das aberturas do alto e resplandecia sobre algumas cabeças.

Votivo perfume: perfume que se dá em oferenda religiosa.

Insensivelmente, os dois, na sacristia, levaram a mão ao peito e confessaram também: *mea culpa, mea maxima culpa*...*

A missa veio a acabar e ambos entraram para o abraço da pragmática. A nave recendia a incenso e tinha um aspecto tranquilo de imortalidade.

Todos tinham um grande **ar de compunção**: amigos, parentes, conhecidos e desconhecidos pareciam sofrer igualmente. Albernaz e Caldas, logo que penetraram no corpo da igreja, apanharam no ar um sentimento profundo e afivelaram-no ao rosto.

Genelício também viera; ele tinha o vício das missas das pessoas importantes, dos cartões de pêsames, dos cumprimentos em dias de aniversário. Temendo que a memória não lhe ajudasse, possuía um caderninho onde as datas aniversárias estavam assentadas e as residências também. O índice era organizado com muito cuidado. Não havia sogra, prima, tia, cunhada, de homem importante, que, em dia de aniversário, não recebesse os seus parabéns, e, por morte, não o levasse à igreja em missa de sétimo dia.

O seu traje de luto era de pano grosso, pesado; e, olhando-o, lembrava-nos logo de um castigo **dantesco**.

Na rua, Genelício escovava a cartola com a manga da sobrecasaca e dizia ao sogro e ao almirante:

— A coisa está pra acabar...! Breve...

— E se resistirem? — perguntou o general.

— Qual! Não resistem. Corre que já propuseram rendição... É preciso arranjar uma manifestação ao marechal....

— Não acredito — fez o almirante. — Conheço muito o Saldanha, é orgulhoso e não se entrega assim...

Genelício ficou um pouco assustado com a entonação da voz do seu parente; teve medo que ele falasse mais alto, desse na vista e o comprometesse. Calou-se; Albernaz, porém, avançou:

— Não há orgulho que resista a uma esquadra mais forte.

*** Coerentes com o retrato que se faz deles, Caldas e Albernaz vão à missa não por sentimento pelo morto, mas para aparecer.**

Ar de compunção: expressão de dor, pesar.

Dantesco: terrível, pavoroso. Alusão irônica aos terríveis castigos imaginados por Dante Alighieri em seu poema *A Divina Comédia*.

— Forte! Uns calhambeques, homem!

Caldas continha a custo a fúria que lhe ia n'alma. O céu estava azul e calmo. Havia nele nuvens brancas, leves, esgarçadas, que se moviam lentamente, como velas, naquele mar infinito. Genelício olhou-o um pouco e aconselhou:

— Almirante, não fale assim... Olhe que...

— Qual! Não tenho medo... Porcarias!...

— Bom — fez Genelício — eu tenho que ir à Rua Primeiro de Março e...

Despediu-se e saiu com o seu traje de chumbo, curvado, olhando o chão com o seu *pince-nez* azulado, palmilhando a rua com passo miúdo e cauteloso.

Albernaz e Caldas ainda estiveram conversando um tempo e se despediram sempre amigos, cada um com o seu desgosto e a sua decepção.

Tinham razão: a revolta veio a acabar daí a dias. A esquadra legal entrou; os oficiais revoltosos se refugiaram nos navios de guerra portugueses e o Marechal Floriano ficou senhor da baía.

No dia da entrada, acreditando que houvesse **canhoneio**, uma grande parte da população abandonou a cidade, refugiando-se nos subúrbios, por baixo das árvores, na casa de amigos ou nos galpões construídos **adrede** pelo Estado.

Era de ver o terror que se estampava naquelas fisionomias, a ânsia e a angústia também. Levavam trouxas, samburás, pequenas malas; crianças de peito, a chorar, o papagaio querido, o cachorro de estimação, o passarinho que de há muito quebrava a tristeza de uma casa pobre.

O que mais metia medo era o famoso canhão de dinamite, do *Niterói*, uma espalhafatosa invenção americana, instrumento terrível, capaz de causar terremotos e de abalar os fundamentos das montanhas graníticas do Rio*****.

As crianças e as mulheres, mesmo fora do alcance de seu poder, temiam ouvir o seu estrondo; entretanto, esse fantasma *yankee*, esse pesadelo, essa quase força

Canhoneio: disparos de canhão.

Adrede: de propósito.

***** Comentário irônico sobre o medo irracional que despertava a potência do canhão.

da natureza, foi morrer abandonado num cais, desprezado e inofensivo.

O fim do levante foi um alívio; a coisa já estava ficando monótona e o marechal ganhou feições sobre-humanas com a vitória.

Quaresma teve alta por esse tempo; e uma ala de seu batalhão foi destacada para guarnecer a Ilha das Enxadas. Inocêncio Bustamante continuava a superintender o corpo com muito zelo, do interior do seu gabinete, na estalagem condenada que lhe servia de quartel. A escrituração estava em dia e era feita com a melhor letra.

Policarpo aceitou com repugnância o papel de carcereiro, pois na Ilha das Enxadas estavam depositados os marinheiros prisioneiros. Os seus tormentos d'alma mais cresceram com o exercício de tal função. Quase os não olhava; tinha vexame, piedade e parecia-lhe que dentre eles um conhecia o segredo de sua consciência.

De resto, todo o sistema de ideias que o fizera meter-se na guerra civil se tinha desmoronado. Não encontrara o Sully e muito menos o Henrique IV. Sentia também que o seu **pensamento motriz** não residia em nenhuma das pessoas que encontrara. Todos tinham vindo ou com pueris pensamentos políticos, ou por interesse; nada de superior os animava. Mesmo entre os moços, que eram muitos, se não havia baixo interesse, existia uma adoração **fetíchica** pela forma republicana, um exagero das virtudes dela, um pendor para o despotismo que os seus estudos e meditações não podiam achar justos. Era grande a sua desilusão.

Os prisioneiros se amontoavam nas antigas salas de aulas e alojamentos dos aspirantes. Havia simples marinheiros; havia inferiores; havia escreventes e operários de bordo. Brancos, pretos, mulatos, caboclos, gente de todas as cores e todos os sentimentos, gente que se tinha metido em tal aventura pelo hábito de obedecer, gente inteiramente estranha à questão em debate, gente arrancada à força aos lares ou à **calaçaria** das ruas, pequeninos, tenros, ou que se haviam alistado por

Pensamento motriz: **pensamento que o movia, que o inspirava.**

Fetíchica: **obsessiva.**

Calaçaria: **ociosidade.**

miséria; gente **ignara**, simples, às vezes cruel e perversa como crianças inconscientes; às vezes, boa e dócil como um cordeiro, mas, enfim, gente sem responsabilidade, sem anseio político, sem vontade própria, simples autômatos nas mãos dos chefes e superiores que a tinham abandonado à mercê do vencedor.

De tarde, ele ficava a passear, olhando o mar. A viração soprava ainda e as gaivotas continuavam a pescar. Os barcos passavam. Ora eram lanchas fumarentas que lá iam para o fundo da baía; ora pequenos botes ou canoas, roçando carinhosamente a superfície das águas, pendendo para lá e para cá, como se as suas alvas velas enfunadas quisessem afagar a espelhenta superfície do abismo. Os Órgãos vinham suavemente morrendo na violeta macia; e o resto era azul, um azul imaterial que inebriava, embriagava, como um licor **capitoso**.

Ficava assim um tempo longo, a ver, e quando se voltava, olhava a cidade que entrava na sombra, aos beijos sangrentos do ocaso.

A noite chegava e Quaresma continuava a passear na borda do mar, meditando, pensando, sofrendo com aquelas lembranças de ódios, de sangueiras e ferocidade.

A sociedade e a vida pareceram-lhe coisas horrorosas, e imaginou que do exemplo delas vinham os crimes que aquela punia, castigava e procurava restringir. Eram negras e desesperadas, as suas ideias; muita vez julgou que delirava.

E então se lamentava por estar sozinho, por não ter um companheiro com quem conversar, que lhe fizesse fugir àqueles tristes pensamentos que o assediavam e se estavam transformando em obsessão.

Ricardo estava de guarnição na Ilha das Cobras; e, mesmo que ali estivesse, os rigores da disciplina não lhe permitiriam uma conversa mais amigável. Vinha a noite inteiramente, e o silêncio e a treva envolviam tudo.

Quaresma ainda ficava horas ao ar livre a pensar, olhando o fundo da baía, onde quase não havia luzes que interrompessem a continuidade do negror noturno.

Ignara: ignorante.

Capitoso: que sobe à cabeça.

Fixava bem os olhos para lá, como se os quisesse habituar a penetrar nas coisas indecifráveis e adivinhar dentro da sombra negra a forma das montanhas, o recorte das ilhas que a noite tinha feito desaparecer.

Fatigado, ia dormir. Nem sempre dormia bem; tinha insônias e, se queria ler, a atenção recusava fixar-se e o pensamento vagabundava muito longe do livro.

Certa noite em que ia dormindo melhor, um inferior veio acordá-lo pela madrugada:

— Senhor major, está aí o *home* do Itamarati.

— Que homem?

— O oficial que vem buscar a turma do Boqueirão.

Sem atinar bem do que se tratava, levantou-se e foi ao encontro do visitante. O homem já estava no interior de um dos alojamentos. Uma escolta estava à porta. Seguiam-no algumas praças, das quais uma levava uma lanterna que derramava no salão uma fraca luzerna amarelada. A vasta sala estava cheia de corpos, deitados, seminus, e havia todo o **íris** das cores humanas. Uns roncavam, outros dormiam somente; e, quando Quaresma entrou, houve alguém que, em sonho, gemeu: ai! Cumprimentaram-se, Quaresma e o emissário do Itamarati, e nada disseram. Ambos tiveram medo de falar. O oficial despertou um dos prisioneiros e disse para as praças: "Levem este".

Seguiu adiante e despertou outro: "Onde você esteve?", "Eu", respondeu o marinheiro, "na Guanabara"... "Ah! patife", acudiu o homem do Itamarati... "Este também... Levem!"...

Os soldados condutores iam até à porta, deixavam o prisioneiro e voltavam.

O oficial passou por uma porção deles e não fez reparos; adiante, deu com um rapaz claro, franzino, que não dormia. Gritou então: "Levante-se!". O rapaz ergueu-se tremendo. "Onde esteve você?", perguntou. "Eu era enfermeiro", retrucou o rapaz. "Que enfermeiro!", fez o emissário. "Levem este também"...

— Mas, *seu* tenente, deixe-me escrever à minha mãe — pediu o rapaz quase chorando.

íris: arco-íris, isto é, toda a gradação das cores.

— Que mãe! — respondeu o homem do Itamarati. — Siga! Vá!

E assim foi uma dúzia, escolhida a esmo, ao acaso, cercada pela escolta, a embarcar num **batelão** que uma lancha logo rebocou para fora das águas da ilha.

Quaresma não atinou de pronto com o sentido da cena e foi, após o afastamento da lancha, que ele encontrou uma explicação.

Não deixou de pensar então por que força misteriosa, por que **injunção** irônica ele se tinha misturado em tão tenebrosos acontecimentos, assistindo ao sinistro alicerçar do regime...

A embarcação não ia longe. O mar gemia demoradamente de encontro às pedras do cais. A **esteira** da embarcação **estrelejava** fosforescente. No alto, num céu negro e profundo, as estrelas brilhavam serenamente.

A lancha desapareceu nas trevas do fundo da baía. Para onde ia? Para o Boqueirão...*

5. A AFILHADA

Como lhe parecia ilógico com ele mesmo estar ali metido naquele estreito calabouço. Pois ele, o Quaresma plácido, o Quaresma de tão profundos pensamentos patrióticos, merecia aquele triste fim? De que maneira sorrateira o Destino o arrastara até ali, sem que ele pudesse pressentir o seu extravagante propósito, tão aparentemente sem relação com o resto da sua vida? Teria sido ele com os seus atos passados, com as suas ações encadeadas no tempo, que fizera com que aquele velho deus docilmente o trouxesse até a execução de tal desígnio? Ou teriam sido os fatos externos, que venceram a ele, Quaresma, e fizeram-no escravo da sentença da onipotente divindade? Ele não sabia, e, quando teimava

Batelão: grande barca.

Injunção: pressão das circunstâncias.

Esteira: rastro de espuma deixado no mar por barco ou navio quando está navegando.

Estrelejava: brilhava como reflexo de estrelas.

* Lugar para onde os presos eram secretamente levados e mortos.

em pensar, as duas coisas se baralhavam, se emaranhavam e a conclusão certa e exata lhe fugia.

Não estava ali há muitas horas. Fora preso pela manhã, logo ao erguer-se da cama; e, pelo cálculo aproximado do tempo, pois estava sem relógio e mesmo se o tivesse não poderia consultá-lo à fraca luz da masmorra, imaginava podiam ser onze horas*.

Por que estava preso? Ao certo não sabia; o oficial que o conduzira, nada lhe quisera dizer; e, desde que saíra da Ilha das Enxadas para a das **Cobras**, não trocara palavra com ninguém, não vira nenhum conhecido no caminho, nem o próprio Ricardo que lhe podia, com um olhar, com um gesto, trazer sossego às suas dúvidas. Entretanto, ele atribuía a prisão à carta que escrevera ao presidente, protestando contra a cena que presenciara na véspera.

Não se pudera conter. Aquela leva de desgraçados a sair assim, **a desoras**, escolhidos a esmo, para uma carniçaria distante, falara fundo a todos os seus sentimentos; pusera diante dos seus olhos todos os seus princípios morais; desafiara a sua coragem moral e a sua solidariedade humana; e ele escrevera a carta com **veemência**, com paixão, indignado. Nada omitiu do seu pensamento; falou claro, franca e nitidamente.

Devia ser por isso que ele estava ali naquela masmorra, engaiolado, trancafiado, isolado dos seus semelhantes como uma fera, como um criminoso, sepultado na treva, sofrendo umidade, misturado com os seus detritos, quase sem comer... Como acabarei? Como acabarei? E a pergunta lhe vinha, no meio da revoada de pensamentos que aquela angústia provocava pensar. Não havia base para qualquer hipótese. Era de conduta tão irregular e incerta o Governo que tudo ele podia esperar: a liberdade ou a morte, mais esta que aquela.

O tempo estava de morte, de carnificina; todos tinham sede de matar, para afirmar mais a vitória e senti-la bem na consciência coisa sua, própria, e altamente honrosa.

*** O narrador trabalha aqui com tempo psicológico, que leva em conta o tempo interno da personagem e não a exatidão das horas.**

Cobras: **na Ilha das Cobras, no interior da baía da Guanabara, havia uma fortaleza que servia de prisão.**

A desoras: **fora de hora, de madrugada.**

Veemência: **ímpeto.**

Iria morrer, quem sabe se naquela noite mesmo? E que tinha ele feito de sua vida? Nada. Levara toda ela atrás da miragem de estudar a pátria, por amá-la e querê-la muito, no intuito de contribuir para a sua felicidade e prosperidade. Gastara a sua mocidade nisso, a sua virilidade também; e, agora que estava na velhice, como ela o recompensava, como ela o premiava, como ela o condecorava? Matando-o. E o que não deixara de ver, de gozar, de fruir, na sua vida? Tudo. Não brincara, **não pandegara**, não amara — todo esse lado da existência que parece fugir um pouco à sua tristeza necessária, ele não vira, ele não provara, ele não experimentara.

Desde dezoito anos que o tal patriotismo lhe absorvia e por ele fizera a tolice de estudar inutilidades. Que lhe importavam os rios? Eram grandes? Pois que fossem... Em que lhe contribuiria para a felicidade saber o nome dos heróis do Brasil? Em nada... O importante é que ele tivesse sido feliz. Foi? Não. Lembrou-se das suas coisas de tupi, do *folklore*, das suas tentativas agrícolas... Restava disso tudo em sua alma uma satisfação? Nenhuma! Nenhuma!

O tupi encontrou a incredulidade geral, o riso, a mofa, o escárnio; e levou-o à loucura. Uma decepção. E a agricultura? Nada. As terras não eram ferazes e ela não era fácil como diziam os livros. Outra decepção. E, quando o seu patriotismo se fizera combatente, o que achara? Decepções. Onde estava a doçura de nossa gente? Pois ele não a viu combater como feras? Pois não a via matar prisioneiros, inúmeros? Outra decepção. A sua vida era uma decepção, uma série, melhor, um encadeamento de decepções.

A pátria que quisera ter era um mito; era um fantasma criado por ele no silêncio do seu gabinete. Nem a física, nem a moral, nem a intelectual, nem a política que julgava existir, havia. A que existia de fato era a do Tenente Antonino, a do doutor Campos, a do homem do Itamarati.

E, bem pensando, mesmo na sua pureza, o que vinha a ser a Pátria? Não teria levado toda a sua vida norteado

Não pandegara: não fizera farras.

por uma ilusão, por uma ideia a menos, sem base, sem apoio, por um Deus ou uma Deusa cujo império se esvaía? Não sabia que essa ideia nascera da amplificação da crendice dos povos greco-romanos de que os ancestrais mortos continuariam a viver como sombras e era preciso alimentá-las para que eles não perseguissem os descendentes? Lembrou-se do seu **Fustel de Coulanges**... Lembrou-se de que essa noção nada é para os **Menenanã**, para tantas pessoas... Pareceu-lhe que essa ideia como que fora explorada pelos conquistadores por instantes sabedores das nossas subserviências psicológicas, no intuito de servir às suas próprias ambições...

Reviu a história; viu as mutilações, os acréscimos em todos os países históricos e perguntou de si para si: como um homem que vivesse quatro séculos, sendo francês, inglês, italiano, alemão, podia sentir a Pátria?

Uma hora, para o francês, o Franco-Condado era terra dos seus avós, outra não era; num dado momento, a Alsácia não era, depois era e afinal não vinha a ser.

Nós mesmos não tivemos a **Cisplatina** e não a perdemos? E, porventura, sentimos que haja lá **manes** dos nossos avós e por isso sofremos qualquer mágoa?

Certamente era uma noção sem consistência racional e precisava ser revista.

Mas, como é que ele tão sereno, tão lúcido, empregara sua vida, gastara o seu tempo, envelhecera atrás de tal **quimera**? Como é que não viu nitidamente a realidade, não a pressentiu logo e se deixou enganar por um **falaz** ídolo, absorver-se nele, dar-lhe em holocausto toda a sua existência? Foi o seu isolamento, o seu esquecimento de si mesmo; e assim é que ia para a cova, sem deixar traço seu, sem um filho, sem um amor, sem um beijo mais quente, sem nenhum mesmo, e sem sequer uma asneira!

Nada deixava que afirmasse a sua passagem e a terra não lhe dera nada de saboroso.

Contudo, quem sabe se outros que lhe seguissem as pegadas não seriam mais felizes? E logo respondeu

Fustel de Coulanges (1830-1889): historiador francês, autor do livro *A cidade antiga*, no qual explica práticas religiosas e sociais dos povos greco-romanos.

Menenanã: povo indígena que não teria o conceito de pátria.

Cisplatina: nome do território de Montevidéu, que pertenceu ao Brasil de 1821 a 1828.

Manes: almas dos antepassados.

Quimera: fantasia, ilusão.

Falaz: ilusório.

a si mesmo: mas como? Se não se fizera comunicar, se nada dissera e não prendera o seu sonho, dando-lhe corpo e substância?

E esse seguimento adiantaria alguma coisa? E essa continuidade traria enfim para a terra alguma felicidade? Há quantos anos vidas mais valiosas que a dele, se vinham oferecendo, sacrificando e as coisas ficaram na mesma, a terra na mesma miséria, na mesma opressão, na mesma tristeza.

E ele se lembrava que há bem cem anos, ali, naquele mesmo lugar onde estava, talvez naquela mesma prisão, homens generosos e ilustres estiveram presos por quererem melhorar o estado de coisas de seu tempo*****. Talvez só tivessem pensado, mas sofreram pelo seu pensamento. Tinha havido vantagem? As condições gerais tinham melhorado? Aparentemente sim; mas, bem examinado, não.

Aqueles homens, acusados de crime tão **nefando** em face da legislação da época, tinham levado dois anos a ser julgados; e ele, que não tinha crime algum, nem era ouvido, nem era julgado; seria simplesmente executado!

Fora bom, fora generoso, fora honesto, fora virtuoso — ele que fora tudo isso, ia para a cova sem o acompanhamento de um parente, de um amigo, de um camarada...

Onde estariam eles? Sobre o Ricardo Coração dos Outros, tão simples e tão inocente na sua mania de violão, ele não poria mais os olhos? Era tão bom que o pudesse, para mandar à sua irmã o último recado, ao preto Anastácio um adeus, à sua afilhada um abraço! Nunca mais vê-los-ia, nunca!

E ele chorou um pouco.

Quaresma, porém, enganava-se em parte. Ricardo soubera de sua prisão e procurava soltá-lo. Teve notícia do exato motivo dela; mas não se intimidou. Sabia perfeitamente que corria grande risco, pois a indignação no palácio contra Quaresma fora geral. A vitória tinha feito

*** No século XVIII, ficaram detidos na prisão da Ilha das Cobras os acusados de participar da Inconfidência Mineira, entre os quais estava Tiradentes.**

Nefando: horrível, abominável.

Inclementes: que não perdoam.

Massacre à turca: o império otomano foi um estado turco que, no seu auge, estendia-se por boa parte do Oriente Médio, do Leste europeu e do Norte da África. Existiu do século XIII ao XX e, ao longo desse tempo, envolveu-se em várias guerras e reprimiu cruelmente muitas rebeliões. No final do século XIX ficou tristemente famoso o massacre que levou à morte centenas de milhares de armênios que reivindicavam autonomia. Nessa passagem, o narrador compara a crueldade da repressão do governo de Floriano à das repressões turcas.

* Nessa passagem, denuncia-se a arbitrariedade do governo, que não procurou fazer justiça e sim vingar-se dos que ousaram desafiar seu poder.

** O assunto do livro que Genelício estava preparando chega a provocar riso de tão extravagante e desligado da realidade brasileira. Mas serve para mostrar como funcionava o sistema de promoções no funcionalismo público, que não levava em conta a competência, e sim o apadrinhamento, a bajulação.

os vitoriosos **inclementes** e ferozes, e aquele protesto soou entre eles como um desejo de diminuir o valor das vantagens alcançadas. Não havia mais piedade, não havia mais simpatia, nem respeito pela vida humana; o que era necessário era dar o exemplo de um **massacre à turca**, porém clandestino, para que jamais o poder constituído fosse atacado ou mesmo discutido*****. Era a filosofia social da época, com forças de religião, com os seus fanáticos, com os seus sacerdotes e pregadores, e ela agia com a maldade de uma crença forte, sobre a qual fizéssemos repousar a felicidade de muitos.

Ricardo, entretanto, não se amedrontou; procurou influências de amigos. Ao entrar no Largo de São Francisco encontrou Genelício. Vinha da missa da irmã da sogra do deputado Castro. Como sempre, trajava uma pesada sobrecasaca preta que parecia de chumbo. Já estava subdiretor e o seu trabalho era agora imaginar meios e modos de ser diretor. A coisa era difícil; mas trabalhava num livro: *Os tribunais de contas nos países asiáticos* — o qual, demonstrando uma erudição superior, talvez lhe levasse ao alto lugar cobiçado******.

Vendo-o, Ricardo não se deteve. Correu-lhe ao encalço e falou-lhe:

— Doutor, Vossa Excelência dá licença que lhe dê uma palavra?

Genelício perfilou-se todo e, como tivesse péssima memória das fisionomias humildes, perguntou com solenidade e arrogância:

— Que deseja, camarada?

Coração dos Outros estava com a sua farda do "Cruzeiro do Sul" e não ficava bem a Genelício dar-se como conhecido de um soldado. O trovador julgou-o mesmo esquecido e indagou ingenuamente:

— Não me conhece mais, doutor?

Genelício fechou um pouco os olhos por detrás do *pince-nez* azulado e disse secamente:

— Não.

— Eu — fez com humildade Ricardo — sou Ricardo

Coração dos Outros, que cantou no seu casamento.

Genelício não sorriu, não deu mostras de alegria e limitou-se:

— Ah! É o senhor! Bem: que deseja?

— O senhor não sabe que o major Quaresma está preso?

— Quem é?

— Aquele que foi vizinho do seu sogro.

— Aquele maluco... Ahn!... E daí?

— Eu queria que o senhor se interessasse...

— Não me meto nessas coisas, meu amigo. O governo tem sempre razão. Passe bem.

E Genelício seguiu com o seu passo cauteloso de quem poupa as solas das botas, enquanto Ricardo ficava de pé a olhar o largo, a gente que passava, a estátua imóvel, as casas feias, a igreja... Tudo lhe pareceu hostil, mau ou indiferente; aquelas caras de homens tinham **cataduras** de feras e ele quis por um momento chorar de desespero por não poder salvar o amigo.

Lembrou-se, porém, de Albernaz, e correu a procurá-lo. Não era longe, mas o general ainda não tinha chegado. Ao fim de uma hora o general chegou e, dando com Ricardo, perguntou:

— Que há?

O trovador, bastante emocionado, explicou-lhe com voz dorida todo o fato. Albernaz concertou o *pince-nez*, ajeitou bem o trancelim de ouro na orelha e disse com doçura:

— Meu filho, eu não posso... Você sabe; sou governista e parece, se eu for pedir por um preso, que já não o sou bastante... Sinto muito, mas... que se há de fazer? Paciência.

E entrou para o seu gabinete prazenteiro, muito seguro de si, dentro do seu plácido uniforme de general.

Os oficiais continuavam a entrar e a sair; as campainhas soavam; os contínuos iam e vinham; e Ricardo procurava entre todas aquelas fisionomias uma que lhe pudesse valer. Não havia e ele desesperava. Mas quem

Cataduras: aparências.

havia de ser? Quem? Lembrou-se: o comandante; e foi ter com o coronel Bustamante, na velha estalagem que servia de quartel ao garboso "Cruzeiro do Sul".

O batalhão ainda continuava em pé de guerra. Embora terminada a revolta no porto do Rio de Janeiro era preciso mandar forças para o Sul; de forma que os batalhões não tinham sido dissolvidos e um dos apontados para partir era o "Cruzeiro".

O alferes coxo, no ensaboado pátio da antiga estalagem, continuava na sua faina de instrutor dos novos recrutas. *Om-brôoo... armas! Mei-ããã-volta!*

Ricardo entrou, subiu rapidamente a oscilante escada do velho cortiço e logo que chegou ao cubículo do comandante, gritou: "Com licença, comandante!"

Bustamante andava de mau humor. Aquele negócio de partir para o Paraná não lhe agradava. Como é que havia de superintender a escrita do batalhão, no fervor de batalhas, nas desordens de marchas e contramarchas? Isso era uma tolice do comandante marchar; o chefe devia ficar a resguardo, para providenciar e dirigir a escrituração.

Ele pensava nessas coisas, quando Ricardo pediu licença.

— Entre — disse ele.

O bravo coronel coçava a grande barba mosaica, tinha o dólmã desabotoado e acabava de calçar um dos pés de botina, para com mais decência receber o inferior.

Ricardo expôs o seu pedido e esperou com paciência a resposta, que custou a vir. Por fim, Inocêncio disse sacudindo a cabeça e olhando o inferior cheio de severidade:

— Vai-te embora, senão mando-te prender! Já!

E apontou com o dedo a porta da saída num gesto **marcial** e enérgico. O cabo não se demorou mais. No pátio o instrutor coxo, veterano do Paraguai, continuava com solenidade a encher a arruinada estalagem com as suas vozes de comando: *Om-brôoo... armas! Meia-ããã--volta... volver!*

Marcial: militar.

Ricardo veio andando triste e desalentado. O mundo lhe parecia vazio de afeto e de amor. Ele que sempre decantara nas suas modinhas a dedicação, o amor, as simpatias, via agora que tais sentimentos não existiam. Tinha marchado atrás de coisas fora da realidade, de quimeras. Olhou o céu alto. Estava tranquilo e calmo. Olhou as árvores. As palmeiras cresciam com orgulho e **titanicamente** pretendiam atingir o céu. Olhou as casas, as igrejas, os palácios e lembrou-se das guerras, do sangue, das dores que tudo aquilo custara. E era assim que se fazia a vida, a história e o heroísmo: com violência sobre os outros, com opressões e sofrimentos*****.

Logo, porém, recordou que era preciso salvar o amigo e que era necessário dar mais uns passos. Quem poderia? Consultou sua memória. Viu um, viu outro e por fim lembrou-se da afilhada de Quaresma, e foi procurá-la na Real Grandeza.

Chegou, narrou-lhe o fato e as suas sinistras apreensões. Ela estava só, pois o marido cada vez mais trabalhava para aproveitar os despojos da vitória; não perdia um minuto, andando atrás de um e de outro.

Olga lembrou-se bem do padrinho, do seu eterno sonhar, da sua ternura, da tenacidade que punha em seguir as suas ideias, da sua candura de donzela romântica...

Durante um instante uma grande pena tomou-a toda inteira e tirou-lhe a vontade de agir. Pareceu-lhe que era bastante a sua piedade e ela ia de algum modo dar **lenitivo** ao sofrimento do padrinho; mas bem cedo o viu ensanguentado — ele, tão generoso, ele, tão bom, e pensou em salvá-lo.

— Mas que fazer, meu caro senhor Ricardo, que fazer? Eu não conheço ninguém... Eu não tenho relações... Minhas amigas... A Alice, a mulher do doutor Brandão, está fora... A Cassilda, a filha do Castrioto, não pode... Não sei, meu Deus!

E acentuou estas últimas palavras com grande e lancinante desespero. Os dois ficaram calados. A moça,

Titanicamente: de forma gigantesca.

*** Observe que Ricardo compartilha, através das próprias experiências, os sentimentos de Quaresma.**

Lenitivo: alívio.

que estava sentada, tomou a cabeça entre as mãos e as suas unhas longas e aperoladas engastaram-se nos seus cabelos negros. Ricardo estava de pé e aparvalhado.

— Que hei de fazer, meu Deus? — repetiu ela.

Pela primeira vez, ela sentiu que a vida tinha coisas desesperadoras. Possuía a mais forte disposição de salvar seu padrinho: faria sacrifício de tudo, mas era impossível, impossível! Não havia um meio; não havia um caminho. Ele tinha que ir para o posto de suplício, tinha que subir o seu Calvário, sem esperança de ressurreição.

— Talvez seu marido — disse Ricardo.

Pensou um pouco, demorou-se mais no exame do caráter do esposo; mas, em breve, viu bem que o seu egoísmo, a sua ambição e a sua ferocidade interesseira não permitiriam que ele desse o mínimo passo.

— Qual, esse...

Ricardo não sabia o que aconselhá-la e olhava sem pensamento os móveis e a montanha negra e alta que se avistava da sala onde estavam. Queria encontrar um alvitre, um conselho; mas nada!

A moça continuava a cravar os dedos nos seus cabelos negros e a olhar a mesa em que repousavam os seus cotovelos. O silêncio era **augusto**.

Num dado momento, Ricardo teve uma grande alegria no olhar e disse:

— Se a senhora fosse lá...

Ela levantou a cabeça; os seus olhos se dilataram de espanto e o rosto lhe ficou rígido. Pensou um pouco, um nada, e falou com firmeza:

— Vou.

Ricardo ficou só e sentou-se. Olga foi vestir-se.

Ele então pensou com admiração naquela moça que por simples amizade se dava a tão arriscado sacrifício, que tinha a alma tão ao alcance dela mesma e a sentiu bem longe desse nosso mundo, deste nosso egoísmo, dessa nossa baixeza e cobriu a sua imagem com um grande olhar de reconhecimento.

Augusto: solene.

Não tardou que ela ficasse pronta e ainda abotoava as luvas, na sala de jantar, quando o marido entrou. Vinha radiante, com os seus grandes bigodes e o seu rosto redondo cheio de satisfação de si mesmo. Nem fez menção de ter visto Ricardo e foi logo direto à mulher:

— Vais sair?

Ela, afogueada pela ânsia desesperada de salvar Quaresma, disse com certa vivacidade:

— Vou.

Armando ficou admirado de vê-la falar daquele modo. Voltou-se um instante para Ricardo, quis interrogá-lo, mas logo, dirigindo-se à mulher, perguntou com autoridade:

— Onde vais?

A mulher não lhe respondeu logo e, por sua vez, o doutor interrogou o trovador:

— Que faz o senhor aqui?

Coração dos Outros não teve ânimo de responder; adivinhava uma cena violenta que ele teria querido evitar; mas Olga adiantou-se:

— Vai acompanhar-me ao Itamarati, para salvar da morte meu padrinho. Já sabe?

O marido pareceu acalmar-se. Acreditou que, com meios **suasórios**, poderia evitar que a mulher desse passo tão perigoso para os seus interesses e ambições. Falou docemente:

— Fazes mal.

— Por quê? — perguntou ela com **calor**.

— Vais comprometer-me. Sabes que...

Ela não lhe respondeu logo e mirou-o um instante com os seus grandes olhos cheios de escárnio; mirou-o um, dois minutos; depois, riu-se um pouco e disse:

— É isto! *Eu*, porque *eu*, porque *eu*, é só *eu* para aqui, *eu* para ali... Não pensas noutra coisa... A vida é feita para ti, todos só devem viver para ti... Muito engraçado! De forma que eu (agora digo *eu* também) não tenho direito de me sacrificar, de provar a minha amizade, de ter na minha vida um traço superior? É interessante! Não

Suasórios: **persuasivos.**

Calor: **ardor, ímpeto, veemência.**

sou nada, nada! Sou alguma coisa como um móvel, um adorno, não tenho relações, não tenho amizades, não tenho caráter? Ora!...

Ela falava, ora vagarosa e irônica, ora rapidamente e **apaixonada**; e o marido tinha diante de suas palavras um grande espanto. Ele vivera sempre tão longe dela que não a julgara nunca capaz de tais **assomos**. Então aquela menina? Então aquele *bibelot*? Quem lhe teria ensinado tais coisas? Quis desarmá-la com uma ironia e disse risonho:

— Estás no teatro?

Ela lhe respondeu logo:

— Se é só no teatro que há grandes coisas, estou.

E acrescentou com força:

— É o que te digo: vou e vou, porque devo, porque quero, porque é do meu direito.

Apanhou a sombrinha, consertou o véu e saiu solene, firme, alta e nobre. O marido não sabia o que fazer. Ficou assombrado e assombrado e silencioso viu-a sair pela porta fora.

Em breve, estava no palácio da Rua Larga. Ricardo não entrou: deixou que a moça o fizesse e foi esperá-la no Campo de Sant'Ana.

Ela subiu. Havia um imenso burburinho, uma agitação de entradas e saídas. Toda a gente queria mostrar-se a Floriano, queria cumprimentá-lo, queria dar mostras da sua dedicação, provar os seus serviços, mostrando-se coparticipante na sua vitória. Lançavam mão de todos os meios, de todos os planos, de todos os processos. O ditador, tão acessível antes, agora se esquivava. Havia quem lhe quisesse beijar as mãos, como ao papa ou a um imperador; e ele já tinha nojo de tanta subserviência. O califa não se supunha sagrado e aborrecia-se.

Olga falou aos contínuos, pedindo ser recebida pelo marechal. Foi inútil. A muito custo conseguiu falar a um secretário ou ajudante de ordens. Quando ela lhe disse a que vinha, a fisionomia **terrosa** do homem tornou-se de **oca** e sob as suas pálpebras correu um firme e rápido lampejo de espada:

Apaixonada: exaltada.

Assomos: impulsos.

Terrosa: pálida.

Oca: ocre, isto é, avermelhada.

— Quem, Quaresma? — disse ele. — Um traidor! Um bandido!

Depois, arrependeu-se da veemência, fez com certa delicadeza:

— Não é possível, minha senhora. O marechal não a atenderá.

Ela nem lhe esperou o fim da frase. Ergueu-se orgulhosamente, deu-lhe as costas e teve vergonha de ter ido pedir, de ter descido do seu orgulho e ter **enxovalhado** a grandeza moral do padrinho com o seu pedido. Com tal gente, era melhor tê-lo deixado morrer só e heroicamente num ilhéu qualquer, mas levando para o túmulo inteiramente intacto o seu orgulho, a sua doçura, a sua personalidade moral, sem a **mácula** de um empenho que diminuísse a injustiça de sua morte, que de algum modo fizesse crer aos seus algozes que eles tinham direito de matá-lo.

Saiu e andou. Olhou o céu, os ares, as árvores de Santa Teresa, e se lembrou que, por estas terras, já tinham **errado** tribos selvagens, das quais um dos chefes se orgulhava de ter no sangue o sangue de dez mil inimigos. Fora há quatro séculos. Olhou de novo o céu, os ares, as árvores de Santa Teresa, as casas, as igrejas; viu os bondes passarem; uma locomotiva apitou; um carro, puxado por uma linda **parelha**, atravessou-lhe na frente, quando já a entrar do campo... Tinha havido grandes e inúmeras modificações. Que fora aquele parque? Talvez um charco.

Tinha havido grandes modificações nos aspectos, na fisionomia da terra, talvez no clima... Esperemos mais, pensou ela; e seguiu serenamente ao encontro de Ricardo Coração dos Outros*.

Todos os Santos (Rio de Janeiro), janeiro — março de 1911.

Enxovalhado: sujado.

Mácula: mancha.

Errado: vagueado.

Parelha: par de cavalos.

*** Ao referir-se aos selvagens e depois a bondes, carros e locomotivas, Olga se lembra de que existe História, de que as coisas mudam, se transformam. Com isso, ela insinua esperança em um país mais justo no futuro, em que outros "Quaresmas" possam lutar por seus sonhos sem encontrar o mesmo triste fim de seu padrinho.**

TRISTE FIM DE POLICARPO QUARESMA

Comentários sobre a obra

Por meio da trajetória do major Quaresma, Lima Barreto desnuda as estruturas sociais e políticas do Brasil da primeira República, do Rio de Janeiro por volta de 1890. E o que mais nos surpreende é perceber que o Brasil dessa época ainda lembra muito o de hoje.

O livro foi publicado em 1915, cinco anos depois de aparecer em folhetim, isto é, em capítulos no *Jornal do Comércio*, um dos mais importantes do Rio de Janeiro no início do século.

Como o próprio título sugere, conta a triste história de Policarpo Quaresma, um homem simples, metódico, profundamente patriota. Seu patriotismo exagerado, aliás, é responsável por alguns momentos cômicos da obra. Convencido de que o destino da pátria era se transformar na primeira potência mundial, Policarpo Quaresma envolve-se em três projetos, sucessivamente, ao longo de sua vida: um projeto cultural de resgate da identidade nacional, por meio da pesquisa e recuperação das tradições populares; um projeto agrícola, por meio do qual imagina poder explorar para o bem da nação a tão cantada riqueza e fecundidade da terra brasileira; um projeto político, quando se engaja na Revolta da Armada, ao lado das forças do governo do Marechal Floriano Peixoto, que lhe parece o homem talhado para conduzir o país a um paraíso de ordem e prosperidade. Todos esses projetos acabam dando em nada. Profundamente decepcionado com os governantes e autoridades, sente-se desanimado e se dá conta de que lutou em vão pelo bem do Brasil.

Além dessa crítica política, encontramos no romance personagens que representam a vida medíocre de uma classe média preocupada apenas em cavar empregos e favores e casar as filhas, fazendo do casamento quase uma obsessão. É o que ocorre, por exemplo, com a jovem Ismênia, que, noiva há vários anos, vive apenas em função desse casamento. Abandonada pelo noivo, não encontra mais motivos para viver: “Via bem o que fazia o desespero da moça, mas via melhor a causa, naquela obrigação que incrustam no espírito das meninas, que elas se devem casar a todo custo, fazendo do casamento o polo e fim da vida, a ponto de parecer uma desonra, uma injúria ficar solteira”.

Nas páginas finais do romance, traído e preso pelo próprio governo que quis ajudar, Quaresma faz o balanço de sua vida, que bem pode ser visto como uma espécie de resumo do próprio livro, que mostra o doloroso processo de

OFICIAIS E PRISIONEIROS:
REVOLTA DA ARMADA, 1894.

ACAMPAMENTO DE SOLDADOS DURANTE
A REVOLTA DA ARMADA.

MARECHAL FLORIANO PEIXOTO.

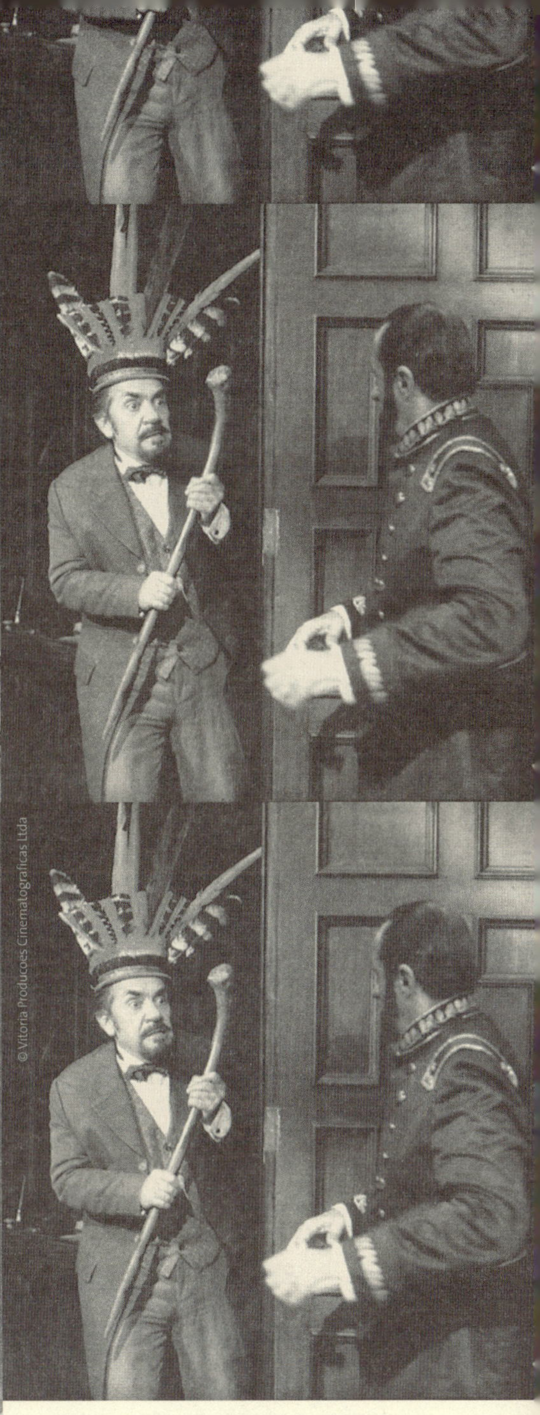

O PERSONAGEM DE LIMA BARRETO, INTERPRETADO PELO ATOR PAULO JOSÉ, NO FILME *POLICARPO QUARESMA: HERÓI DO BRASIL*, DE 1998.

conscientização de um ingênuo patriota a respeito da realidade do país: "Iria morrer, quem sabe se naquela noite mesmo? E que tinha ele feito de sua vida? Nada. Levara toda ela atrás da miragem de estudar a pátria, por amá-la e querê-la muito, no intuito de contribuir para a sua felicidade e prosperidade. Gastara a sua mocidade nisso, a sua virilidade também e, agora que estava na velhice, como ela o recompensava, como ela o premiava, como ela o condecorava? Matando-o. (...) A pátria que quisera ter era um mito; era um fantasma criado por ele no silêncio do seu gabinete. Nem a física, nem a moral, nem a intelectual, nem a política que julgava existir, havia. A que existia de fato era a do Tenente Antonino, a do doutor Campos, a do homem do Itamarati".

CONVERSANDO SOBRE A OBRA

1. Destaque, na primeira parte do livro, exemplos das iniciativas de Quaresma que configuram seu extremo sentimento nacionalista.

2. Explique o motivo que levou Quaresma a ser internado no hospício.

3. Explique a dimensão nacionalista do projeto agrícola de Quaresma.

4. A última grande decepção de Quaresma ocorre com relação à figura do marechal Floriano. Por quê?

5. A crítica social contida no romance se expressa no enfoque irônico dado pelo autor na caracterização de personagens representativos de segmentos da sociedade da época, sobretudo os militares, os políticos e os funcionários públicos. Em vista disso, explique:

- **a)** os aspectos satirizados pelo autor no comportamento do almirante Caldas, do major Inocêncio e do general Albernaz.
- **b)** o tipo social satirizado na figura de Genelício.
- **c)** o tipo de político simbolizado pelo doutor Campos.

6. Outro aspecto da obra que revela a lucidez de Lima Barreto na representação da sociedade da época diz respeito à análise do papel da mulher. Com relação a esse ponto, responda:

- **a)** Por meio da personagem Ismênia, que ideias vigentes na época são criticadas no romance?
- **b)** Em que aspectos Olga se diferencia da grande maioria das mulheres da época?

7. Explique a diferença de objetivos que há entre a atuação de Quaresma na Revolta da Armada e a dos demais personagens.

8. Considerando o processo de conscientização de Quaresma com relação à realidade brasileira, explique a importância da carta que ele envia a sua irmã (terceira parte, capítulo 4).

9. Discuta se o gesto de Quaresma que provoca sua prisão e seu "triste fim" pode ser visto como seu último gesto patriótico.

10. Considerando a epígrafe do livro, cite dois episódios em que ela pode ser aplicada a Quaresma.

11. Explique a relação que pode ser feita entre a epígrafe do livro e a trajetória de Quaresma.

12. Você acha que as críticas presentes no romance ainda são válidas no Brasil de hoje? Por quê?